ちくま文庫

ルビコン・ビーチ

スティーヴ・エリクソン
島田雅彦 訳

筑摩書房

目次

ルビコン・ビーチ

彼は彼の目をじっと見すえる家を一軒持っていた以外は何も持たず。

W・C・ウイリアムズ

第一部

冬の終わりに、私は仮釈放された。三〇数時間計算とはずれたが、そんなもんだろう。これでも日にちを数えるのに必死だったのだ。というのも看守の奴らは時間と場所の感覚をなくしてやろうとしていたからだ。私はぶち込まれた時と同じ窓なしの護送車に乗せられ、シャバに出た。噂では連邦重罪犯刑務所はサスカッチェワン山あたりの草原にあるらしいが、独房から見たところ、いかにもそんな感じだった。白い空と白い雪は死体にかぶせる白い布みたいだった。そこがサスカッチェワン山じゃないとすると、北極か月だった。その景色はお人好しに恐ろしい考えを起こさせる。時間と場所の感覚を失った囚人は言葉の暴力以外、どんな暴力も無罪だ、と。

私はそういう連中とは違う。そうあるべきだったかも知れないが。いややっぱり違う。それがまずかったか。ベン・ジャリーはある時私にたずねた。いつまでも白黒つけずにやってくハラか？　できるだけな、と私は答えた。どっちつかずでいたかったし、自分のしたことが運命の別れ道になるなんて思ってもみなかった。ある日、私が誰だかにジョークを飛ばしたら、ベン・ジャリーは翌日絞首刑になった。それで私は釈放。私のユーモアのセンスがうけたからではない。それが一番私にこたえる罰だと奴らが考えたのだ。永久にその冗談を寝言にしてろ、ってことだ。もちろん、牢屋にいた二年四カ月の間、シャバに出たくてしょうがなかった。護送車でシャバに出る光景ばかり想像していた。いつかはその日がくると、しょっちゅう日付を気にしていた。そして、あいつに冗談を言って三〇数時間、時間のことを忘れていたら護送車に乗せられた。イヤミな奴らだ、看守どもは。

シアトルまで護送された。午後一時頃着いてドアが開くと桟橋が見えた。海の光るうろこがガラスの破片のように目に刺さる。しばらくボーッと車の中にいたが、出ろといわれ、足を道路に降ろしたら、護衛はドアを閉め、とっとと行ってしまった。私は服を背負ったまま取り残された。一人になれたかと思うと、茶のスーツの男が歩み寄ってきて、話しかける。お前がケールだな。男は車の方を見ている私の視線を探り、ついてこいといった。釈放されたんだから勝手だろう、といい張っても駄目だった。甘いぜ。おまえを見張らないわけねえだろう、と男はいった。二人は桟橋にあるボロ小屋に向かって歩いた。すきを見て逃げるって手もあるぜ。どうする？　こういうと、彼はボロ小屋のドアを開けながら、振り返った。どこへ行こうってんだい、ケール？　こっちの味方についとけよ。ベン・ジャリーをバラしてくれたろう。冗談をいっただけだ、と私がいうと、そうかい、ベンも首が折れんばかりに笑うさ、もし首が回せたらの話。

その話を聞きながら、今後の生活は一切合切窓なし護送車の中みたいなものと悟った。どこへ行こうと生きているかぎり。というわけでロスアンジェルスまで海伝いに行く船に乗せられた。五日間に一五〇〇マイル進むあいだ、人影といえばノースウェスト・メンドチーノ境の番人連中の姿だけだった。黄昏時、ロスに着いた。空は黄色と黒、街はオレンジ色と青に染まっていた。入港に二時間かかった。うつろに煙るハリウッド半島の湿原を北へ向け、はずれの沼地を進んだ。ぼんやり浮かんでいるのは廃墟になったハンコックパーク・マンションで、柱廊玄関のドアのあたりが海水に洗われていた。二軒の大きな家の上の階に明かりが見えたが、船が近づくと消えてしまう。不法侵入者たちが役人が来たかと思って明かりを消すのだろう。南側の島には空っぽの巨大なホテルがあった。珊瑚礁を通ってダウンタウンへ抜け、大運河を昇った。後方のマンションと同じような黒い建物の間を細い運河が走り、海岸沿いにあるチャイナタウンの店先から物音が聞こえてきた。泡がはじけるような音楽だった。あの音楽は何だい、と船上の人影に話しかけたが答えはなかった。彼は私に一瞥をくれ、積み荷はどれだという波止場の声にどなり返していた。私が積み荷だった。船がわざわざ半島から離れて走っていたわけがわかった。私が崖に跳び移ったり、船の後ろから飛び込んであの家の方へ泳ぎだすのを警戒したのだ。そんな真似はしないさ。波止場の男は船を引き寄せ、目でなにか語っていた。そいつがベン・ジャリーを知っていたか、ベンと同じことを考えていたかなんて関係ない。もし私がベンの首を絞めたり、のどをかき切ったりしていたら、こんなに軽蔑されなかっただろう。それならただの殺人で、罪としては裏切りよりずっと軽い。船があんなに崖に近づいたのも、私が飛び降りて死んだらいい気味だ、と思っていたのかもしれない。

私は街の図書館に住み込みで働くことになった。給料も少しはもらえた。仮出所した者の待遇の一例だ。三〇メートルほどのタワービル図書館で、ピラミッド型をしていた。まるで大きな灰色のロウソクからロウがしたたり落ちているようだった。あちこちに言葉とホコリのカタコンブのような誰も読まない書類が積んであった。一応はロス市民の便利を考え、図書館と記録室がつながっていた。私は誰とも接触せずに働く段取りになっていた。街のタワービル図書館でそんな暮らしをさせるのは、私のためを思うよりも私をあいかわらず獄中にいる気分にさせるためだったのだろう。確かに牢獄のようだったが、まあ悪くもなかった。狭いらせん階段の上は狭くて白い部屋で隅には寝心地の悪いベッドとサイドテーブルがあり、窓辺には刑務所ではあてがわれなかった机もあった。部屋からの眺めもはるかにましだった。建て増し家屋の残骸が見えるかわりに、四ブロック北の方に入港した場所が見え、西のかなたには沼地と林の向こうにギラギラ光る太陽が見えた。春夏にはその岸近くで売春婦たちの男を誘う声が聞こえてきたし、珊瑚礁は女の脚のようになまめかしく輝いていた。

仕事は三つあった。最初は図書館の書類でAで始まる項目は必ずBで始まるものの前にくるよう整理すること。次にいつも鍵がかかっているドアは鍵をもった制服の男以外には絶対開けさせないように気をつけること。鍵をもった制服の男がときどき図書館に現われてはドアを開け、中へ消えた。高い棚の上の本がちらっと見えることもあった。立場上、私はまだ大事な鍵など預けてもらえなかった。三つめの仕事は建物にいる不法侵入者たちを毎晩追い出すことだった。最初の三週間で私は小人でも入っていそうな赤い袋を持った女を一人見つけたきりだった。女も袋も見のがしてやった。「だけど朝には立ち去ってくれよ」といって。

夕方、外出するとき、鍵は閉めなかった。閉めるよう指示されていなかったし、だいたい鍵を渡されていなかった。尾行は気にならなかった。おきまりのことだったし、FBIは堂々とやってくれたからだ。とはいえ、他に行く所もないのになぜ尾行するのか不思議だった。運河の水門と橋の守衛が私を街にとどめておくよう見張っているのだ。どこかロスアンジェルスの裂け目に滑り込んで姿をくらますこともできなくはなかったが、それでどうなるわけでもなかった。結局ロスアンジェルスに姿を現わさずにはいられない。街に来てまもなく、あの音楽がそこかしこから聞こえてくるのに気がついた。最初の晩にチャイナタウンから聞こえてきた音楽だ。建物からも聞こえたが、どれも独特な、一つ一つ違う調べだった。街ですれ違う連中もよく口ずさんでいた。玄関の住所は削り落とされ、通りの名前も消えていた。人に道を尋ねれば、唄いながら教えてくれた。

音楽が流れてくる場所を聞き回っていたら、そのうち誰かが教えてくれた。海の音楽だ。街に海水が漏れ、地下で泉や川をつくっている音なのだ。空っぽの建物に川の音が響き、通りに流れる音楽になるのだ。昨日までまっすぐ建っていたビルが朝にはつぶれて地面にめりこんでいることもあった。そんなときは石ころの間でシュウシュウ鳴る音楽になった。チャイナタウンではこの界隈を〝泣き虫商店街〟と呼んでいた。夜になると店先からゴボゴボいう音が暗闇を伝わって図書館のタワーまで聞こえてきた。ある晩、仕事が終わってからラジオを買いにチャイナタウンのさびれた金物屋へ行った。店の主人は私に警官かと尋ねた。私はちがうと答えた。主人は私を上から下まで眺めまわし、少し考えてから、ラジオなんかないよ、違法なことはしてませんぜ、といった。おまえさん、新顔かいと聞くので、まあねと答えると、チャイナタウンをあんまりぶらぶらするな、気をつけて帰んなといわれた。その後またチャイナタウンを二軒回り、三軒目でおやじが裏部屋まで案内してくれた。警官じゃないな、と五回も念を押し、ようやくトランジスターラジオを売ってくれた。彼はそれを紙に包み、私のコートのポケットへねじ込み、裏口から私を外へ送り出した。何やら怪しい空気を感じたが、ラジオは手に入れたし、物乞いにつけられている気配もなかった。波止場を急ぎ足で帰りながらそんなにあせる必要はない、と思った。

波止場で太陽をボーッと見つめていると、珊瑚礁の影の手前で黒い山のようなものが水面に現われた。それは最初虫けらほどの大きさだった。太陽をすっぽりおおうほど近づいたときにやっと船だとわかった。黒い木の船体は油やヘドロがべったりつき、甲板は雨雲がかかったようにすすけていた。甲板にはアジア人、スペイン人、ポルトガル人、ドイツ人など、さまざまな声がひしめきあっていて、それが波の音や店先がミシミシいう音とだるそうに響きあっていた。船は、私がこのあいだ入港した波止場を通り過ぎ、運河の水門へ向かった。エンジンが切れ、その馬鹿でかい船は静かにすべっていった。静寂が人びとのざわめきさえ吸い込み、様々な顔だけが見えた。スカーフを被った中国人の老婆たち、ラテン系のはげたおやじとかみさん、ちょこまか動き回っている子どもなどが船のへりからこちらを見ていた。と思ったのだが、船がほんの一〇メートルまで近づいたとき、沈みかけの夕陽とチャイナタウンの灯の中で、彼らの目が生気なくうつろなのに気づいた。全員が盲だったのだ。盲を乗せた巨大な木箱はイースト・ロスの水路を流れていった。私はきびすを返し、ラジオを部屋に持ち帰った。

図書館に戻ると、私はいきなりドアを閉め、不法侵入者を探しもしないで閂を下ろしてしまった。もし誰かいても、部屋代がこっちにまわってくるだけのことさ。机でしばらく本を読んでからベッドに入った。灯りを消すと、遠くでドンと鈍い音がした。タワーが揺れなければ気にもとめない音だった。揺れはほんの数秒間だったが、私は手が折れるほど力を入れてベッドを握りしめ、三〇分くらいじっとしていた。それから起き上がってブランデーを一杯ひっかけ、ベッドでちょっと本を読んで、眠ろうとした。だがラジオからでなく外からサイレンや人の叫び声、そして例の街の音楽が聞こえてきたのでとび起きた。そして音楽が前と違うことに気づいた。遠くの建物から鳴り響く音が変化していた。最後に考えていたのは船から私を見つめていた盲たちのことだった。

二、三日後、机から顔を上げるとドアのところに誰か立っていた。でかい黒人だった。背丈が一九二、三センチはあろうか、体の両脇がドアから一〇センチずつはみ出していた。ごましおの五分刈り頭、ガラスに押しつけたような平たい顔だった。そこにはガラスなんかなかったが。男は私の部屋に入ろうと、階段を一段上った。突然現われ、私の驚いた顔を見ても言い訳一つしなかったが、声は思ったよりソフトだった。

お前さんがケールかと聞いてきた。私を殺しに来たのか。深刻にありうる話だ。とはいえ、自分の命が心配なのがなぜかうれしかった。ここ何カ月間も自由になることや自由に生きることなど考えてみもせず、誰に殺されようが知ったこっちゃないという気分だったのだ。それなのにこの黒い怪物を目の前にしてみると、死ぬのがちょっと恐かった。少なくとも恐怖感がなくなるまでは命が惜しい気がした。何とか恐怖の合い間をぬって、私は口を開いた。もし私がケールなら、どうだっていうんだい？

「ともかく中に入って座らせてもらおう」と怪物がいった。

「もう半分そうしてるじゃないか」

彼の頭はタワーの低い天井ぎりぎりだった。彼は波止場の眺めをほめ、部屋を見まわし、ベッド、机、チャイナタウンで手に入れた小さいラジオ、最後に私に目をやってからベッドに腰かけた。マットレスがきしんだ。彼はあらたまった声で告げた。

「ミスター・ケール、私はジョン・ウェイドという連邦警部だ。信任状が見たいかね」

「ああ」

彼はコートから信任状を出し、私がそれを返すと、しまいながらいった。「昨晩船で着いた。特別任務でね。ここにいる間にお互いよく知り合わなくちゃな」

「どうして？」

「私は君に会うし、君は私に会う。ここは何もない小さな街だからね。お互いどうしても顔を合わすことになるさ。お気づきどおり警察は君を監視している。だが個人的には連中を別の用件に使いたいんだ。私の知るかぎり、監視は特に必要ないだろう。君はどこへも行かない。君は牢屋をもち歩くような男だ。私についてきてくれるだろう。だが君のまわりから警官を追っ払うためには私たちがしっかり理解しあわなければならない。知ってのとおりさ。知らなきゃ知ってほしいのだが、監視はただ君を長い鎖につないでおくためじゃないんだ」

「そんなに長い鎖でもないさ」

「そんなに長くない、か。まあいいだろう。監視はただ鎖につないでおくためだけじゃないんだ。しばらく、政府としては君が仮釈放でこのへんを泳いでいるあいだに、何処その都市組織に洗脳されたりしたら困るんでね」

「政府は本当にそんな心配してるのかね」

彼はベッドの幅全部を使って座り、壁に背をもたせた。「いいかね、ミスター・ケール、心配したり、しなかったりさ。心配したり、しなかったり。ある意味では君の脳みそがどうなろうと知ったことではない。そんなもののPR価値なんてタカが知れてるからな。まあ今のところ政府は君を格好の研究材料だと思っている。自分の仲間を売りとばすってとこが気に入ったのだ」彼は私の反応をうかがい、肩をすくめて続けた。「早い話が、政府は君の身の安全について当人よりも心配しているよ」

「誰かをわざと怒らせてこの頭をカチ割らせたらどうする気だい」

「ごもっとも」ウェイドはベッドから起き上がるのに苦労していた。彼が真ん中に立つと部屋はいっぱいになった。「しかし、うちの上役連中は君にもうちょっと生き永らえてほしいようだし、私は地方警官を上役連中のごきげんとりのためにコキ使いたくない。だからちょっとは用心してくれ。誰かに連れ出されたり、条例を破ったりして私を困らせないように。たとえばラジオ禁止の条例があるだろう。いくら軽犯罪でも仮釈放中の重罪犯人なら簡単に告発できる」彼は机の上のラジオを見ながらいった。

「そんな規則なんて知らなかった」そういいかけた私をウェイドは手で制し、ラジオから目を離さずにいった。

「君は法律を破ってなんかいない。破ったとなれば私は君を逮捕しなければならない。かったるいよ。やることは他にもいろいろある。ラジオを持っていることがわかったらブチ込まなけりゃならん。やめとこうや。部下たちには、このあいだの晩のチャイナタウン訪問とラジオは無関係だといっておこう。もしもラジオを買ったのなら、運河に投げ込んどいたほうがいい。そうすればことはずっと楽になる」

「バカげてる」と私がいうと彼もいった。

「そうともさ。この街では、音楽が地形図で、ラジオは無政府主義者たちのコンパスなんだ。地下の音楽は合法で人間が作る音楽は非合法。私ならそんなくだらない法律など定めないがな。まあ、ラジオを処分するんだな、ケール」そこまでいうと彼はドアへ行った。「地下の音楽を乱す連中だけでたくさんだ。このあいだの夜、地面が揺れたのに気づいたかい？」

「地震だと思ったが……」

「そいつはめでたい。みんなが地震だと思ってくれたらありがたいな。ここから北西二マイルくらいの半島に爆弾をしかけたやつがいたんだよ。地下の川の流れを変えるためにね。街の波止場の向こう側は音楽がすっかり変わっちまった。明らかにテロ行為だ。まだバカげた話を聞きたいか？　船上でうちの上役連中はこれを当然のごとく政治的だと解釈していた。連中にとってはなんでも政治的だからね。一切合切が政治的なわけだ。当然君のことも気にしていた。君は地下に爆弾をしかけたりしないだろう、ミスター・ケール？」

「最近はね」

「ともかく地形を変えたりしないな。まあいい。この件については厳しく尋問されたことにしといてくれ。早い話が、これで充分のはずだ」彼は口を閉じた。そして私のことを眺めまわし、軽くうなずいて出て行った。彼の姿は暗い図書館にすぐ吸いこまれた。最初はぼんやり浮かんで見えたカーキ色のコートも、やがて闇に消えた。

ロスアンジェルスに来てから一カ月たった。ずいぶん長く感じたが永遠ってわけじゃない。永遠というのは全てを忘れさせる。まだどこにもそれほど長くはいなかったから、護送車暮らしの日々も忘れられない。永遠にロスアンジェルスにいるのなら、良心の呵責で胸が絶えずうずくようなことはなくなるかもしれない。ジョン・ウェイドはもうタワーに現われなかった。そんな出来事が一つずつ区切りになっていった。私は頻繁に部屋を留守にするようになった。警察がそれを歓迎するはずはないが、別に文句はいわれなかった。私を脅してもむだだと連中はよくわかっていた。そのとおりだった。街では大きな黒い鳥が通りいっぱいに不吉な群れをつくっていた。運河の水面にはいつもガラクタがぎっしり浮かんでいた。イス、額つきの絵、金箔のお面、マンガのヒーローが踊るオルゴールなど。タワーが揺れた日を境に、ビルから聞こえてくる音は確かに変化していた。見捨てられ、崩れそうな簡易食堂や薄汚れてドアもない居酒屋は新しい調子でガラガラ、ミシミシいっていた。街に残っているのは主に老人や臆病な貧乏人たちだったが、音が変わると彼らは方向感覚が狂うのだった。私にとっては、このおかげで時間というものが永遠よりはましなものと悟ることができた。ウェイドが去って四、五日後、また小さな生活の区切りが出現した。市役所の男二人が、図書館の鍵がかかった部屋をいくつか開けに来たのだ。その時私はタワーの上にいたが、彼らはあちこち探しながら登ってきた。そして私を下へ連れて行き、仮釈放者としての新しい任務をざっと説明した。棚の古い書類を整理させようと思いついたのだ。読んで整理し、その資料価値を報告しろという。誰にとっての価値かと質問すると、市民の興味や地域の関心事、付属文書としての価値、または政府に役立つなら何でもといわれた。その書類には何の価値もないのは一目瞭然だった。政治的破壊分子と見なされている私に重要書類を整理させるはずがない。大事な部屋の大事な鍵など私に渡すものか。私をおとなしくさせておく手段だった。鍵を受け取って厚い信頼に感謝すると、片方の男が笑っていった。「あたり前さ、ケール。お前は我々の味方なんだから」手の中の鍵が金言の銀塊のようにずしりときた。鍵一つにつき一カ月の一日一日があっけなく終わってしまうのだ。銀の価で、永遠の、永久の償いのために。

　私は三八、九だ。しかし鏡の中には五〇歳とも五五歳ともいえる顔があった。髪の色は一七歳頃から変わっていないのに、ほおひげは白くなり、目が充血している。よくもこんなにくたびれちまったものだ。活きの悪いやつらをバカにしていた若いころの自分が、こんなに早く老け、くたびれるとは思いもよらなかった。空疎な水の世界にそびえる音楽の消えたタワーの中で、私はこのイヤな感じに苦しんだ。昔は、人に話しかける自分の声をちゃんと聞いていた。話し始めと話し終えたときの声は自覚していなくてはいけない。今こうも年とって、自分の声がわからないとはどうしたことだろう。愛するものは愛そうと努力することで自分を傷つけると昔信じていたからといって、どうしてこうも疲れてしまうのだろう。牢獄は人間を駄目にするには絶好の場所だ。そこで私は意識に倦怠という感覚を教え込み、その結果、情熱と誠実さは抗議もせず、すみやかに死んでいった。

彼らが大事だという部屋の大事なはずの鍵を渡された夜、私はひたすら歩き回っていた。鍵と一緒にラジオを持ち、大通りを東へジグザグに歩いていた。運河前まで行く間、街はどんどんさびれていった。そこでは珍しく酒場が六軒ほどやっていて、男たちが笑っていた。そういえばロスへ来てから一カ月ものあいだ、人の笑い声を聞いたことがなかった。私は酒場には入らず、船つき場の方へ行き、運河を下る船に乗り込んだ。ここまで来る途中、警官は誰も私を尾行しなかった。いつものお供がいなかったというわけだ。大失敗をやらかしてくれたものだ。私のように心底堕落した者は、見張りがちょっと気を抜けば、つい信用を裏切ってしまう。そうすぐには裏切れないが。運河はサンベルナルディーノ付近の海岸で終わり、船はそこからリバーサイドに向けて下る。あさってまで命があったら船を乗りかえてユーマ・ソノラの近くの港へ抜けよう。この夜、甲板の上で自覚が消えていき、船がすべってゆくことにも、風の冷たさにも、無頓着で、海賊がドウニー湾で待ち伏せしており、めぼしい船荷を奪うという噂にもうわの空だった。コートのポケットには大事だという鍵が入っている。もう一方には違法のラジオ。どちらか片方、それとも両方海へ投げ込もうか。ポケットから出そうか出すまいか……。

暗闇の中、海が目に入った。灰色で、船が街を抜けて走る間、さざ波すらたたなかった。私は悲惨に砕かれた水平線を背にし、ポケットをいじっていた。片方の手に鍵、もう片方にラジオを持って、どっちがどうなるのだろうと考えていた。頭上の雲は、昼間通りで見た不吉な黒鳥の群れにも似ていた。そして月しか見えなくなった。巨大なしゃれこうべのような月は船や川岸に軽く笑いかけていた。まわりの人声がなくなって、静けさに思わずビクッとした。みんな引き上げてしまったのだ。今ならいける。運河の上方五〇ヤードのあいだには何もなかったがカーブのところに小さな浜が突き出していた。近づいてくるカーブを見ながらポケットの小さいラジオをひっぱり出し、しばらくつけてから消した。甲板で自分の左右と後ろを見まわした。船はカーブで南側へかじを取った。これから広い海に向かって、永遠にロスアンジェルスとはおさらばだ。

突き出た浜には人が二人いた。

一人は砂の上に座っているかひざまずいていて、じっと動かず、声も出さず私に背を向けていた。その背中で手を組んでいた。もう一人は女で、同じようにじっと動かず、彼の前に立ち、片手を彼の頭に触れ、髪でもなでているようだった。彼女の顔は彼とは逆にはっきり見えた。まだ若い、二〇歳そこそこだろう。彼女はシンプルなワンピースを着ていた。明るい月の光の下で、それは仄かに青白かった。船は南へカーブしながら岸に近づいた。彼女は視線をまっすぐ私の方に向けてはいなかったが、一瞬、彼女の瞳まではっきり見えた。彼女は船に気づいてもいないようだった。堤防は月の光に白く映り、彼女の黒髪は浅黒い顔を燃やした火薬の煙のようだった……。ラテン系か地中海出身だろう。船に気づいてくれないかとじっと見ていたのだが、船はエンジンを切ってしまった。彼女にこちらを向いてほしかったのに、そうするかわりに彼女は男の頭に手を触れた。彼女を見て、私は自分が失ったものを嘆くのをやめようと思った。船からあれほどよく顔や目が見えたのは不思議だった。私は彼女の足元の男を軽蔑し、致命的な冗談をいって絞首刑にしてやりたかった。

彼は振り向いて私を見た。

月光のスポットが彼の顔に当った瞬間、別の光、閃光が彼と私の顔のあいだを走った。それは音もなくいきなり光った。光が消えれば彼の顔もよく見えるだろうと思っていたら、その顔がなくなっていた。何度見直しても同じことだった。岸にはあいかわらず二人の姿があったものの、彼の顔だけがなかった。いや、彼女の手の中にあった。きらりと光ったのはナイフだった。彼女のシンプルな青白いワンピースのふところから飛び出した六〇センチくらいのナイフが月光をはじき、今は彼女の手の中にある頭を男の体から、バッサリと、切り離したのだ。それは一瞬のできごとだった。彼女の一撃で、私はあわてて水上の暗闇を走るせせこましい人間界へ引き返した。

ふと気がつくと、私は車の中から波止場を見下ろしてコーヒーを飲んでいた。浜は地方警官やＦＢＩたちで埋まっていた。ＦＢＩたちが大きな茶色いコートをなびかせて歩く姿は、戦車の行進のようだった。車に乗るのはシアトルで船に乗り換えて以来だった。飾り気がなく機能的だった。与えられたコーヒーを私はあまり飲まなかった。そんなに欲しくなかった。しばらくのあいだ、あの男がやってくるような気がしてのどが締めつけられていた。こめかみと心臓がドキドキしていた。ほかの男の頭が宙に飛ぶのが何度も目に浮かび、頭が砂浜に落ちるのにかかる時間まではっきりわかった。

彼の体がそれに気がつくのにどれくらい時間がかかったかもよくわかった。色のないワンピース姿、髪の茂みから蛍のように光る彼女の白目、光るナイフが一瞬のうちに真っ赤に染まる様子なども目から消えなかった。

ウェイドが車から降りろと合図した。最初に会ったときとちがって、立ち話になった。彼は不気味に迫ってきた。暗闇の中で手がないように見える。彼は前と同じ囁き声でたずねた。「まず最初に、船の上で何をしていたのか話してもらおう」

私はポケットからラジオをとり出した。「この危険なものを手に入れたので、ヤバイことになる前に市民からなるべく遠ざけたかったんだ。必要とあらば身投げでもしようと思っていた」もっともらしくいおうとしたが、声はわれ、ラジオをさし出す手は震えていた。ウェイドがラジオを受け取らなかったのでまたポケットにしまった。

「今夜、女が男の首をはねるのを見たよ」

しばらくしてからつっこまれた。「で？」

「でって、それで充分だろ」

「充分じゃない」彼は私からコーヒーカップをとりあげて地面に投げ捨てた。「体がなかったんじゃないのか。頭があったのかなかったのか」

「信じてないってことかい」

「お前さんはなにかを見たんだろうさ。運河を下ってるあいだ、石のように黙ってるかと思うとねずみ花火みたいにまくしたてたりしていたと船長がいっているんだ。覚えてるか?」

「いや」

「なにかが原因で忘れたんだ。人が頭をはねられるなんてよほどのことさ」

「でも思い込みかもしれない。頭の中で勝手に見てたことかもしれない」声の響きがおかしいのは自分でも気づいていた。

「誰と話しているんだね」とうとうウェイドはいらつき出した。「お前はユーマ・ソノラへ行こうとしたのか、それとも運河の底に沈むつもりだったのか」

ウェイドの指図で私は車に戻った。彼は浜の方へ歩み去った。赤毛の小柄で細いわりに逞しい警官が私を街まで送った。署で取り調べを受けたがその夜のことはあまり覚えていない。後でようやく、ベッドに入る前に朝日が昇りはじめていたことを思い出したが、眠りについたのは、確か、真っ暗な中だった。


夢はみなかった。後から思うと夢はみるべきだった。翌日も、その次の日も、あのできごとが頭にこびりついていたというのに、眠りの世界にはただどす黒い海水が視界に広がるだけだった。目を覚ますと足元には血のついた長いナイフを持った彼女が、床には血がふき出す寸前の彼がいた。頭はいつもどこか影の方に転がっていく。ときにほんの数センチのところで目が合ってしまったりしているうち、すべて消え去るのだった。

誰かが質問を二、三しに訪ねて来ても、それしかいうことはなかった。それから一カ月、彼らがなぜ束縛の手綱をひっぱったりゆるめたりするのか納得のいく理由を考え続けていたが、結局、理由などないと悟った。私の扱いに手を焼いていただけの話だ。なにかと味方呼ばわりしていたけれどいい加減なものだ。こっちだって本気にはしない。本人よりまわりの方がその人物を見抜いているなんてことはよくある話だが、私の場合、例外だった。誰にもわかりゃしないのだ。はっきりしないことは全てギャンブルだ。私は彼らのギャンブルのネタだった。私が少しでも得になるか、損をふせぐのがやっとか、迷っていただろう。あの夜以来ずっと、大事だとかいう鍵を取り上げるかどうかも、いろいろ考えていたはずだ。

そして大事だという部屋でしばらく書類整理と記帳をしていたが、およそ退屈な仕事だった。聞いたこともない人たちの往復書簡、パンフレット、プログラム、記事、長いだけの記録の数々……、手書きもあればタイプ、活字もあった。一体誰にとって価値があるというのだろう。この街ではどうでもいい古ぼけたものばかりだった。

裏部屋でくつろぎながら、私はラジオを好きなだけ大きな音で鳴らしていた。ウェイドはラジオで恩に着せるつもりかもしれないが、とんでもない、こんなちっぽけなラジオ一つで味方にしようなんて虫がよすぎる。私はずっとラジオをかけていたが、しょっちゅう警官が見回りにきてドアから音を出す例のやつをのぞいていた。ある夜、遠くで再びドシンという音がして、たたき起こされた。このあいだは地震と勘違いしたが、タワーが揺れていた。そのうち、続けざまに二回揺れが来た。起こされたドシンを入れて三つだ。外ではビルが狂ったように交響曲を奏でていた。一晩中ビルのきしみで眠れなかった。翌日もずっと同じ状態だった。昼さがりに警官が来て、いつものようにドアのたもとからのぞきこんだ。このときはたまたまラジオをつけていなかったが、中に入ってきた。私を警察署まで連行した例の赤毛の頑丈なチビだった。

「今回はラジオを没収しなければならない」と彼はいった。

「世界も破滅しようって時に、ラジオなんかに構っていいのかよ」

「没収だ、没収」しようがない、ラジオはあきらめた。しかし、夜の騒音はかなわない。日中はともかく。ロスの街は夢遊病者であふれていた。五日めの晩、散歩に出た。ベッドから這い出てタワーを下り、通りへ出た。外の方がずっと騒々しかったが、寝ながら聞いているよりましだと思い、歩き回った。私の足はいつだったか、歩いたことのある方角に向かっていた。酒場と人の声がしたところへ。

スプリング通りを抜けると喧騒は穏やかになった。イースト・ロス運河わきの酒場の一軒に入ると騒音は消えた。そこの客層は上流とはいかなかった。だいたいが海岸下の密輸業者で、狡猾な海賊どもと組み、麻薬、安物のソノラン酒、違法の電気製品その他ＦＢＩが危険物資と見なす品物を闇にまぎれて街へ運ぶのだった。女も五、六人いたが、みんな四〇代後半だった。もっと若くてきれいなのは、海の方のマンションへ行って、船代を出してくれそうな金持ちの行商人を相手に交渉していた。一人だけせいぜい二〇代後半の女がいて、連中の目を引いていた。青地に白だったか白地に青だったか忘れたが、水玉の服を着ていた。髪は琥珀色で長かった。酒場の隅に腰かけて手巻きタバコをふかしながら、カメラをいじってばかりいた。彼女にからむ男はいなかった。みんな話しかけたり飲み物をおごるだけで、半時間ほど見ていたが、彼女を口説く者はいなかった。彼女は貴重な存在として、酒場の男たちから大切にされていたのだ。まるで彼女がおびえて逃げないよう、暗い隅にそっとしておこうという協定でもあるかのようだった。飲み物をおごりに近づく者は後をたたなかったが、彼女がお礼に微笑んでも図に乗る者はいなかった。彼女は相変わらずカメラをいじっていた。カメラはラジオのようにブラックリストに載ってないらしい。地上のイメージは人間のイメージに合っているってことか。

その酒場は地下のほら穴にあった。およそ六メートル程のらせん階段を下りる。毎晩部屋へ戻るのに昇るらせん階段と少し似ていた。ほら穴は岩土で遮られ、街の地下から一本の川が谷間に激しく流れ込んでいた。酒場のブースやテーブルからそれが見下ろせた。ときどき酒場の床まで水が押し寄せてきて、客の足をぬらした。空気はタバコと大麻の煙でよどみ、川のしぶきでしめっていた。悲鳴を上げる街を何日も過ごしたあとでは、川が流れる音は子守歌のように心地よかった。私はカメラをいじっている女をしばらく眺めていた。彼女の影が天井にまでのび、私の影もそっちに向いていた。と思ったが、私の影ではなかった。私は安酒を注文し、影の主の動きを待った。彼はテーブルをはさんで私に対した。カーキ色のコートを脱いで暑そうにしていた。

彼も安酒を注文してからいった。「ケール、人間は、自分のことを生かしておけないほど自身を憎みきれるものか」彼はハンカチで顔をふいてワイシャツのえりをひっぱった。彼のシャツがひどくダボダボだったのでびっくりした。

「そのシャツを帆にして、街まで来たのかい。それともそれはパラシュートかい」

ウェイドは袖をまくりあげ、えりをもっと大きく開いた。ハンカチをしまって、酒を半分飲み、川を眺めながら不快そうにいった。「ここはうだるな」へばっている彼を初めて見た。確かに暑かったが、それにしても彼は完璧に参っていた。「それで何をしているんだ」

「本音をいえば、地上の喧騒からのがれているのさ」

「じゃあ、とうとう参ったというわけか」

「ちょうどそっちも熱気に参っているんだろうと思っていたところだ」

「そうだな」ウェイドはうなずいた。「熱気より騒音の方がましだ」彼は酒をあけてもう一杯注文した。飲む先から酒を汗に流してしまっている。彼のパラシュートシャツは雑巾になりかけていた。

「このあいだの夜の一件だけど、なにか進展があったかい?」私はこう口にしてからすぐ後悔した。彼と話を始めてしまうのは譲歩の第一歩になるからだ。

「このあいだの夜ってなんのことだ」

私は唇をなめてゆっくりいった。「浜辺の女のことだよ、ナイフを持った」

「進展させようがないだろう。胴体も、頭も、ナイフも、女も見つからないんだから」

「オレが狂っているというのか」

「またそれだ」そういいながら彼は二杯めを受けとった。「ほかに目撃者がいないんだよ。お前だけなんだ。でっちあげかどうかなんて勘ぐる気はないし、早い話が、お前は露骨なうそだけはつかないだろう」

「露骨なうそはつかないだって?」

彼は念のためもう一度考えたが、答えは初めから決まっていた。「ああ。もしうそをつけるやつだったら、自分にもうそをつくだろう。つくべきうそもたくさんあるしな。生まれはどこだい、ケール？」

「アメリカさ」

「そうだろう。アメリカ1か？　アメリカ2か？」

「それがどうも確かじゃなくてね。どこかその間だろう」

「お前は、四五歳……五〇くらいか」

「三八か九だ」

「年のわりにふけこんだな。まあ無理もないが」

私は彼の二杯めを取り上げて川へ投げた。思い出してみるとなかなか笑える光景だ。二人とも真面目くさった顔で、プカプカ浮いたグラスがトンネルへ流れ去るのを見ていた。カウンターの男やそばの二、三人が私をにらみつけた。「もうつきまとわないでくれないか、警部さんよ。前にオレをオレ自身の牢獄から解放するといってくれたろう。こんなバカげたことからも解放してくれたっていいんじゃないか。告白することなんて何もないよ。告白なんて自分だって何度もしているわけじゃないんだから」と私がいうと、ウェイドはあいかわらず滝の汗を流しながら落ち着いてささやいた。

「お前の告白なんかどうでもいい。私はな、お前が命を大事にしてまともに暮らしていけるよう、便宜を図ってやりたいんだ。お前が死んだり狂ったりしたら政府も困るんだよ。うちの上役連中も困るだろうぜ。私は政治的な人間じゃないが……」

「……仕事なんでね。お前はこっちの味方だろう、ケール？」

「くそくらえといったろう。味方のわけないじゃないか。誰の側でもないんだ」

「それがお前の弱点だな」

「どうかな。私はバカな一瞬の軽はずみで人を絞首刑にしてしまった事実を一生背負って生きていかなきゃならない。でも、それを政治的行為と考える必要はないし、政治的役割を押しつけられる筋合いもない。問題なのは、権力側が個人的な過ちと政治的動機からした行為とを区別できないことなんだ。私は自分がしたこととその意味はわかっている。あんたにも、誰にもそれは変えられない。だからほっといてくれ。生きるにせよ、死ぬにせよ、自分で決めさせてもらう。念のためにいっておくが、あんた方は私を高いビルに押し込めているだろう」

「わかっている」

「念のためいっておくが、タワーの一番上にある私の部屋の窓は小さくない」

「わかっている」

「私の命と正気を心配してくれるなら、あんなお手頃な窓があるタワーに押し込むなんて迂闊だったな。そんなに心配してくれるなら、の話だけどね。尾行係はずいぶん呑気になったよ。今晩も来てるかもしれないが、まだ見てない。ついこの間、街から抜け出す船に乗り込んだときも見かけなかった。確かに束縛の鎖はどんどん長くなっているな。港についた最初の晩から、思い切ったことをするチャンスはいくらでもあった」

「それはいえるな」

「結論からいえば、私の命なんて本当はどうでもいいんだろう。殺されようと、自殺しようと、正気だろうと、気が狂おうと知ったこっちゃないのさ。私をそっちの味方だといっているけれど、本当は最初から信じちゃいないんだろう。その意味じゃ私は扱い方がややこしいお荷物なんだ。自分たちの行動、停滞、矛盾から私の矛盾を判断し、自分たちのその行動と停滞の矛盾から私の政治的役割をひねり出して、自分たちの政治的役割を判断しているんだ」

「ついていけないよ」

「抜け道なんか探さなければいいのさ。どうでもいいけどおたくらも途方に暮れてるわけでもなさそうだしね。政治的人間ではないとかいう話は聞きあきたよ。生まれはどこだい、ウェイド？」

　私は立ち上がった。彼も一緒に立つかと思ったが、座ったまま動かなかった。ぬれたパラシュート姿で私を見た。そのときは流れっぱなしの汗のことを忘れているようだった。バーテンはまだいやな目つきで私をにらんでいた。隅でカメラをいじっていた女はもういなかった。勘定をテーブルに置いてもウェイドは黙っていた。私はほら穴を出て、騒音の方へ帰っていった。

私はアメリカで生まれた。どこか奥地だった。家から三〇〇ヤードほど離れたところで、二本のほこりっぽい道が交差していた。そこには黒い電話の黄色いボックスがあって、その前を通ると鳴っていることもあった。ときどき受話器を取ってみたが、誰も答えなかった。混線していたのかもしれないし、最初からそんな音はなかったのかもしれない。一八歳になる頃には、自分にかかってきたわけでもない電話の音など気にならなくなっていた。

境界線というものは理解しがたい。いつも変化しているようだ。国境とか年の境のことをいっているのだが、私がいつ、どこにいようと私が生まれた場所は確かにアメリカだ。そこがまだアメリカかどうか、実のところわからない。べつに知りたいとも思わない。一八歳になり、電話が鳴るのを無視できるようになったころ、私は初めて大量の水を見た。それは右手を流れる広い川だった。後からアメリカの川だと聞かされたが嘘だと思っていた。アメリカの川だとか外国の川なんてものは存在しないんだ。ただ水の境界、水の国、水の年をもつ水の川だけが存在するのだ。そんなふうに考えるところから私は危険な方向に踏み出していた。アメリカの空なんてものも信じなかった。だが、アメリカを信じていなかったわけではない。

船でシアトルからロスアンジェルスまで運ばれながら、水世界の水時間の中にいると思うとうれしかった。でも自分をごまかしきれなかった。結局まだ連邦刑務所から持ち込んだ時間と場所の中にいるのだという自覚はあった。そしてアメリカはかなた遠く、ロスの時計は短針だけが文字盤を回り、長針は動かないという噂も耳にした。

地下のほら穴でウェイドと飲んだ晩、ベン・ジャリーの夢をみた。夢をみるのは久しぶりのことだったので、次は女の夢をみようと念じた。夢の中で後ろ手に縛られたベン・ジャリーは看守二人にはさまれ、長い廊下を歩いていた。私は仮釈放のため、廊下を反対方向へ連れられて行く途中だった。遠くから彼だと気づき、どんどん近づくにつれて感覚が麻痺していった。ほんの数メートルほどに近づいたとき、彼が処刑台に向かっていると悟った。彼はなにもいわず、私を見ていた。彼の目がみじんも私を許すまいとしていたのがせめてもの救いだった。もし彼の目が私を許していたら、間違いなく私は自殺していただろう。その方が楽だろうから。許されていたらシアトルからロスアンジェルスに行く途中で、敢えて、時と場所を水世界のものに変えていたかも知れない。こっちの方がキツイかも知れない。ともかくベン・ジャリーが長い廊下を歩いてゆくのを実際には見ていないのだ。ベン・ジャリーは私が釈放されるずっと前に死んでいた。彼もアメリカ生まれだった。

図書館の裏部屋の公文書には、実在していたか否かはともかく、殺された人間の伝説的記録が山ほどあった。一番衝撃的だったのは、ロスアンジェルスのとある台所で殺された男の話だ。晩春のある夜のできごとで、大勢の目撃者がいる。床に血を流した男はすぐには死ななかった。犯人は捕まった。殺された男はアメリカ1生まれだった。殺された場所がアメリカ1かアメリカ2か、文書では明らかにされていない。ファイルに残すかどうか迷った。市民が興味を持つか、地域に関係あるか。FBIの連中はこんな情報など残しておかない方が喜ぶだろうと思い、自分で保管した。私はわけもわからずに、この種の文書をどんどんためこむようになった。みんなが寝静まったころ、タワーの自分の部屋に運び上げ、ベッドの下の箱の中にしまうのだ。特にその伝説的記録によると、殺されたこの男は殺されやすい家系だったらしい。この家系の人物の殺害記録もほしかった。私は殺人における殉教行為と救済行為の違いを研究していたのだ。

私が不法侵入者たちを図書館のホールに寝かせておいてやるという噂が広まって、夜ごと人の数が増えていった。ベッドの下の殺された人々の記録が増えるにつれ、図書館ホールの生きている不法侵入者の数も増えていくようだった。ある午後、警官が来て、連中は外に出しておけといったが、よくわかっていています、巡査、とだけいっておいた。その後、訪ねてくる不法侵入者も警官もあとを絶たなかった。しかし警官は私を牢に入れるといっても脅しにならないこと、私が夢より他に怖がるものはないことを知っていた。街の不協和音を楽しみ、ビルの騒音に合わせて歌えるようになると、長い廊下でベンに会う夢もみなくなった。

夢はベンから不法侵入者になり、ロープの切れ端を首につけたその男が口を開くと、そこからビルの騒音が響いた。

殺された人間の記録を読むと、いろいろ夢をみることができる。だがあれは夢ではなかった。あの夜、私は真っ暗の裏部屋で書類の山に囲まれ、イスにうずくまったまま目を覚ました。何時だか覚えていないが、そう長くは眠っていなかったので、真夜中すぎくらいだろう。図書館の明かりはみんな消えていた。ビルのそでには電気が通っていなかったので仕事は昼間しなければならなかった。窓からもれる通りの明かりでなんとかものが見えた。私は思いがけない所で眠りこけてしまったとき、光の変化で目を覚ましたときによくあるような不安を覚えた。だがおぼろな光の中で一人きりという不安以上の何かを感じていた。イスからよろよろ立ち上がってみた。部屋に誰かいると感じて目を覚ますというのはうそだ。人の気配を感じながら目を覚ますなんてできない。できると思う人は、人間の本能を信頼しすぎている。子どものとき、ベッドの下やドアの影に何かいると思って起きて、結局なにもなかったりしたことを忘れているんだ。刑務所の独房で人の気配を感じて目を覚ました夜は幾晩となくあったが、誰かがいたためしはなかった。あの夜、私はおぼろな光の中で一人きりという感覚と、そんなはずはないと思いつつも誰か部屋にいるという感覚に包まれながら起きた。文書をけとばして、暗い保管室の奥へ行った。窓の外からくる明かりは変わっていなかった。書類の棚の通路を一つずつ点検していった。すると目の前に、今しがた現われたばかりのような、あの二人が立っていた。

私は思わず飛び上がった。耳の中で心臓が激しく鼓動していた。最初のときと同じように、彼女は私に顔を向け、彼もひざまずいたまま私の方を向いた。私は、つかの間ゼリー状のものにまみれた胎児のようにこの幻覚が離れてゆくのを待った。そう、これは何でもないことなのだ。だがいつも起きぬけに見ていた幻覚とちがって、それは消え去らなかった。独房に長居しすぎて何が本当のことかわからなくなったのかと思ったとき、ナイフが見えた。

声をあげるより先に彼女の一撃が飛んだ。彼の頭が、しばらく首についていたので彼女がしくじったのかと思っていると、頭は私の方にフラフラと近づいてきた。つかまえようと思えばその頭をつかまえ、腕にかかえて胸に抱きとめることだってできた。私の後ろでぴしゃりと落ちた。あの、夜中に街を揺らし、音楽を変えたドシンという音と似ていなくもなかった。あのときと同じように彼の体はスローモーションで彼女の足元にくず折れた。彼女はすっくと立って顔を上げ、私を見た。唇を開き、知らない言葉で話しかけてきた。私が一歩近づこうとすると、ナイフをふりかざした。彼女の顔から血の気がひいていた。唇は濡れ、瞳はうるんでいた。

私は胴体に目をやった。彼女はいきなり、棚の間の通路へ駆け出した。私はつっ立ったまま、胴体と少し離れて床に転がっている頭を見ていた。頭は血をゆっくり流していたが、胴体の首からは、風船がしぼむ勢いで血が噴き出していた。

ほんの一瞬、私は落ち着きをとり戻した。もし、その落ち着きを使って頭の所まで歩いて行き、顔を見るため持ち上げたら、きっとベンの顔がにらみ返してくるだろう。だがそこまでいかなかった。ふと我に帰ると、私は保管室の隅のイスに腰かけていた。ウェイドが前に立ちはだかり、窓からまだ通りの明かりがもれていた。そしてもう一つ見慣れた光が稲妻のように目に突き刺さった。私はコート姿の男たちや作業員たちにぐるっと囲まれていた。これは指をパチッと鳴らす合図で突然起こった変化というより、時間の経過をかすかに意識しながら、さっきまでの出来事に夢中になっていたら、こうなっていたのである。私は手をかざして見上げた。あまりに都合よすぎると思いながら、ウェイドに向かってというわけでなく、「何もいわないでくれ」といった。彼も何もいわず、コートに手を入れて待っていた。きげんがよさそうには見えなかった。「このあいだのようだとはいわないでくれ」と私はいった。

なんでもないよ」

私は首をふった。フラッシュする光が嫌だった。「なんでもない。夢をみただけだ。

「なにがあった？」

彼はきげんが悪そうだったがやっと口を開いた。

「ここで何をしているんだ」と彼に聞いてみた。

「このあいだ？」

ウェイドはかがんで巨大な五本の指で私のえり首をつかんでいった。「なにをやらかしてくれるつもりだい？」ようやく彼が怒り狂っていることに気がついた。彼は私の腕をつかんで部屋にひっぱっていった。警官が立ちつくして私たちを見ていた。彼らを見返したとき全てわかった。胴体も頭もなかったが、今まで見たこともないほど大量の血があふれていたのだ。一人どころか一〇人から流れ出したように。胴体があった場所から流れた血は、びっしりつまった棚の書類のあいだを通り、仕事場の床まで押し寄せていた。はねられた男の首が私の背後に転がった跡にも血が散っていた。私はそれを見、ウェイドを見た。それから警官とドアのみすぼらしい不法侵入者たちに目をやった。追い立てられる危険を犯して現場をのぞきに来ていたのだ。この血の海を見て私がどれだけほっとしたか、誰にもわかるまい。「すると夢じゃなかったんだ」とウェイドにいった。

ウェイドはまた同じ腕をつかんで私をイスに連れ戻した。「進展があったな。この血は確かに夢とはいえない。座れ」私が座るとウェイドは続けた。「さて、これからどういうことがわかるかな。まずお前の記憶に新しいところから始めよう。以前から何か面白いことが起こると、いつも都合よくカタトニア（緊張症）になっちまうようだがね」

確かに都合がよすぎた。「このあいだのようだといったろう」

「頭がなくなった男と、女のことだな、砂浜の」とウェイドがいった。彼は私をわざといらつかせていた。「同じ女か？」

「同じ女、同じ男だ」と私はいった。

「同じ男？」

また光がピカッとしたのでビクッとした。「そうだ」

「このあいだ頭をなくした男が、今度もまたなくしたっていうのかい？」

「そうだ」

「そいつはヘビか？」

「ヘビだって新しい頭をはやしたりしないさ」

「わかってる。おまえこそわかってるのか？」

「じゃあ夢だったんだ」と私がいうと彼はいった。

「血を流す夢だ。その男を見たのかい？」

「同じ男だということはわかっている」

「彼を見たのか？」

「もちろん見たさ」

「しっかり見たのか？　このあいだははっきり見なかったようだが」

「顔なんか見ることはないさ、誰だかわかっていたんだから。このあいだはわからなかったが、今ははっきりしている」

「名前はあるのか？」

「誰にだって名前ぐらいあるさ」

「鈍いやつだな、ケール」ウェイドはますます怒っていた。

「彼の名はベン・ジャリーだ」

「クソッタレ」

私はドアのみすぼらしい連中を見ながら尋ねた。「連中はどうなるんだい？」

「今は取り調べ中だろう」ウェイドはそういったものの、ふり向いて彼らを見た。

「彼女は走って逃げたんだ」私がいったので彼はこっちに向きなおった。そのとき私は他の大事なことを思い出した。「今度は声もだした。話しかけられたんだよ」

「なんだって？」

「スペイン語だったと思う」

「確かか？」

「彼女が何ていったかはっきりわかったら、スペイン語かどうかもよくわかったんだがね」

「男はベン・ジャリーだとわかっているみたいにか。野郎も世界一ツイてない首をもった男だぜ」とウェイドがいった。

「夢だったといったろう」それしかいえなかった。そのときまた、なにかピカッと確かに光り、私はイスから飛び上がった。稲妻ではないようだ。「いったいあの光はなんなんだ？」そういって光の来る方向を見ると、ウェイドもそっちに目をやった。

「すわれ」彼は私をイスに押しもどし、「マロリー！」と呼んだ。私のラジオを没収した赤毛の頑丈なチビだった。ドアの方へ動く人影が見え、驚いてイスからまた飛び上がった。ウェイドも彼女を見た。彼はもう一度部下を呼ぶと恐ろしい剣幕でいった。

「あの女はここでなにをしているんだ？」

ほら穴でカメラをいじっていた青と白の服の女だった。「彼女も警官なんだろう」と私はそこにいる全員に大声でいい、ウェイドの顔を見ていった。「彼女は警官なんだ、私を尾行して写真をとるよう命令してたんだろう。彼女があの夜も酒場にいたわけもそうなんだろ」

彼女は例の光るものを持って、まだ見物中の不法侵入者たちを押しのけてドアから出ていった。赤毛のマロリーと他に二、三人が彼女を追いかけようとした。ウェイドはひどく驚いたらしく、わずか数秒の間に私を見、部下を見、また私を見た。「ちょっと待て！」彼がそう叫んだのでマロリーたちは止まった。遠くの明かりがついたホールに、角をまがって消える彼女が見えた。

「彼女は警官なんだろう」と私はまたウェイドを攻めはじめた。

「黙れ」と彼はいって部下の方を向き、私を振り返った。彼は見るからに混乱していて、私をイスに押しもどそうともしなかった。彼の目は細くなった。「本当にあの女を知らないのか、ケール？」

「警官なんだろう」

ウェイドはしばらく黙っていた。やがてゆっくり首を振って「違う」というと、振り返ってホールを見た。「あの女は警官なんかじゃない」疲れがどっと出たのか、彼はイスにくずれるように座りこんだ。ちょうど六メートル先で、頭を失った胴体が床にくず折れた様子とよく似ていた。マロリーが、「彼女を捕まえに行きましょうか、警部？」と尋ねると、彼はすかさず「いや」と答えた。警官たちは互いに顔を見合わせ、動こうとしなかった。ウェイドはため息をつくように穏やかに話しかけてきた。

「ケール、オレはお前とうまくやっていけるものと大いに期待していたんだが、まだ先の話だな。残念だ。オレは今、不可解な事件をいくつもかかえて身動きできないんだ。今夜、なにかが起こって、誰かが大量の血を流した。死体は見つからないは、凶器は見つからないは、加害者も見つからない。そして目撃者はアテにならんおまえだけだ。わかっているな。血液を鑑識に回すより手がない。お前の情報などない方がましだった。事件はなにもなかった、といって済ませたいところだがそうもいかない。この気持ちわかるだろう」

「ああ、気持ちはわかる」と私は静かにいった。

「だろうと思ったよ」彼は立ち上がった。「お前は以前の方が扱いやすかったよ。罪の意識におののいていたころの方がね。どうなっちまったんだ？」

「わからない」と私はいった。もう自分が罪の意識におののいていないのかどうかさえよくわからなかった。だがまもなく、ナイフを持った、昼を塗りつぶすような黒髪の女が目に浮かぶより先に、誰がスパイか、私が誰の側と思われているか、ベン・ジャリーが何度死んだか、全てどうでもよくなっていた。自分が狂気か正気か、夢かうつつか、生きているのか死んでいるのかも、気にならなくなっていた。ただ、彼女にもう一度会いたかった。スペイン人であろうとなかろうと、ナイフをもっていようといまいと、今度こそ捕まえてベン・ジャリーの命を救ってやりたい。私のせいで首を一度ポッキリ折られてしまったのだ。その罪のあがないのためなら、たとえ正気を失おうと、命を失おうとかまわなかった。ウェイドはそのことを少しは理解しておくべきだった。

「頭の整理がついたら知らせてくれ」と彼がいった。

「カメラの女のことはどうなのかい？」

「彼女にはかまうな」

ちくしょう、と私は思った。

川のそばに木がある。西の向こうだ。男が来て見上げると、枝の間に人間の集団がいる。木上生活者たちだ。その男が彼らに、木の上の暮らしはどうかとたずねる。しばらくの沈黙の後、木の一番高い大枝の深い葉陰から誰かが返事をする。……

どうしても返事が思い出せない。うまいおちなのだが、忘れてしまった。ニューヨークで聞いた話だ。私はアパートに住み、そこで女と出逢い、恋をした。彼女も一カ月間、私の愛に報いてくれたが、仕事に水をさされた。彼女は非合法の政治団体の幹部だった。彼らはニューヨークのアパートで秘密会議を開き、解散するときは頭にアメリカ1のかけらをもっていた。そのことを街頭で公表した。私はというとどこにも属していなかった。何かの一員になること自体信じていなかった。そんなことは真実ではないと知っていたし、唯一真実だといえるのは、私自身をしっかりもつことだと自覚していた。ジャリーとは比較的早く会えた。私が愛していた女が、あなた運がいいわ、あなたは比較的早く彼に会えたんですものといっていたくらいだ。彼女は彼に会う一八カ月前から幹部のメンバーだった、といった。彼は幹部から幹部へと渡り歩き、彼だけが指導者として全ての幹部を知り、アメリカ1のかけらをもつ者全員を知っていた。いざという時、かけらを全てつなぎ合わせることができるのは彼だけだった。もちろん彼の外見はいかめしい感じではなかった。背丈は私くらいで、明るい色の髪、半透明で青白い石膏のような肌、茶目っけのある目をしていた。握手して微笑みながら、相手をすばやく見抜いてしまうようなタイプの男だった。仲間に入る気はないかと彼に誘われたが、私は集団の一員になるのは苦手だと説明した。いつまで白黒つけずにやっていくつもりだい、といってから彼はあれこれ話を始めた。川のそばに木がある。西の向こうだ。男が来て見上げると、枝の間に人間の集団がいる。木上生活者たちだ。その男が彼らに呼びかけて、木の上の暮らしはどうかとたずねる。しばらくの沈黙ののち、木の一番高い大枝の深い葉陰から誰かが返事をする……。

　ちくしょう、なんとか思い出せないものか。うまいおちだった、後で考えてみると、それはどうも彼がいいたかったことというより、私がいいたかったことを代弁していたような気がする。

ある夜、私は幹部と一緒に逮捕された。私がそこにいたのは彼女がそこにいたからだった。私は幹部のどの連中からも信用されていなかった。だが私は、幹部の一員ではなかったものの私たちを逮捕した連中の一味でもない。ベン・ジャリーのことは尋問されても答えなかった。彼らはあの手この手で私の舌をすべらせようとした。彼らはジャリーこそ重要人物だと見做しながらも、上げられなかった。私たちとのつながりがつかなかったのだ。私は他の連中と共に牢獄に送られた。幹部は引き裂かれ、皆べつべつの場所へ連行された。私はサスカッチェワン山へ送られた。アメリカ1のかけらを頭にもっているという罪をかぶせられたのだろう。そこには二年以上一人きりでいた。おそらく同じような理由で投獄された他の囚人たちとはあまり接触がなかった。刑務所の看守たちがあえて接触をさせなかったのだ。だがジュッドという男とはなんとか仲良くなれた。無邪気な目をして、子どものように笑う男だった。彼は自分がなぜ牢にいるのかわからず、私と似た境遇だった。彼が投獄される運命に陥ったということに、誰もが畏敬に近い驚きを感じた。悪意とは全く無縁な感じだった。ある日、彼がいつもより少し悲しそうだったので、元気づけようとして夕飯のテーブルにひじをつきながら話しだした。なあジュッド、そう古くない、面白い話があるんだ。

川のそばに木がある。西の向こうだ。男が来て見上げると、枝の間に人間の集団がいる。木上生活者たちだ。その男が彼らに呼びかけて、木の上の暮らしはどうかとたずねる。しばらくの沈黙の後、木の一番高い大枝の深い葉陰から誰かが返事をする。……

誰も笑わなかった。誰もが黙っていた。あたりを見まわして、前にも皆この話を聞いたことがあるのだと気づいた。みんな同じ場所で聞いたのだ。ジュッドは恐ろしい笑いを浮かべていた。彼も知っていたのだ。彼の目をのぞきこむと、いつもの無邪気さはなく、悪も知っている男に見えた。彼が囚人ではないことも悟った。彼はテーブルから立ち上がって、ずっと笑いながら歩き去った。彼には二度と会わなかった。結局ベン・ジャリーと私の共通点は、同じ冗談を同一のいってはならない相手にくりかえし話してしまう迂闊さにあった。他の囚人たちはただ座って私を見ていた。後から、連中のほとんどは私があの冗談をわざといって、ベン・ジャリーを陥れる好機をつかんだと思っていたことを知り、ひどく驚いた。

私は独房で、夜通し目を見開き、連行されるのを待っていた。二日たって、何気なく話したあの冗談を、向うも冗談ととってくれたと信じかけていた。何年も前に聞いたんだ、と私はとうとう尋問に連れて行かれたときいった。祖父から聞いたんだ。子どものころいつも話してくれたんだ。あんなありふれた冗談、だれでも聞いたことがあるだろう。「ありふれた冗談なんかではない」と彼らはいった。その男が彼らに木の上の暮らしはどうかとたずねる。しばらくの沈黙の後、木の一番高い大枝の深い葉陰からだれかが返事をする……。

思い出せない。あの日以来思い出せない。頭の中のアメリカ1のかけらが、あの冗談のうまいおちだったのだが。

しかしあのときはあのとき、今は今だ。図書館の裏部屋で起こった夜の一件以来、私の頭はうつろで、おちなど全く思い出せない。思い出すのはスペイン語とその声の調子だけだった。あの言葉と声の調子を聞いてから、関連のある言葉の数々を次から次に、何ページにもわたって、見つけた。見つけたのは翌日のことだったが、不思議な偶然ではなく、ごく自然なことのように思えた。その朝、ロスアンジェルスのからっぽの摩天楼や、その間をつなぐ高さ三〇メートルのねじれた小さな橋には、雪のように霧がかぶっていた。保管室には朝早くから掃除人たちが来ていた。前夜の殺戮跡の乾いた床を、ぬれたモップでこすって赤さび色に染め、血がついた文書を箱詰めしていた。彼らは私の頭に残っているスペイン語の声以外、一切の痕跡を消してしまうつもりだった。部屋に入ったときグレーの仕事着の男が、さしさわりのある本を棚から下ろして箱に詰め込んでいた。私は彼から箱を取りあげ、箱から文書を出し、棚に戻した。彼は驚きで麻痺したように見つめていた。どうする気だいと尋ねると、没収の命令が出ていると答えた。そんな指図なんて承知しない、床を掃除してもいいが、文書は置いて行けといった。彼は肩をすくめ、仲間に合図した。彼らはモップとバケツを持って出ていった。

私は前の晩眠りこんだ場所の足元に散らばっている文書を調べると、それはそこにあった。念のためいっておくが、あまり驚かなかった。それがそこにあるのは、彼女が保管室のあの場所にいたことや、船の甲板から見える浜辺にいたのと同じくらい自然なりゆきだったのだ。文書というより紙の束に近いそれは以前からそこにあったのではないが、他の文書と同じように時を超越していたし、血も浴びていた。実際、他のものよりたくさん血がついていたのも不思議ではなかった。紙は乾いて白茶けており、文字は薄くなっていた。五〇から六〇編くらいの小詩集だった。私はイスに腰かけ、残りの一日、ずっと読みふけった。血や薄れた文字のせいで読みにくい行もあったが、それら全ては一つの主題を追いかけていた。誰でもすぐに彼女の姿を思い浮かべることができただろう。夜の色の髪とそれにふさわしい情熱、唇はベン・ジャリーの血の色をしていた。作者が表現する彼女の目は、盲特有の不透明さをもち、限りなく深みに欠け、白い空と海が遠くでぼんやりつながっているようだった。彼女の体つきについては、作者はなにも語っていなかった。私も彼女の体つきは覚えていない。顔の印象が強すぎたのだ。詩を読み終えたとき、私はずっと息も殺して読んでいたことに気づいた。気分が高潮し、まるで一つしか出口のない部屋に入った泥棒が、ドアの向こうから彼を捕えに来る足音を聞いたときのようにこわばっていた。激しい、火薬のような髪と瞳をもった女がもう一人、別の時代、別の場所にいるとは思いもよらなかった。夜明け前まで一連の詩がここになかったおかげで、少しは救われた気分だ。作者は最後に過去の彼女の言葉とアクセント、さかさまの疑問符、けだるく官能的な調べについてのロールシャッハ検査を解析していた。彼もスペイン語は知らなかったが、聞けばそれとわかり、彼が閉じ込めた夢の牢獄から彼女が出ようとしてときどき口にするひどい英語より好きだったようだ。彼が彼女を愛していたかどうかはなにも語られていない。彼女と寝たかどうかもわからない。彼女についての記述に偽りがあれば、それと気づいただろう。私が見たのと同じ女を知っている男が、どこかで私に詩を書き残し、彼女を存在不可能な時と場所に存在させている、そういうことだった。

私はその詩をタワーに保存していた殺害記録の文書と一緒にとっておいた。私は証拠隠匿に対する罪の意識と共に、やましさの家を建てていた。謎を解くため、昼も夜も詩に目をそそいだ。雪のような霧はその後一週間か十日続いた。潮が満ち、堀と川に紛れて街は暗い灯台の集まりと化した。夕方の五時ごろには雲の影にある太陽から赤い霞がもれてきた。いつもきまってそうだったので、赤い霞がもれる瞬間に時計をあわせることができた。私はある夕方ボートこぎに話しかけ、珊瑚礁の方へ行ってほしいともちかけた。ハンコックパーク・マンションを見ていたのだが、マンションの入口は葉のない黒い木に囲まれ、海水がまわりを洗っていた。「ロスで黒髪の美しい女が見つけられるとしたら、向こうのマンションで他の美女たちと一緒にいるしかないだろう。こんな霧じゃ、船は出せませんよ、だんな」とボートこぎは用心深くいい、手でロープをぐるぐる巻きながら私に鋭い視線を投げかけた。その目つきは、この街はウェイドやFBIたちに全部しきられているわけじゃない、特に音楽の鳴る箱を売る連中とかボートでこぎ出す連中は違うんだ、といっていた。太陽が沈み、遠くのマンションは星のように輝き始めた。ボートこぎには金を与え、この会話は極秘だぞという視線を送っておいた。

私は彼から離れた。背の高い葦の茂みが前後に揺れている中を通って行った。そこは、沼になる前に中国の金持ち連中が建てたという二つの石のピラミッド跡の間だった。ピラミッドは太陽の光を浴び、にぶい金色に輝いていた。海水にうたれてできた穴という穴に、浮浪者たちの火が燃えていた。私は中心街のある酒場に向かった。着くころには暗くなって通りの明かりも少し見えた。歩道のあちこちで古びたゴミ箱が破裂し、行く手で走り回っている姿は最初巨大なネズミかと思ったが、黒いコートの影から人間の目が私をのぞいていた。その酒場には前に二度ほど行ったことがあった。赤いドアにはノブがなく、窓は泥まみれだった。中のカウンターには、ラベルのない茶色いボトルが四種類あって、出されたものにいちいち文句をつけても無駄だった。もし初めて行ったときに隅で独り言をいっている老人がいなかったら、二度と行かなかっただろう。バーテンはその老人のことをレイモンドと呼んでいた。

レイモンドが聞き手を意識していたかどうかはわからない、だがいつも三、四人は耳をかたむけていた。ただしその連中が同じ顔ぶれだったことはない。バーテンによれば、彼は毎日荒野から船でこの酒場にやって来ては一人座って話し込むということだ。レイモンドが街の図書館で働いていたと聞くと私はますます気になった。本当かどうかは疑わしい。バーテンが私のことを知っていてわざとそういったのかもしれない。ともかく私が寝起きしているタワーでレイモンドも生活していたことを想像してみた。レイモンドは七、八〇歳のように見えたが、外見で判断する無意味さはよくわかっていたつもりだ。いったい彼が何歳なのかは、この街の建物と同じように謎だった。レイモンドの語る昔話は、まるで章の順番がばらばらになった、街の生きた歴史だった。でも順番がばらばらなのはレイモンドではなくて街そのものだった。私はバーに座って、ロスアンジェルスの何もない小さな島に最初に住みついたのはアジア人であることや、ハリウッドの沼地に宮殿をかまえた中国の督軍が、ネバダまで草原を駆け抜けて来て、今では捨て子たちの部落になっている海辺の洞窟で暮していた野蛮人やサムライたちとやりあった話などを聞いていた。レイモンドの酒場での独り言は最初から前後関係が雑だったが、ポルトガルのバクチ打ちが南アメリカの奴隷少女たちを連れて来たあたりで支離滅裂になってしまった。

バーを出てしばらく歩きまわった。警察関係の人間が連れ戻しに来るのを待っていた。三〇分もすると以前、ウェイドと話し、カメラの女を見た例のほら穴に来ていた。そこで船乗りたちがその夜のダウニーの得点について小声で話しているのが聞こえた。ウェイドに会えるとは思わなかった。カメラの女に会うのも期待してなかったが、彼女は前と同じ場所に座っていた。バーテンは気さくに私を見た。私はあたりを見まわし、部屋の反対側を気にしながら別のテーブルに移った。人がちらほら出たり入ったりした。五分くらいしてから立ち上がり、彼女に接近した。彼女は最初にここで見かけたときと同じように熱心にカメラをいじくり回していた。脇のテーブルの上にはタバコと吸がらが二、三本入った灰皿があった。煙はソノラン大麻のような臭いがしたが、見上げた彼女の顔はうつろという感じではなかった。その遠い目つきには何か理由がありそうだった。前には空のグラスが三つ並んでいて、酒にも強いようだった。彼女が私を見、私がやあ、と話しかけてから反応が返ってくるまで、なにかが止まってしまったかのような長い時間、五秒か一〇秒かかった。それから彼女は他の男へ笑いかけるのと同じように私に微笑みかけた。その間抜けな笑顔は間抜けでない顔だちに似合わず、おかしかった。彫りが深くて、頬骨が高く、目が離れていたけれど、それより顔を滑稽にしていたのは、中心から少しはずれた口だったと思う。ともかく彼女は、微笑の感じはいいが何処か人を寄せつけないところを利用して酒をおごる気にさせながら、それ以上の危険は遠ざけていた。

私は酒を申し出なかった。珊瑚礁のボートこぎにやりすぎて金がなかった。私が自分の名前をいうと彼女は前から知っているのか関心がないのかわからない様子でまた微笑んだ。彼女の名は後になってウェイドから教わったのだが、ジャネット・ダート、あるいはダッシュだかドットだかといった。ここへはよく来るのかいと尋ねると彼女は笑った。なんだか口説いているように聞こえたので話題を変えてみた。「警官なのかい?」

彼女はカメラに目を落としてからもう一度顔を上げ、驚いたように「いいえ」といった。

「でも殺人があった夜、図書館にいたじゃないか」

「殺人があったの。そんなこと全然知らなかったわ」彼女は用心深くこちらを見た。

次に名前はなんでしたっけなんていいだすのではないかとハラハラした。

「でも図書館にいたじゃないか」

「ちょっと写真を撮っていたのよ」彼女は大麻を取り、一服吸った。

「ロスアンジェルスはもう長いのかい?」

「いいえ」彼女はまっすぐ私を見た。麻薬にも、酒にも、質問にも、やけに落ち着いている。「この街に来たのはあなたの少し後よ」このせりふから私のことを知っているのがわかった。みんなお見通しという感じだった。

「どこから来たんだい?」彼女は私を凝視したまま沈黙を守っていた。「写真を撮りに来たのかい?」

彼女は正確に答えようとして考えた。そしてゆっくり説明した。「写真を撮るのを第一の目的にして出かけることはないの。ただし第一の目的がいつも違っても次の目的はいつも写真を撮ることだから、それはどこでも同じなのよ」彼女はもう一服大麻を吸った。最後のグラスを取り上げて、裸眼ではよく見えないものでも見ようとするようにのぞきこんだ。そしてグラスを置き、おごってくれないという視線を投げた。

「ああ」

私は金をはたいて彼女に一杯注文した。「あなたは飲まないの?」彼女がいった。

「そういうのっていやだわ」

「じゃあグラスを分けあおう」

「そういうのもいや」と彼女はいったが、結局同じグラスで飲んだ。といっても最初だけで、すぐに彼女だけの酒になった。彼女は酒を独り占めして長いことしてから口を開いた。

「人を探しているの」

「で？」

「でって」このときの彼女は膝の上のカメラをすっかり忘れているようだった。

「第一目的に移るわけかい？」

「そうよ。第一目的に移るの。彼がどこにいるか知ってるでしょ？」

「誰のことだい？」私は驚いていった。

「私が探している男のことよ」

「誰を探しているんだ？」

彼女は全く信じられないという顔をした。「知らないの？」

「知らない」

「連絡があったでしょ？」彼女は少し考えて自分から答えをつぶやいた。「そう、連絡しないかもしれないわね」彼女は酒を飲みほした。

「誰のことだい？」と私は聞いた。

「あなたこそ誰を探しているのか教えてくれない？」

「誰か探しているっていったかい？」

彼女は肩をすくめた。「私の勘ちがいかしら」

私は首をふっていった。「いや、本当は探しているところなんだ」

「でしょう。彼女を見たもの」

「なんだって？」

「だから、彼女を見たのよ」

私はイスに座りなおし、手の平をテーブルの上に平たく置きなおした。そうするまでの三〇秒間ほど、私は口をぽっかり開けて呆然としていたようだ。「彼女を見たって？」

ジャネット・ダートだかダッシュだかは静かにいった。「あの夜、私は図書館のそばにいて、彼女はドアの影、というより階段のところにいたの。彼女の背後から図書館の明かりがもれていたからドアは開いていたはずよ」

私はゆっくり首をふった。「同じ人物について話しているとは思えないけど……」

「もう、鈍いわね」彼女は急に怒りだした。「色黒の少女のことよ。南方出身の、南アメリカかもしれないほら、褐色の肌に黒い髪、うす茶のドレスを着て裸足だったでしょ。体じゅうになにか散っていたので泥かと思ったけれど、すぐに血だとわかったわ。手になにか持っていて、堅くてやっぱり血がついていた。ね、同じ女でしょう」

「警察の報道を聞いたんだろう」といったがそれではちょっとおかしいと気づいた。うす茶のドレスと裸足のことについては警察に話さなかったからだ。私の見た服には色がなかった。信じられないことに、靴をはいていたか裸足だったかも覚えていなかった。けれど今の頭に浮かんでくる彼女は、砂浜でも、保管室でも、服の色こそさだかでないが靴に関してははっきりしていた。記憶の中の彼女はまぎれもなく裸足だった。どうして前から気づかなかったのだろう。警察は初めから彼女を知っていなければわからないはずだ。私はテーブルの向かいの女にいった。「ＦＢＩと組んでいるのかい。私を錯乱させようって寸法かい」彼女はこいつはもうおかしくなっているというような目で私を見た。「そんな女はいないよ」といってみたがそれは信じられなかった。そうしたらあの夜に保管室で見たウェイドの顔とも大量の血とも辻褄が合わなくなってしまう。

「ならいいわ」と彼女がいった。

「図書館の階段で彼女を見て、それからどうしたんだい？」

「中にもどったのよ」

「図書館の中にかい？」

「彼女を怖がらせたんだと思うわ。カメラに驚いたんでしょう」

「カメラ？」

「彼女の写真を撮ったとき」

私はイスから立ち上がっていった。「彼女の写真を撮っただって？」

「インドの迷信にあるんじゃないかしら、カメラに関するね。インド人ってカメラに迷信深い？」

私はテーブル伝いに彼女の隣りにまわった。「彼女の写真を撮っただって？」彼女は私の態度に少しおびえてバーを見まわした。それにつられて見ると、私が手を上げるのではないかと見はっている連中がいた。彼女はその男たちに微笑みかけながらいった。「座ったほうがいいわ」しばらくして私はいった。「その写真を持っているのか？」

「ええ」彼女は大麻を灰皿で消した。

「今持ってるか？」

「ほかの写真と一緒にしてあるわ。あんなふうに警官にいいつけないでほしかったわ。あの夜のあなたのやり方ときたら。私はあの人たちとは関わりたくないのに」

「なぜ？」

「ほかにも探さなければいけない人がいるの、警官は邪魔なのよ」

「警官とつき合いたくないなら、あそこでいったい何をしていた？」

彼女はちょっとためらったが、こう話した。「実は、何かあったのかと思ったのよ。あの子が図書館からあんな格好で出てきたでしょう。あなたがどうかしたかと思ったの」

「じゃあ私が誰かも、図書館で働いていることも知っていたんだな」

「ええ、知っていたわ」

「私が初めてこのほら穴に来たときも誰だかわかっていたのか？」

「だいたいね」

「話してくれ、どういうことだ？」

「何が？」

「私をなぜ、どうやって知った？　私の行動と身の上が気になるのはなぜだ？」

「お名前は何とおっしゃいましたかしら？」

「そのせりふは遅すぎる」

「もっと早くいえばよかったわね」と彼女もうなずいた。

「それとも決していわないかだ」

「写真を見たい？」

「いったいどういうことなのか話してくれ」

「だめよ。写真は？」

私たちは一緒にほら穴を出た。酒場の男たちは私から目を離さなかった。地上に出ると彼女はビルの音に釘づけになった。なにか思い出したように立ちつくしていた。

「同じかしら、ねえ同じよね」と彼女が尋ねるのでなんのことか聞いた。「音よ、変わっていないわね」という。ああ、変わっていないねと答えた。「そう願うよ。音が変わるたび、慣れるのに一苦労だし、よくは変わらないから」「私はそう思わない」と彼女はいった。「毎日変わってもいいわ。一分ごとに変わってくれてもかまわないわ」

　私たちは彼女が住んでいるところへ行った。運河からそう遠くない、図書館より中心街寄りだった。以前ロスの工業地帯だった所で、巨大な貯蔵箱然と立ち並ぶ灰色のビルには、約一〇メートルの高さの屋根についた明かり取り以外、窓もなかった。ジャネット・ダートだかダッシュだかの住居は古い倉庫で、以前はリトルトーキョーの商売人たちが港に運ばれて来る米や魚を保管していたという。倉庫の戸口の電球が、通りにあるたった一つの明かりで、三ブロック手前からも見えた。ジャネット・ダートだかダッシュだかは、ともかく大事だという鍵を出し、倉庫を開けた。中に入って後ろのドアがぴしゃりと閉まると、一瞬、刑務所に舞いもどった気がした。それから階段を上り、彼女が別のドアの鍵を開け、後ろで再びパタリと閉まっても、その感じはぬぐいさられなかった。それから窓のない長い廊下を案内された。左へ曲がって一二、三メートルほど向こうのドアを抜け、また左に曲がってから右へジグザグに進んだ。歩いているうちに方角がわからなくなるところも刑務所に似ていた。ドアの鍵がもう一つ開けられ、また廊下かと思うとそこが彼女の部屋だった。

　最初は広いか狭いかさえ見当がつかなかった。立っていると真っ黒で冷たい空間だけが迫ってきた。右上方の天井横に、細い明かり取りが一つあったので、ビルの一番上にいるとわかった。開いた明かり取りから黒い空が見えた。音が聞こえた。私は寒いなといい、つまずきながらすぐ明かり取りを閉めに行った。何をしているの、と暗闇で彼女がいった。だめよ、開けておいて。私は声の方をふり向いた。この感じも刑務所のようだった。まさに刑務所そのものだった。この暗い部屋で、細い明かり取りが一つ、そして全てが冷たい。最上階の部屋の冷たい暗闇で彼女の声を聞いていると、私が高地にある刑務所の暗くて冷たい部屋で想像していた何千ものことが蘇ってきた。あのとき、あの場所で、どんな女の声でもいい、女の声に飢えていた。刑務所に住んでいた頃、もし声さえ浮かんだら、声だけ呼び起こせたら、後は簡単だった。彼女の姿はいくらでも想像できたし、彼女に思いのまま触れてもらうこともできた。そんな声を夢見ていた。そして今この暗闇で彼女の声を聞くや、何かが背中を駆け抜け、全てがぴんと張りつめ、静止してしまった。彼女が話しだすと頭にスペイン語が鳴り響いた。もちろん彼女はスペイン語なんて一言も口にしなかったのだが。私は自分にも彼女に対しても何をしているのかわかっているつもりだった。ここは刑務所ではない、と自分を説得した。「寒いな」と彼女にまたいった。「開けておいてよ」と暗闇から彼女がいう。「変わるところを聞き逃さないようにね。地面から響いてくる音楽のことよ」

彼女は明かりをつけ、「なぜそんなふうに私を見ているの」と聞いた。隅には、乱雑なベッドと小さなテーブルが置かれていた。たんすもあったが、部屋のL字形になったところは暗くて見えなかった。もしこの壁のかわりに鉄柵、隅に便器があったら独房そのものだった。私は写真を見せてくれ、といった。

彼女は肩をすくめ、また紙巻き大麻に火をつけた。「ほかの写真と一緒にこっちにあるわ。ギャラリーみたいにしてあるのよ。できの悪いのもあるけれど」と説明しながら私を軽く押しのけ、暗いL字形の所まで部屋を横切っていき、もう一つ明かりをつけた。

私はその「ギャラリー」を眺めた。

確かに写真だった。壁一面、上から下、端から端まで光沢のあるプリントでびっしりだった。その一枚一枚の真ん中には大きな黒い点があり、彼女は写真を夜の闇か、この部屋の暗闇でか……、レンズの蓋をしたまま、カメラの中の暗闇で撮ったようだった。L字形の小部屋は光沢のある黒い点で埋められ、そのきれいに並んだ点は、皆同じに見えた。私はふりかえって彼女を見た。青と白のドレスを着て、滑稽にも見えるあの抜け目ない笑顔を期待したが、笑顔はなく、こちらを見てさえいなかった。かわりに写真を一つ一つじっくり点検し、黒い点を見比べていた。彼女は首を振ってもう一度、「できの悪い写真もあるわ」といった。

彼女は下から三番め、右から四番めの黒い点を取って渡した。これが話の彼女よ、と私が見ている手の中をのぞきこみながらいった。奇妙な感覚がまた背中を走った。「冗談のつもりか」と私は小声でいった。

こう聞いても、彼女は平然としていた。「それならこれは彼女ではないっていうの」と挑むように目が踊っていた。そして疑わしげに私を見た。「本気?」

私は手の中の黒い点を見つめながら言葉を飲んだ。なんといおうかいろいろ考えたあげく、この写真には何もないじゃないか、ととりあえずいった。

彼女は少したじろいだ。私の手から写真を取り、見捨てられた花嫁が枯れた花束を落とすように、それを床に落とした。

「私が写真を撮ったときは暗かったのよ」と彼女は冷静にいった。「でも写ってるのよ。私には見えるの。あなたに見えないのは私のせいじゃないわ」彼女は壁に近づき、写真全体を手でなでた。「それは何だい」と彼女が見つめている黒いしみについて尋ねた。彼女は壁を背に立ちつくしている。「何を探しているんだ?」しばらくたって答えが返ってきた。「私の探しているものはここにはないの。私が探している写真はここにないわ」

彼女は話した。丘の上に木があったの、東のはて、マンハッタンとマリタイムの間にある無人島。その丘に木があって、彼は裏の柵の中にほかの連中と住んでいた。その木の枝は空に通じる曲がりくねった道みたいで、葉は複雑な模様をつくり、家やビルを区分けにしているみたいだったわ。木の皮は白かった。風が吹くと彼の髪が木の葉にきれいにとけあっていた。後ろに連なる丘も真っ白で、稜線がそのまま彼の額の輪郭に続いているように見えた。

彼の写真を撮った時は、まだ、彼が私の存在に気づいていなかった。彼のことは、木を撮るときに前から何度も見ていたの、もちろん柵の外からね。まわりによく調和している人だった。だけど写真をなくしてしまった。どうしてだか、ある朝気づいたらなくなっていたの。次の日、面会時間に彼を撮った写真をなくしてしまったといいにいったら、彼は面会室に来てガラス越しに座ったの。まわりは暗くて、彼の顔はリムジンの黒い窓に人影が白く映るように見えたわ。彼は私が何者か何度も聞いた、名乗っても私のことなんか知らないといい張っていた。今はもう知り合いでしょっていったの。彼はガラスの向こうでイスから飛び上がり、後ろのドアの方へ走っていってしまった。看守が私のことを見ていたわ。もう一度会いに行ったとき、彼はよそに移されたっていわれたけれど、それはうそだった。私は彼が出てくるのを待っていた。「彼はもうすぐ来るわ」と彼女は黒い写真から私の方に目を移し、いった。「地下からの音を聞いていると、彼が間近にいるのがわかるの」

「肝腎なのはね」と彼女は人指し指を立てて熱心にいった。「あの日の午後、牢の横の丘の上で彼の写真を撮ったとき、時間が遅かったのにフラッシュをたかなかったということなの。フラッシュは要らないってわかっていたのよ、光は彼の顔の中にあったから。それ以来ずっとフラッシュなんて必要ない、それ自体が光っている写真を探しているの」

私は一メートルの距離を突進して彼女の手首をつかんだ。彼女は逃げようとした。「うそだ」というと彼女はおびえて顔を上げ、壁に押しつけると沈みこむようになってしまった。私たちの顔はすぐそばにあったが、彼女は私の目ではなくのどのくぼみを見ていた。私は「うそだ」と繰り返した。「この写真を全部、フラッシュなしで撮ったというのか？図書館の裏部屋で撮ったやつはどうなんだ。大量の血が流れて警官がたくさんやってきたあの夜のことだよ。この写真を全部暗闇で撮ったというのか？」彼女はかすかに首をふったかと思うと小さくうなずいた。私は手首をつかんだまま揺さぶった。後ろのかべの写真がゆるんでパラパラ落ちた。手首をねじると彼女は一緒に動いて写真を踏みつけた。こんなに彼女に近寄るなら、目を閉じなければいけない。彼女はスペイン語を話せるのだろうか。彼女の髪は黒くなるかもしれない。彼女はのどのくぼみではなく目を見ていた。つかまれていない手で服の一番上のボタンに触れた。私はいった。この写真を全部、暗闇で撮ったといいたかったのか？だがあの夜見たんだ。ひっきりなしにフラッシュの光を浴びせるから、頭にきて顔を見たんだ。最初はずっと、嵐か部屋の光かと思っていた。私にはなじみの、夜の光だ。長いことそんな光のない夜を過ごした後であんな光を浴びたら忘れようたって忘れられない。

私はふと黙った。口をすべらせたからではない。忘れ去った光と夜のためにだ。ちょうどその瞬間、部屋ではなく意識の中に、またあの光を見た。

意識の中で、私は船に、黒い髪の少女は、浜辺にいる。男は彼女の足元にひざまずいている。月光の中で、別の光が音もなく鮮烈に光り、彼と私の顔を遮る。彼女の手にはナイフがあった。次に私は、図書館の裏の保管室に立っている。通りの光が図書館の窓からさし込み、私は警官にとり囲まれ、目の前に立っているのはジョン・ウェイド。ウェイドのちょうど肩ごしにジャネット・ダート、ダッシュがいて、カメラを持っている。警官とウェイドとジャネット・ダートの後ろの隅に彼女はいた。半ば暗闇に埋もれていた。頭の中のこれら全ての光景は、ジャネット・ダートの写真を引き伸ばし、背景をはっきりさせて見ているようだった。ジャネット・ダートが、それ自体が光っている顔もあるといったのは本当だった。まわりの闇よりも黒い彼女の髪の中から青白い顔がボーッと浮かび、外の光を受けたナイフが光る。私は確かにそれを見た。

彼女はあそこにいた。私はジャネットの手を放した。手首をさする彼女に私はいった。そうだ、彼女はあそこにいた、ずっと、私たちの目の前に。

もちろんよ、とジャネット・ダートがいった。

私は黒い点のギャラリーから目をそらし、刑務所だったら鉄柵があるはずの壁の方へ歩き、部屋にたたずんだ。

どうして彼女に気づかなかったのだろう？　部屋中に警官がいて、彼女は隅のちょうどあそこにいたのに。どうして彼女が見えなかったのだろう？　しかし私は彼女を見てはいたのだ。彼女を見たといえるのは、今ありありと、隅のあそこで私の顔にナイフの光をちらつかせた彼女が見えるからだ。もし彼女が私に見られたくなかったとしたら、なぜドレスの下にナイフを隠さなかったのか？　だいたいなぜあそこにいたのだろう？　彼女はなぜ私を見つめ、なにを求めていたのか？　私が彼女のナイフと顔以外何も覚えておらず、ドレスも、靴のことも、人が大勢いる部屋に彼女がいたことにも気づかなかったのは、なぜだ？

私はふりかえってジャネットにたずねた。「彼女はいたね？」

もちろん、と彼女は繰り返した。私が図書館正面の階段で見つけてから、彼女はまた中に戻ったっていったでしょう。

「じゃあ、君もあそこで彼女を見たんだね」と私はいった。

「彼女の写真があるわ」とジャネットは黒い写真を指さし、「でも私が探している写真ではないの」といった。ジャネット・ダートのカメラはその顔をとらえられなかったのである。

「君はあの夜、見つけられると思ったのかい、探している写真を？」

「ええ」とジャネットはいった。

「彼女があそこにいたから？」

「あなたがあそこにいたからよ」

「でも君が探しているのは私じゃないだろう」

「あなたを探しているのはほかの連中」

私はジャネットと別れた。ドアを出るとき、遠くから彼女の声が聞こえたような気がした。あなたはしっかり彼女に捕われているわ、彼女が誰であろうと、しっかりとね。私は倉庫の曲がりくねった廊下を三〇分くらい迷い、やっとのことで通りに出た。後ろでドアに鍵がかかった。行く手のかわりに過ぎ去ったあとに鍵をかけられるときもある。いつだって戻るに戻れなくなる地点ってものがある。図書館に帰るまで、私はずっと警官に尾行されていた。

私はアメリカで生まれた。三〇数年後、ソノラから嵐が吹き荒れ、ロスの辺境を襲った。私はアメリカで殺された人々の伝記を保存したタワーに住んでいた。雨が住居を打ち、タワーはメエルシュトレームの大渦に巻き込まれた。夜、私は幻想詩人が描く女にまつわる不思議なくだりを読みながら、頭の中には彼女の写真の黒い点がこびりついていた。嵐は五日続き、通りを流れる水がドアをちょうつがいからもぎ取って運び去ってしまった。波頭は鳥の形になり、白い泡が翼を広げ、やがて野生の白カモメが一面に飛び交うほどになると、一かたまりに水面へ落下していった。嵐が過ぎると湾をおおっていた霧も消え、私は雨と詩と黒い肖像から五日ぶりに自由になった。タワーの頂上から街を見下ろすと、海が黒かった。白く濁った雨が黒く煙る海を残していったのだ。白い雨にさらされた木々は葉をもぎとられ、冷たくはげて、手足を失っていた。そしてタワーの頂上から見えるロスアンジェルスは縮こまった貝殻のようで、貝殻の屋根は灰色に傾き、雲が空をふちどっている棟はピンク色だった。貝殻全体は鈍くうなり、あのうなり声、子どものころ海の音だと教わった音が聞こえた。

私はアメリカで生まれた。早くいえと、せかされているような気分だ。目の前の津波、顔に最後の血がかかり、目に光が入る。かつては自分の血を枯らそうとして血を流しているのかと思ったが、流れそのものがうれしかったのだろうか。血が流れるから言葉が出なくなる。声がだめになっているわけではない、むしろいつもどおりだ。寝室のたんすや親戚のかたみの服や靴から聞こえる死者の声。私は忘れていた誠実さを取り戻したり、情熱を若返らせたりできるとは信じていない。だが私が保管室から盗んだ詩篇は、女の顔以上のものを表現していた。あの夜、もし彼女が本当に保管室の隅にいたら、彼女も気づいていたはずだ。光る顔をした彼女は、ナイフを手にして私を待っている。

嵐が去った夕方、私は珊瑚礁に出かけた。黄昏の光に煙る海面に、裸木がからまるマンションが緑と銀の雲に包まれて見えた。先週話しかけたボートこぎを見つけた。「向こうまで行きますよ、だんな」と彼はいった。「でもぼやぼや帰りを待ってたりはしませんぜ。すぐさまFBIに見つかって、やっかいな目にあうのはごめんだからね」「FBIはよく向こうに行くのかい」と尋ねると、「ちょくちょくね」と答えた。「若い女たちのせいじゃないよ。あの娘たちはそれなりの決まりを守ってやってるから。他のわけのわからないやつらがいけないんだ。だんなみたいな主義をもったね。FBIは個人的な主義をもったやつが嫌いなんだよ」

ボートこぎは以前街に住んでいたそうだ。マンションが近づいてくると、ポン引きの話を始めた。連中は、珊瑚礁の女たちを野生動物禁猟区の動物のように管理していたという。「当然そんな人を食った扱いはまた別の人を食った扱いを呼ぶものでね」

とボートこぎは続けた。「女たちはしばらくがまんしていたが、ある日ポン引き連中の姿が消えたことがわかった。警官はロスモア運河の土手で彼らを発見した、ハンコックパークの三つの主な水路の一つだ。ポン引きたちは全員のどをかき切られ、運河いっぱいに並べられていた。カモメがその額に止まって糞を落としていたよ。女たちは木蔭で髪をいじりながらぶらぶらぶらタバコをふかしていてね、ポン引きたちが足から引っぱっていかれるのを退屈そうに見ていた。彼女たちの中には、もちろん目撃者なんていなかった」

私たちは音をたてて細い運河を登っていった。ボートこぎはエンジンを切った。女たちはもう仕事中で、砂浜にカップルの足跡があった。波がうち寄せ、足跡には白い泡がたまった。恋人たちの白くぬれた絵で、砂浜は点てんと彩られていた。日が落ちて私は降ろされた。申し分ない別れ方とはいえなかった。三メートル離れたところにボートをこぐ音がするほか何もなかった。目の前には巨大で真っ暗な土の家があり、正面通廊のガス灯から明かりがわずかにもれていた。アラビア調の家で、他の全てのロスアンジェルスの家同様、この五〇〇〇年間のうちいつ建てられたとも知れないものだった。ガス灯に向かって歩く途中でボートの音は消えてしまい、ただ遠くの海岸のかすかな騒音と、からみつく裸木に遮られながら届く街のビルの音だけになった。ドアにつながる通廊まで来ると、左手に昇り階段があった。それを上るとベランダだった。そこから運河全体と家がいくつか見渡せた。そのとき誰かがマッチで火をつけたかのように一瞬、海水が太陽の光でパッと燃え、暗くなった。新しい霧が、茂みとなってあたりを鬱蒼とおおった。家の間を通る運河の上方では、木の橋がギシギシ風に揺れていた。つきの悪い間にあわせの桟橋に、小船が三、四艘つないであった。誰かが柱の灯ろうをつけながら桟橋から桟橋へまわっていた。そのうちに珊瑚礁全体の明かりが見えるようになった。灯ろう、ガス灯、そしてたき火もいくつかあった。

私はベランダから下り、ボートを降ろされた所まで歩いて行った。桟橋の灯ろうをつけていた船の女がこっちへ来た。手に燃えるたいまつを持っていた。彼女は私を通り越して一五メートルほど先に船をつけた。別の家の前の桟橋も見えてきた。私たちの間には小さな沼地があった。彼女は灯ろうをつけて船に戻った。こっちを向くのを待って呼びかけた。彼女は水越しに私を見た。誰？　彼女の声はこもっていた。「街から来たんだ」と私は叫びかえした。彼女はなにもいわずにボートを近づけた。そのボートにはモーターもオールもついてなかった。どうやって操縦しているのか不思議だった。一、二メートルまで近づき彼女をよく観察できた。金髪で、小さな顔、華奢だった。だぶついたブラウスにジーンズという普段着姿だった。一二歳から二五歳のあいだのいくつにも見えた。「ここでなにをしているの？」ボートの先が岸に触れたとき、彼女が聞いた。私は船を引き上げようとしたが、「このままにしておいて」といわれた。彼女は船に腰かけたまま、顔のそばに燃えるたいまつの火を持ってきて私を見つめていた。「ここには何もないわ」「人を探しているんだ。君くらいの背丈で髪が黒く、たぶんラテン系だろう。英語が話せないかもしれない」と私がいうと、彼女は笑いながらいった。「ねえ、私だって髪を黒くすることくらいできるし、わけのわからない言葉だってそれらしく話してみせるわ。でも今夜はたいまつ当番だし、余興をお望みってわけじゃなさそうね。乗って。協力してあげる。ともかくここには何もないわよ」私はボートに乗った。岸を押して漂い始めたとき彼女は私を見ながらちょうどいい方向だというふうにしていた。「あなたはスパイか何かね。あなたをここに降ろした人はよっぽど人に見つかりたくなかったみたい」と彼女がいった。

「私は警官じゃないよ」というと彼女は肩をすくめた。

「そうだとしてもここでは関係ないことよ。それより反対のことを想像してたわ」

「え？」

「なんでもない。警官とあなただけの問題よ」パークのマンション脇を滑るように進んだ。ますます巨大な眺めだった。のぞきこむと、ロビーに潮があふれ、奥の大理石の階段が波に洗われて光っていた。一段めには海のゴミがびっしりで、踊り場のカーテンは潮風のせいでボロボロに色あせていた。ときどき暗闇から低い笑い声や言い争いの声が聞こえてきた。遠く主運河の南岸の丸い丘には、巨大な建物が一つあった。

「あれは古いホテルだったな?」といった。

「ええ」

しばらく眺めてから彼女に聞いた。「話の女を知っているのかい?」

「ルチアという女がいるわ。次の川の上流に」

「確かに彼女なのか?」

「かもしれない」

「そっちに向かっているんだね?」

「じきにね。あと五、六個、つける灯があるから」

私はあたりを見まわした。「ちょっと聞いてもいいかな?」

彼女はいらだった。「なぜこんな仕事をしているのか聞くならお断わりよ」

「質問は二つなんだ」

ボートをまた桟橋につけた。彼女は体を傾けた。たいまつを私の顔のすぐそばまで近づけ、ひとふりで灯ろうをつけた。「で?」と彼女はいった。

「どうやってボートを操っているんだい?」

「潮の流れを知っているの」と彼女がいった。

「アメリカで生まれたのかい?」

「いいえ」彼女は待っていた。「あなたはそうなの?」

「もちろん」たれ下がる木の列を抜け、ルチアという女性の住むマンションのロビーへ流れていった。南北戦争前の造りだった。ロビーの凹みにそれぞれ極く小さい火が燃え、あたりをぼんやり照らしていた。ロビーの後方のドアを通り、二番めの部屋のつきあたりに階段が見えた。壁から壁へ揺れ動いて進んだ。彼女は初めて力でボートを押して操らなければならなかった。ここから後は潮が読めないのよ、と彼女が説明した。階段にボートがつけられたので降りた。水はどうも階段の四分の一くらいまで上がってきているようだった。彼女も降り、私たちは階段の一番上までボートを引き上げた。暗闇に立って、彼女はルチアの名を呼んだ。答えがなかったので私たちは廊下を歩きだした。少し行くとかすかに明かりがもれる部屋があった。彼女はもう一度ルチアを呼んだ。暗い隅からその女が私をのぞいているかもしれないと思った。反射して光るナイフを探したが、月はなかったし、火の明かりは弱すぎた。暗い廊下を歩きながら突然、こんな所で彼女を見つけたくない気持ちになった。ここでだと、彼女の足元の男はのどをかき切られるくらいでは手ぬるい、ただのポン引きだ。それでは困るのだった。足元の男は平凡な男ではなく、ベン・ジャリーでなくては困るのだった。そこに彼がいてほしかった、命を助けたかったのだ。そうすれば、ジャリーも私もそのルチアも、皆自由になれる。彼と私はけりがつき、彼女と私の関係はそこから始まる。

「ルチア！」娘が呼ぶと、廊下の端の明かりが見える部屋からなにか聞こえた。女の声で、スペイン語だった。ドアまで辿り着いた。大きなくしゃくしゃのベッドがあり、天蓋が柱から糸のようにぶらさがっていた。床には白いくたびれたマットが敷かれ、壁紙は茶色い水のようにたれさがっていた。ちょうど真むかいには小さな鏡台があった。

一瞬、鏡に暗く誰かの黒髪が映った。目尻が近づく影を捉えた。私はそちらへ身をのりだし、ナイフの一撃を押さえるために手を出した。

「ルチア」と娘がいった。

ルチアはスペイン語で何かいった。

ルチアという女は確かに黒髪で、黒いドレスを着ていたが一〇歳は老けて見えた。そしてその手は武器や虜をつかむには空しすぎた。彼女は狂人でも見るように私をちらっと見た。

私は静止して彼女を見返した。それから娘の方を見た。娘は私たち二人を見くらべ、ルチアがまた何かいった。さっきと同じことをいったのかもしれない。

「あなたの探しているルチアではなくて？」娘が尋ねた。

彼女はルチアに何かいい、二人が話している間、私は廊下で待っていた。彼女は出て来ていった。「ごめんなさい。黒髪のスペイン女性っていえば、ここらへんではね

「……」

「ちがうってわかっていたよ、彼女じゃなくて喜んでいるんだ」と私はいった。

娘は肩をすくめ、二人で階段の方へ戻った。彼女はため息をつきながらいった。

「あなたをロスモアまで運んであげましょうね。あそこなら街へ帰る船が一番見つけやすいから。最初に会った場所に戻しても、取り残されちゃうから」

もう一つ頼みがあるんだ、と私はいった。

「なにかしら？」

「古いホテルまで連れていってくれ。あそこで降ろしてくれたらいいから」

彼女は首をふった。「それは無理な相談。ここを出るためならできるかぎりのことはしてあげるけど、あのホテルは私の守備範囲外なのよ。距離だけの問題じゃないの。あのホテルには人が何年もいるのだから」

彼女の意志は揺るがないようだった。階段に着くとボートをひきずり下ろした。私が前からひっぱり、彼女が後ろからついて来た。彼女が追いつけないので、悪いなと思った。私を信じて手伝おうとしていたのだ。ボートが浸水したとき、彼女は三歩ほど遅れていた。乗り込んで見上げると彼女は手を差し出していた。

私は一人で岸を離れた。彼女は階段に立ったまま私が漂って行くのを見ていた。部屋の薄明かりの中で、彼女は急に、子どもっぽく見えた。彼女はたっぷり数秒たってからやっと、置きざりにされたと気づいたようだった。

「ごめんよ」暗闇の中で私の声が水にこだました。

「ひどい人ね」と彼女の声が聞こえた。

私は言った。「悪いな。だがどうしてもあのホテルに行かなければならないんだ」

「潮の流れを知らないくせに」と彼女がいった。

「ボートを返しに戻ってくるよ」と叫びかえした。

「けっこうよ。帰ってきたらのどをかき切ってやるから」

「覚えておくよ」と私はいった。ロビーまで押し進み、玄関へ流れていった。階段に立ちつくしている彼女の遠い姿は、洞窟の奥にいるように見えた。暗い水は時どき光った。「水を知らないくせに！」彼女が叫んだ。私はうなずいてみせ、角を曲がると彼女は見えなくなった。

私は家を抜け出し、運河の方へ流れていった。当然のことながら、彼女のいうとおり、私は水を知らなかったから、ボートは流されあてどなく曲がりくねって進むだけで、とうとう近くの桟橋で灯ろう柱を折ってしまった。柱の灯を運河の水で消し、ボートにひっぱり上げた。オールになるほど平たくなかったが、三・五メートルくらいの長さだったので浅瀬なら立て膝で底をつきながら進めた。もと来た主水路に出るまでなるべく静かに運河を昇った。まわりの家から突然、武装した女たちが現われて、ボートをとりあげ、私を痛い目にあわせるかもしれないと思ったからだ。

珊瑚礁の南端につき、かなたには古いホテルがよく見えた。彼女のいったことは正しかった。ホテルは思ったよりずっと遠く、やっかいなことになっていたのだ。水は深くて柱の棒は役にたたなかった。珊瑚礁の流れと海流にはさまれ、潮はボートを押し出すより引き寄せていたので、ホテルの島はいっこう近づかなかった。暗闇に座って、先をにらみながら泳いでいけるかどうか考えていたとき、後ろに気配を感じ、ふりかえると大きなスクーナーが六メートルほど離れて静かに走っていた。甲板の上で誰かが明かりを照らした。

「引き網を渡そうか？」という声がした。平らで静かな海と夜空の中で、彼の声は私のボートから聞こえるようだった。

「ホテルまで行くつもりなんだ」と私はいった。

彼は声を低くして答えた。あそこまでは連れていってやれないよ、立ち入り禁止区域だからね。南の波止場までなら曳航してあげよう。

南の波止場は繁華街ではなく、東運河が海岸に消えかかる所にあった。最初の夜にラテン娘とベン・ジャリーを見た浜辺の近くだった。「わかった。ロープを投げてくれ、ついて行くから」スクーナーが接近し、Tシャツとジャケット姿の男がロープを投げた。闇の中で彼は親しげに見えた。私たちは進みだした。

今夜は誰もが私を信用してくれる。

それはもちろん、私が繁華街ではなく南の波止場に向かっているからだ。ホテルのある島を通り過ぎる所まで来た。すぐそばとはいかないが、さっきよりずっと近い。スクーナーの男はなにか感づいたのだろう、こっちの船に移らないかとしきりに勧めた。ボートはロープで後ろに引きずっていけばいいというのだが、そうするとマンションに残したブロンド娘にボートを二度と返せなくなってしまう。

私はずっと島を見つめながら待っていた。船は島の東端に沿って港に向かい、ほとんど島を通り過ぎた。私は海のただ中で、さっきの半分くらいの距離、ぎりぎりまで島に近づいたと見た。三分もすれば島は呼び戻せないくらい遠く離れてしまう。迷いはなかった。

空中で手が海水に触れそうになったとき、すでに水の冷たさを感じた。次にしびれるような暗黒に包まれ、水面に顔を出したとたん、遠くで叫び声を聞いたような気がした。私はまたもぐり、しばらく海の中で彼女を見ていた。血は跡を残さず、流れるだけだ。わずかの間のことだったが、おかしいぞ、と自分に言い聞かせていた。不思議なことをしていた。

私は必死に泳ぎはじめた。現地点と目的地を常にはっきり見極めて、方向を保つのが難儀だった。半時間ほど泳いで怖くなった。急に力が抜けてしまったのだ。そんなに泳がなかったかもしれない、正確には一〇分くらいだったろうか。私は海中に足をつけて考えていた。三八か九という若さを、私の体は信じていない。体が信用しているのは顔の方だ。顔は心に従い、心は海の中の私を老人にしている。老人は恐怖と消耗を認めている。その瞬間、彼女のこともベン・ジャリーのこともどうでもよくなった。裏切り者の心にふさわしいじゃないか、と独りごとを呟いた。よく覚えていないが大声だったかもしれない。これで私はタワーに閉じ込められ、モラルの墓場の暗がりで暮らすのだ。私は再び泳ぎはじめた。顔や心と戦いながら泳いだ。顔と心が望まない方向へ、私の思い通りに進ませようとして、両手にそれぞれ顔と心を握って海を連打した。

島に着くと眠った。顔と心を埋める夢をみた。その顔が心をおおっていた。

長くは眠らなかった。寒くて目が覚めた。体の芯までびしょぬれで、海は荒れていた。夜になる一時間前はおだやかだったのに。目の前にホテルが浮かび上がっていた。巨大な暗い割れ目のようだ。私は起き上がってそっちの方に進んだ。一〇分ほど歩き回ってやっと入り口を見つけた。ドアはなく、ガラスがあったところが穴になっていた。明かりもなかった。寒かったのだが建物の中に入ってもたいして暖かくならなかった。南に曲がる廊下があったが、その先は爆破されていた。両側に小室が並び、それらはチケット取り扱い店、床屋、ブティック、郵便局、貸出センターなどだった。

鏡の破片が飛び散り、破損した棚やカウンター、壁地図、古葉書のラック、マガジンスタンド、割れた小ビンが入った棚、その他見分けのつかない物がころがっていた。廊下のつきあたりには階段があり、暗闇をつまずきながら上がるとホテルのメインロビーがあった。黒い広がりに動かないエレベーターが何列も続き、食堂とラウンジがあった。頭上で音楽が聞こえたように思うと、天井の深い割れ目いっぱいに光るものがあった。見上げたら空まで五、六階分トンネルのように突き抜けていた。光は遠い星だった。

ラウンジから光がもれていた。私は身震いして体をかかえた。くそ、寒いな、と大声でいった。ラウンジのドアまで行くと急に暖かくなった。部屋の片隅に汚いオレンジ色の電球が光っていた。おや、誰か電球を換えてるらしいな、と独りごとをいった。ラウンジには砂ぼこりがたまり、蜘蛛の巣がかかっていた。奥にひっそりとバーが影になっていた。後ろの棚に酒のボトルがあり、もとは白い木綿のタオルだった物の上にグラスがさかさにふせてあった。それら全てが、反対側の燃える炉の光にぼんやり照らされて見えた。炉は平べったい石の上にあり、まわりにすりきれた大きなイスがあった。火に近づいてしばらく立っていたら、誰かがイスに座っているのに気づいた。

「リーか?」彼は闇の中で私の顔をにらみ、まばたきをした。

私はひどく驚いて彼を見た。彼は立ち上がって私の方へ歩み寄る。背が高く、ジョン・ウェイドぐらいあったが、山のように逞しい体つきというより、貴族的な物腰だった。火の光で見るかぎりでは五〇代半ばだろう。洒落た服を着こなしていたが、飲み過ぎで顔がむくんでいた。現に今も琥珀色のグラスに氷をカラカラ鳴らせて、ほろ酔いかげんのようだった。

彼は私のシャツに触りながらいった。「おやおや、リー、びしょぬれじゃないか。いったいどうしたんだい？」彼が私の腕をとってイスに引き寄せたので腰をおろした。

「どうだ、何かつくろうか？」彼はそういって、私を心配そうに見ていた。私は彼をじっと見つめ、暗闇のバーに目をやった。ほこりっぽいグラスが汚い白タオルの上にふせてある。彼の手のグラスから目を移して彼をもう一度見上げたら、髪を濡らしている水が目に入った。

「けっこう、ありがとう」私はいった。

「さあ、もっと火に近づけよ」と彼はいい、イスを火の方へ引き寄せるため私を立たせようとした。

「大丈夫、ここでいいです」と私は断って、あたりを見回した。

「それにしてもいったいどうしたんだい？　待ちくたびれちまった。電話が使えたら連絡したんだが」彼は闇の中で目を細くして私を見た。

私は首をふった。「リーじゃないんですよ」

彼はまだ目を細めて私を見ていた。それから深いため息をついた。「ああ、やっとわかったよ」彼は一口飲み、炉の方に顔を向けた。不安げだった。うつろに私を見て、たずねた。「それにしても大丈夫かい」彼は腰をおろし、グラスをひじかけに置いて考えていたが、じきに関心を私に戻した。「ホースで水をかけられたのかね?」彼は私の頭から足の先まで眺めながら尋ねた。

「泳いできたんですよ」と説明した。

「泳いだ?」

「海をずっと」彼が私をまじまじと見るのでこういった。「珊瑚礁からね、それしかここへ来る方法がなかったものですから」

「珊瑚礁?」彼は完全に混乱していた。それをふりはらうようにまた深いため息をつき、ドアの方を見ながらつぶやいた。「それはそうと、奴はどこにいるんだ?」息にまぎれてしまいそうな、かすかな声だった。

私もドアの方を向いて尋ねた。「誰か待っているんですか?」

「もし今回の脚本が出せなかったら、私たちはもうおしまいなんだ」彼はあきらかに興奮していた。「私はこのチャンスをものにしたい。私は、……私は四五歳だし、チャンスが必要なんだ」彼は四五歳どころではなかった。外見からではなく、彼のいい方でそう察した。「リーのことはずっと我慢して、時期がくるまでずっと待ってたんだ」

　私はうなずいた。「リーって誰ですか？」しばらくして聞いてみた。

「リーはここにはいない。いないやつがリーさ」彼は声を荒くしてそういうとグラスを飲みほした。一瞬、静かだった。

「リチャードだ」彼は手を差し出していった。

　私はその手をとった。「ケールです」

「俳優かい？」と彼が聞いた。

「いや」

「映画関係じゃないのかね？」

　私はあいかわらずあたりを、部屋の反対側で光っている電球を、見ていた。炉の火で体がやっと暖まった。彼の言っていることはさっぱりわからなかった。「いや」といった。

「そりゃあよかった。いいことだ。マジでいっているんだよ。ひどい仕事だし、ひどい場所だ。君の仕事は何かね？」

「すみませんが、キッチンはどこですか？」私はゆっくり尋ねた。

「キッチン？」

「ホテルのキッチンですよ」

「下の階のダンスホールの裏だと思うが、いや、あれは食堂だったかな」そういってから、彼はつけ加えた。「食堂はやっていないよ」

「キッチンを見つけないといけないんです」

「シェフなのか?」と聞いたが、もう彼はうわの空で、変に興奮していた。彼はイスから立ち上がった。「なんてことだ。リーのことはずっと我慢してきたんだ。時期がくるまでずっと待ってたのに」彼はちょっと考えた。「タクシーを拾ってビバリーヒルズまで行ったほうがいいかな。あそこから電話してみよう」

私は目を丸くして眺めた。この男はどこかでタクシーを拾えると思っている。

「リー?」彼は叫んだ。私の背後のドアからむこうの闇に叫んでいた。私が後ろを向くと彼はいった。「あそこに誰かいたんだ」そして叫んだ。「君かい、リー? ずっと待っていたんだよ」

暗闇に動く人影が見えた。あそこに誰かいたのだ。そっちへ歩いていくと、人影は遠ざかり、ドアに着いたときにはロビーを走り去る軽い足音が聞こえた。後ろから男がまた叫んだが、私は足音を追って飛びだし、来たときに登った階段にたどり着いていた。

頭上に音楽と星の光を感じ、六階上の空を見上げた。背の高い俳優の影が、かなたのドアに小さく映った。ふりかえって階段口に目をこらすと、彼女が見えた。真っ黒だったが彼女だ。彼女は手にナイフを握っていた。それにはすでに血がついていた。

「あなた……なの？」彼女はぎこちない英語でいった。

僕だよ、と私はいった。私は彼女めざして階段を降り出した。彼女は走り去った。階段を降りきると、彼女の足音が長い廊下から消えた。廊下の端にはまた光があった。その光の中で床に落ちて光っている小さな物が見えた。そばまで行くとナイフが赤く光っていた。私は、近づいたら消えてしまうのではないかと半分期待した。拾い上げたときも、手の中で溶けてしまうことを半分期待した。だがどちらも起こらなかった。つかんだ感触はごく普通で、神秘的なところは全くなかった。

一〇分ほど探してキッチンを見つけた。ラウンジや今通ってきた廊下と同じように、キッチンにも電球が光っていた。道具やなべがあたり一面にばらまかれ、冷蔵庫の大きな白いドアが開ききっていた。さっきまで誰かいたような感じで、腐った食べ物の臭いがかすかに漂っていた。冷蔵庫のドアの陰で、首なしの男の死体が血を吹きだしていた。そういう代物はまだ見慣れていなかったので、目をそらして一瞬クラッときた。彼の他の部分は見あたらなかった。しかし探す気にもなれなかった。私は彼から三、四メートル離れ、服を脱いで床に横たわった。ナイフは持ったままだった。

眠ったのかもしれないし、気絶していたのかもしれない。というのは、そのとき過ぎ去った時間を後で知って、眠っていたとか気絶していたとかいうのでは、言い訳にもならないと思ったからだ。私はほんの数分横たわっていただけのように感じていた。ときどき頭を上げては死体を確認していたのだが、そのうちに眠ってしまったのだろう、声を聞いて起きたのだから。「ケール、なにをしているんだ」という声。

私は目を開けた。巨大な影が立っていた。「ウェイド？」

「なにをしているんだ？」と彼はもう一度いった。

私は顔の前まで手を持ち上げてみた。ナイフはまだある。「ベン・ジャリーの死体を見張っている」と私はいった。ウェイドが黙っているのでまた口を開いた。「まさか、まさかそこに死体がないなんていわないでくれよ」ウェイドが返事しないので、床から頭を上げ、死体の方に目をやった。そこには警官の一団がいて、布がかぶせられたものが床の上にあった。私はうなずいた。「やっとか。とうとう体を押さえたな。君から逃げきることはできないね」

「ああ」と大きな影からウェイドの声が聞こえてきた。「私から逃げることはできんよ」

「そのうち捕まえてくれると信じていたよ」私はくどくど話しだした。「いつだって信頼していたんだ。どんなに難しい事件でも必ず解決してくれるって。殺された男は確かに何百万人もいるだろうけど、首なしは珍しい。頭がなければ人目につかずには済まないものな。君の部下は素晴らしい。優秀だよ」

「なにをしているんだ、ケール？」

「図書館の保管室には殺された男の記録があるんだ、警部。事実もあれば、うそもあるだろう。この点にはだいぶ詳しいんだ。彼らの記録をタワーにこっそり運び込んで、眠りながらよく考えていたんでね。特に興味があるのはキッチンで殺された男のことなんだ。まさにこのキッチンだよ。そこにいるベンみたいに横になっていたんだが、その男には頭がついてたから捕まえにくかったかもしれない。銃で撃たれたんだ。その男のことを知っているかい？」

「いや」

「ちょうどこのキッチンなんだ。銃で撃たれてね。アラブの何者かに。春の終りの夜のことだ。目撃者はたくさんいる。床に血を流して、すぐには死ななかった。彼は民衆を率いることを熱望していて、撃たれた瞬間も勝利に導くべく苦悩していたところだった。その夜、ちょうどこのキッチンの外から人びとが彼を喝采したんだ。彼の前は実の兄弟が民衆を率いたのだが、そいつも殺された。彼らの前にもやはり兄弟が殺されている。一族全員殺されたんだ。彼らが生まれたのはアメリカだ」

「アメリカ１かね？」大きな影からウェイドの声が届いた。「それともアメリカ２か？」

私は床から起き上がった。ウェイドと顔を突き合わせ、ナイフをしっかり握って立った。私を離すまいとする彼の目に負けじとナイフを固く握りしめ、興奮気味にいった。「アメリカ1も2もない。ただのアメリカだ。彼らはアメリカで生まれたんだ」

ウェイドは唇をなめた。「お前を逮捕しなければな」

「どうして？」

「ここに死体が発見され、お前が凶器と断定できる物を握っているからだ」

私はいった。「わかってないね。あそこにいるのはベン・ジャリーなんだ。私をベン・ジャリー殺人犯にはできないだろう。ベン・ジャリーを殺したのはそっちだ。私はその手伝いをしたから釈放になったんだ。忘れたか？」

ウェイドはゆっくりまばたきした。「服を着ろ」彼はナイフをかたく握っている私の腕に目を据え、手を突き出した。それから自分の掌に白いハンカチをのせた。たっぷり三〇秒ほどにらみあったすえ、私は白いハンカチの上にナイフの柄を置いた。彼はナイフを包み、マロリーに声をかけ、それを手渡した。私は服を着た。私たちはホテルのキッチンを離れ、階段を登ってロビーへ戻った。バーがあるラウンジからまだ光が見えた。私は光に向かってうなずきながらウェイドにいった。「今夜もっと早い時間に、もう一人いた。俳優らしい、背丈は君くらい、五〇がらみだった。その男と話した」ウェイドはラウンジにのしのし歩いていき、調べて戻ってきた。「誰も見かけなかったが確かめておけ」彼はマロリーにいった。確かめろ、とマロリーが隣りの警官に命じた。ウェイドは先を歩きだし、マロリーともう一人の警官が私を夜空の下へ連れ出した。ウェイドについて、下にある浜辺の船まで行くと、また大勢の警官がいた。

彼らはその夕方、ボートこぎと話をつけて私が出かけるのを見つけたが、すぐには捕まえず、行く先とその理由を探ろうとしたという。霧で私たちを見失ったが、帰ってきたボートこぎをやっと押さえて、ハンコックパークのどこに私を降ろしたのか正確に聞きだした。「小さなブロンドの売春婦とはずいぶん親しくなったようだな。彼女は口を割らなかったよ」とウェイドがいうのを聞いて驚いた。彼らは南の波止場でボートを曳航して到着したスクーナーからの情報を得るまでお手上げだったそうだ。

街に戻ると署まで連行された。正面の部屋の壁にそったベンチには、外で警官が数人、煙草をふかしながら立っていた。正面の部屋の壁にそったベンチには、珊瑚礁でというより東運河で働いていそうな女が二人座っていた。その隣りでは男が肩を落として座っていた。ウェイドは机の警官に話しかけ、数分後、私たちは入口から緑色の廊下を通って小さな窓のない部屋へ入った。皆疲れ切っていた。私も疲れ切っていたはずなのだが、なぜか体中が燃えていた。いつ火がついたのか覚えていない。刑務所に入る前からこんな感じだった気がする。不思議と全て調整がとれている気がした。私はなにも支配していないのに全てを支配しているような気分だった。馬鹿げた話だ。誰もが私を精神錯乱だと思っているというのに。私たちは窓のない小部屋にたった一つある机のイス二つに腰かけた。私がその一つ、ウェイドがもう片方に座り、マロリーはドアの前、もう一人の警官は隅に立っていた。私は興奮し、ソワソワしていた。ウェイドはぐったりしていた。「落ち着いたかね?」と彼が尋ねた。

「なんのことだい?」私は他の警官の方を見た。

「頭の整理はついたかい?」彼がいった。

「体の中の全てが燃えているんだ」というと、絶妙のタイミングでノックの音がした。マロリーが開けると警察の医者だった。彼は検査のために血液と尿をもらいたい、といった。ウェイドが、くだらん、この男は麻薬とは関係ないぞ、といった。私は医者に説明した。「体の中の全てが燃えているんです」医者はシャツの前を開くように指図した。私の脈をとって頭に手をおくと、ウェイドに私が熱で燃え上がっていることを告げた。「だからいったろう」と私。

「かまわない。この男とオレはこれから話し合うんだ」ウェイドはゆっくりいった。

「この男は緊急入院の必要があります」と医者がいった。彼とウェイドは口論を始め、結局ウェイドはイスに座ったままで、医者は部屋の外に締め出され、間のドアに鍵がかけられた。

「今夜は一切合切話してもらうぞ」ウェイドの話し方はあいかわらずゆっくりだった

が、一言一言強くかみしめるので、耳が痛かった。「今夜誰に会いに珊瑚礁へ行ったのか、そしてその理由は？」

「女だ」私はいった。

ウェイドはブロンド娘のことだと思っていた。「女は見つけたが彼女が話したことから察するに、二人の間には何も起こらなかったじゃないか」

「ちがう女だ」

「ジャネット・ダートという女のことか？」

そう言われて、はてと思った。「誰？」

「ジャネット・ダートだ。お前が一週間前に彼女と会ったことも、彼女の所へ行ったことも知っている。彼女に近づくなといっておいたはずだぞ」

「彼女は写真を見せてくれたんだ。見たことあるかい？　私は彼女が警官だと思っていた」

彼は押し殺した声でささやいた。「私の判断では、お前は彼女を警官だと思ったことはないだろう。私の判断では、お前は彼女がロスに来たわけを知っていたはずだ」

彼は熱くなって、あの夜ほら穴で見たときのように顔が汗だくになっていた。だが今はそれに構ってはいなかった。「彼女とおまえの関係については調べがついているんだ。彼女がロスに来たのは、二年半前ニューヨークでお前と同じ政治的幹部のメンバーだった男に会うためだ。奴は七週間前、ニューヨークで脱獄している、お前のもとの政治仲間が奴をそっちへ送ったこと、奴が確実に地下爆破の犯人だということもわかっている。早い話がお前は今夜ジャネット・ダートと、その男に会うために珊瑚礁へ行ったんだろう。はっきりしないのは理由だ。お前の言うことで唯一正しいのは、誰の味方なのかわからないということだな」

　私はいった。「おい、あの女は狂っているんだ。政治には何の関心ももってない。何処の誰とも知れない男に彼女は恋しているんだ。フラッシュの光が要らない顔に恋している。フラッシュもたかずにほうぼう探しているんだ」

「彼女も殺したのか？」

「誰も殺していないよ」私は彼を見た。「キッチンの男は私が殺したと思っているのか？　なら別の二件はどうだっていうんだ？　浜辺と図書館だよ。あれはどうなんだい」ウェイドは信じられないという目つきで私を見た。私もはっと気づいた。突然、全ての支配は私からウェイドに移った。私は彼から目を離さずにいった。「くそ、いつも忘れる。目撃者はいないんだよ、なぜか自分しか見ていないのを忘れてしまう」

　彼はイスにもたれて待っていた。「知っているやつだったのか？」

「あれはベン・ジャリーだ。確かに一度はベン・ジャリーを殺したと言ってもいいだろう、この手にナイフを持って刺したも同然だ。しかし今夜は殺さなかった」

ウェイドは全く聞いていなかった。「連中はおまえに刺客を送っている。殺される可能性が高い。わかるか？　あの女は放っておけといっただろう」彼は背中をのばした。「ふざけてる場合じゃない。少しは自衛の策でも構じろ」

「そうすればわたしは確実にそっちの味方になるわけだな」と私はいった。

「だが、そのためには正直に話してくれないと困る」とウェイドはうなずきながらいった。

「死体を調べてくれ。指紋と血液型を調べろ。バカげてると思うだろうが、ジャリーだということはわかっているんだ。そっちもそう思っているんじゃないか」

ウェイドは二人の警官を見ていった。「奴を連れ出せ」

「医者へ連れて行きますか？」マロリーが聞いた。

「牢にぶちこんでおけ」とウェイドがいった。彼は激しく立ち上がり、その勢いでイスが倒れて壁にあたった。彼はドアをバタンと開けて出ていった。

私は、ビルの裏手の半分下がった独房へ連れていかれた。彼らはそのうちの一つに私を放り込んだ。それまで一応は礼儀正しかったが、ここにきて、私に対する日ごろのうっぷんを晴らそうとしていた。牢獄の階を指図する態度も親切とは程遠かった。独房のドアをわざわざもの凄い音で閉めていった。暗闇に他の独房が浮かび上がった。囚人たちはよく見えなかったが寝息は聞こえた。私は壁際の床に横たわり、再び牢にいる、という状態について考えていた。これが一月前、一週間前だったら、快適な点もあったろう。柵や床などそこが牢である証拠なしに牢に入っている気分が続くのはつらかった。生まれつきの囚人は、牢獄を住みかにするのが一番いい。自由人の肉体に捕われた囚人でいることは難しい。だが私は抜け出した。自由な体から脱獄して自由人になった――この時点で牢獄同然の自由な体は自然な住みかに変わったわけである。この脱走をどのように成功させたのかは永遠にわからないだろう。彼女がどうやったのか永遠にわからないが彼女だということは確かだ。彼女がナイフで私を切り離してくれたのだ。一歩間違えば、保管室の記録に加わってしまうという自覚はあった。ちょうど今夜、その文書を自分で書いていることも自覚していた。かつて誰かが何処かで彼女について書いた詩がたやすく頭に浮かんできた。あの紙を持っているかどうかポケットを探ってみたがそんなことはしなくてもいい。詩は全て暗記している、脳が破裂しそうだ。私は独房に座って、変わったことを始めた。頭の中で次の詩、次に書かれるべき詩をつくりだすことだった。私が読んだ最後の詩ではなく、その最後のラインの次にくるラインだ。それは新しい詩でも、私の詩でもない、存在しなかったかもしれない作者の頭の中で確かにつくられ、ただ紙にインクで書きとめられなかった詩だ。そうして私は最後のラインの次にくるラインとともに座りながら、私はこの牢に入っていない、牢はもう必要ないのだと自らにいい聞かせていた。そのときの私は、牢に閉じ込められた体に捕らえられた自由人だったのである。

川のそばに木がある。西のはずれだ。男が来て見上げると、枝の間に人間の集団がいる。木上生活者たちだ。その男が彼らに、木の上の暮らしはどうかとたずねる。しばらくの沈黙の後、一番高い大枝の深い葉陰から誰かが返事をする。……

突然、どっと疲れが出た。体はもう燃えていなかった。私は眠りにつき、夜明けを通りこして午後もずっと眠っていた。一度、昼間の光に目を開け、次に独房の外の足音で目が覚めたのだが、二度ともすぐ眠りに戻った。再び起きたときには太陽はすでに沈んでいくところだった。

私が顔を上げると彼女が目の前に立っていた。

独房の向かいにいた彼女は、ひざまずいて私を見ていた。疲れているようだった。腕には乾いた血が茶色い斑点になってついていた。彼女はややこわごわと探るように私の手を見た。ナイフを持っているか確かめていたのだ。私は手を広げ、裏返して何も持っていないことを示した。そして手を脚においた。彼女は何かいいかけてやめた。私に向けた視線を二人の間の地面に落とした。説明しようとして、できなかったのだ。

彼女は暗い牢を見渡した。

「どうやってここに入ってきたんだい？　前からいたわけじゃないだろう」と私は彼女にいった。

だが考えると自信はなかった。独房へ連れてこられたとき、彼女はずっと奥の陰に隠れていたのかもしれない、あの夜、保管室に潜んでいたように。私が眠っているときに警官が彼女を連れてきたとも考えられる。彼女は、言葉がわからない様子で首をかしげ、私の口を見た。私はいった。「君はここにいられないよ。わかるかい？　死体は見つかったんだ。ナイフもむこうの手に渡っている。それを調べれば私がやったのではないとわかるだろう」思えば、これも私にはどうでもいいことになっていた。

廊下のはずれのドアが開閉され、彼女は立ち上がった。マロリーが点検にやってきて、独房をのぞきこみ、私と彼女を見た。彼は口をポカリと開け、変な目つきをしていた。彼は私を見、彼女に目を戻し、お前はいったい誰だといった。私は事態は進展しているな、と思った。最初は血、それからナイフ、死体、とうとう娘も出てきた。これは誰だ、とマロリーは私に聞いた。私は答えなかった。彼は独房を開けようとしたが考え直し、警部を連れてくるといっていなくなった。私は彼女にいった、彼は戻ってくるよ、君が会いたくない人と一緒にね。

彼女は動かなかった。私は床をじわじわとにじり寄った。彼女は用心深そうにただ私を見つめていた。独房の中には点てんと小さい水たまりができていた。運河の腐臭と同じだった。窓は通りと同じ高さで、ときどき街の運河の水量が増すと、地面にあふれ出した水が牢まで入ってきた。床からは水蒸気が昇っていた。彼女はそんなことには無頓着であるように私にまばたきした。彼女の唇は、暗闇の中でますます赤く豊満に見え、彼女は深いため息をついた。激しい痛みに襲われたようだった。ボーッとした瞳が足元の小さな水たまりに正確な楕円形を映し、彼女の口が開く音がはっきり聞こえた。彼女は目を覚まそうとするように頭を軽くふった。向かいの独房の窓に見える黄昏の蒼い色が濃くなる中を、ロウソクの灯がよぎった。ロスアンジェルスの住人は靴に火をつけて歩くようになったのだろうか。その焔は動物のように立ち上がり、ロウソクの影を映した牢の水たまりは、ロウソクが過ぎ去ってもそのまま光っていた。焔の色は水たまりのさざ波の上で様ざまに変わり、赤く燃えながら独房の暗闇にちらちら輝いていた。彼女はロウソクの光輪にふちどられた影だった。そのときの私は、時間軸が狂ったロスアンジェルスの白い穴にはまっていたので、彼女にたやすく屈することはできなかった。彼女の顔は煙っていて、つかまえると独房の柵の方へ手をのばした。私は今にも誰かが街のどこかでロウソクの焔を消し、水の表面のきらめきが消えてしまうのではないかと気がかりだった。ドアには粗大ゴミが並び、柵の影が水たまりで燃えていた。廊下に大きな黒い雲がたち、最初ウェイドかと思った。ウェイドだよ、と私はいった。黒い巻き毛が彼女の顔にかかり、私は彼女にグッと近づいた。真正面の彼女は、私を見て震えていた。どうしたい、なにもしちゃいないぞ、と私はいった。

私たちは見つめあい、寄りそっていた。ふと彼女の腕をつかんでいる自分の手に目を下ろし、離した。彼女はしばらくじっとしていたが、目つきは悲しくなり、震えは止まった。私が手を脇に下ろすと彼女は後ろをふりむいて独房のドアを押し開けた。

確かに鍵はかかっていたのだ。ドアがバタンと閉められたとき、一つ余計にガチャッといった。だが彼女は押し開けていき、廊下に立って私を振り返った。私は一歩踏み出した。ドアは開いたままだった。前後に揺らしてみた。どこへ行くんだ、と私は聞いた。彼女は廊下の暗い端へ歩いていった。ふと指を見ると、彼女の腕からついた血がまだ乾かずにあった。にわかに、自分がロスアンジェルスの独房にいるのか、どこか北極の氷上の刑務所にいるのかわからなくなった。ベン・ジャリーが絞首刑になったかどうか、私の軽はずみのせいだったのかどうかも、どうでもよくなっていた。もう一度彼女と寄りそうためだったら、ベン・ジャリーを百回だって売っただろう。私は彼女が消えた物陰を見ていた。決して幽霊ではなかった。確かにこの手でつかんだし、ドアは彼女が開けたままになっていた。幽霊はあんなに疲れ、恐がり、苦しそうにするはずがない。廊下の反対側のドアが開いた。ウェイドとマロリーが見えた。ウェイドは黙って私を見ていた。マロリーは、私が独房の開いたドアに立っているのを見て蒼くなった。窓から黄昏の最後の光がさし、床できらきらしていた水たまりの焔は消えていた。

私は血だらけの指を見つめた。マロリーは動揺を必死に抑えながらウェイドにいった。「警部、あの独房の鍵はかかっていたと誓います」

ウェイドはまだ黙っていた。体の半分が夜にとけかけ、消えかかっていった。服が大きすぎて見えるほどしょぼくれ、浮かない顔をしていた。まばたきしながら私を見るとほとんど聞き取れない声でいった。「どうやって開けたのかね、ケール」

「彼女が開けたんだ」と私は教えてやった。

マロリーはまだ動揺を抑えるのに手こずっていた。大きく息を吐いてからいった。「娘がいたんです、警部」彼は必死にウェイドの横顔を見ながらいった。「ほんのさっきまで中にいました。誓います。黒髪でたぶんメキシコ人ではないかと、……」ウェイドは彼に向かって静かに、黙りたまえマロリー、といい、私の方を振り向いた。

私は彼に手を見せた。「ほら、これは私の血じゃない。きのうの晩入ったときにはついてなかったのを、覚えているだろう」ウェイドは私がいい終えるのを待たずに後ろを向いてしまった。彼は廊下の端のドアまで行ってからゆっくり振り返り、マロリーに連行しろ、と命令した。彼は床を滑るようにしてドアを出ていった。自分の意志からではなく、見るもの、いうこと、すること全てうわの空で動いているようだった。マロリーは当惑しきった表情で私を見つめ、前を歩くよう指図した。私たちはウェイドの後について、前の建物の、彼の部屋まで行った。机で何人かコーヒーを飲んでいた。

部屋でウェイドは机の奥まで歩いていくと、目を向けずにいった。「お前を軟禁するつもりだ。特別な場合を除いて図書館から出てはいけない。食事は用意させるし、必要なものも供給する」声が終始あまりに静かで、よく聞こえなかった。彼は昨夜から五歳も一〇歳も老けたようだった。説明できない、信じ難いものを見てしまったという感じだった。他にもなにか気づいたことがあった。耳を澄まして、聞き分けようとした。それはビルの音だった。音はまた変化していた。地面がガラガラいうのを自分は感じたか、牢の床の水たまりの焔はどんなだったか思い出そうとした。

「まだ殺人で拘束されているのかい？」私は彼に聞いた。

彼は答えた。「いや、殺人罪で逮捕なら牢に入れているよ。お前は仮釈放の規則違反で拘束だ」

私は微笑を浮かべていった。「ジャリーだったんだろう」

ウェイドは深いため息をついた。

「ジャリーだったんだ。すでに死んでいる男を殺したからって、逮捕できないものな、そうだろう？」私は怒りを感じていた。「私が考えていることがわかるかい？」

マロリーが私の腕を引っ張ってドアの方へ行こうとした。

「来るんだ、おい」

私は全て理解したつもりだった。ほんの何秒かのうちに次つぎと新しくなにかを思いついては頭から追い出した。ジャリーは処刑されなかったんだと確信したり、私をおとりにして近づくやつを捕まえる魂胆だったんだ、と思ったりした。あのジャネットなんとかが会おうとしていた男のことだ。辻褄を合わせている暇がなくて、一人でまくしたてていた。「彼女が誰だか知っているんだろう」と目を細めてウェイドを見ながらいった。

「お前のスペイン娘のことか？　いや」

「だがそういう娘が存在することは知っているんだろう」

「その点に関しては信じないわけにいかんな」彼の声はあいかわらず聞きとりにくかった。「だが、よく聞け」と机の上で前かがみになったが、強調するわりに声が大きくなる気配はなかった。「もしそんなスペイン娘がいるなら、彼女に近づくな。お前のためにいっているんだ。あの死体がベン・ジャリーだと信じたいなら信じたってかまわん。だがお前のためにいっておく。彼女には近づくな」

私は頭をふりながらいった。「あれが彼だったと認めたくないんだろう？　そんなに大変なことなのか」

ウェイドは机をまわってマロリーの肩をつかみ、ほとんど彼を持ち上げるような格好で部屋の外へ追い出した。そして背中を向けたまま、数秒間ドアを見つめて立っていた。ふりかえったとき、変な愛想笑いを浮かべていたので、私は吐き気がして力が抜けてしまった。突然、自分がなにもわかっていなかったことに気がついた。突然、なにか都合悪いことが我身に振りかかってきたという気がした。彼は歩み寄り、顔をすぐそばまで近づけてささやいた。「お前だったんだよ、ケール」私は彼を見つめ、彼は私を見つめた。彼の目つきは極めて満足げになったが、まだ私の顔を見て笑う勇気は湧かないようだった。彼は不気味な微笑みを浮かべたまま、うなずいていった。「全て検査した、お前がいったとおり、指紋も血液も、何度も繰り返し調べた。あの死体には馴染みがなかったかい？　死体を見るたびに、自分がはめた相手だと決めつけていたけれど、本当はもうちょっと見なれたものだという気がしなかったか？　お前の体なんだからな」

私は当惑していった。「私の体？」

彼は机の上に置かれたマニラ紙のフォルダーを指さした。「これが試験所からの報告だ。デンバーから二〇分前に至急送り返されたばかりだ。好きに見てかまわん、お前の死亡記録だ」彼は状況を楽しみ始めていた。「ゆえに、お前のように一風変わった知性の持ち主ならどっちつかずの私の立場をわかってくれるだろう。お前を本人殺害容疑で押さえていることになるんだ。死体公示所には、自分を殺した罪に問われている男の死体がある。このジレンマがわかるかい？　あれがベン・ジャリーの死体だったらよっぽど楽だったよ。さて、軟禁の申し出を受け入れてほしい。お前の謎の女性が今度ナイフを持って現われたら、ご丁寧にも今までよりずっと一般的かつ単純な方法を使って、その場にいる人に種あかししてくれることだろう」

しばらくして、かろうじて声が出た。「たしか以前、バカげた時代だといっていたな」

「前にいったな」彼はドアを開け、外で待っていたマロリーにいった。「彼を家に帰せ」

そして家に帰された。一八歳で家出したとき、夜がさし迫っていた、夜明けは節約してとっておいたのだ。私は滑り落ちていく太陽に背を向けた。青春時代の最後の黄昏に、黒い電話のある黄色い電話ボックスの別れ道へ足を運ぶと、電話が鳴っていた。このとき受話器をとったら、いつもどおり空虚な沈黙だったけれど、電話の向こうで誰か死にかけているのがわかった。あたりの草原のどこかで誰かがベッドに横たわり、音もなくあえぎ死に絶えながら受話器をにぎりしめているのだとわかった。私は受話器を地面に落としたまま、ボックスを出、道路を横切り、電柱を伝わる電話線の行方を追った。だが一マイルも行くと、埃まみれの電話線の先端がボロボロに切断され、むき出しになっているのを見つけた。それは低いうなり声を上げていた。まわりで躍っている小さな火花が雑草をこがし、アルマジロの肌を焼いていた。電話線の続きはどこにも見あたらず、電柱の姿もなかった。断線してむき出しになった端は、たがいに燃えて大地に帰っていった。

二〇年後、私はロスの駅で警官に腕をとられ、自分の殺人を告げられ、連行された。彼女はまたすぐに見つかった。パトカーに乗るため波止場を横切りながら、〝泣き虫商店街〟の裏でラジオを買った晩に太陽を背に近づいてきた、あの船を見た。船には前と同じように盲のアジア人やラテン系の連中が、あいかわらず甲板に立ってしぶきの行方を見つめていた。船はまだ埠頭についていなかった。船は波止場へ入ってから東運河へ進み、街の反対側を南の崖のそばまで航海した後、コースを繰り返すだけのためにまた北進してきたのだ。彼らはここにいることさえ知らなかった。ここに来て何週間にもなることを知らなかった。誰もが岸から呼びかけなかったのだ、ロスアンジェルスでは自分で到着したことを判断しなければならない、誰も岸から呼びかけてくれないのだから。船の端には彼女が立って私を見ていた。このことには少しも驚かなかった。彼女がパトカーのフロントシートに座って公文書を受け取っていても、F

ＢＩの服を着ていても不思議ではなかった。だが彼女は街を回り続ける船の上で盲たちに囲まれながら私をまっすぐ見据えていたのだ。そして彼らに到着を知らせたかもしれないが、彼女のスペイン語を誰も理解できなかったのかもしれない、あるいはスペイン語などではなかったのだろうか。それとも彼女は彼らの言葉をスラスラ話せるくせに教えてやる気がなかったのかもしれない。または、岸から呼びかけられることもなく、決して波止場につかない難民船の甲板は、誰にも手が届かない彼女の聖域だったのだろうか。私は車の後ろのドアを開けているマロリーの腕をつかんだ。彼は地面を見つめ、バックシートをにらんでいた。「見ろ」と私は彼の腕をつかみながら滑り去っていく船を指さした。入れ、と彼はいった。だけど「マロリー、見ろよ」ともう一度いった。彼は見ようとしなかった。彼は頭を上げもしなかった。正面の地面とバックシートに目をはりつけたまま離さなかった。私は彼の腕を揺すった。ともかく入れ、と彼は振り返って私の顔を見据え、すごい剣幕でいった。彼女だ、あそこの船の上にいる、と私は説明した。ともかく車の中へ入れ、と彼は恐怖に震えながらいった。彼は彼女があそこにいるとわかっていたのだ。だが今夜はなにも見なかったことにしたかった、見たくなかったのだ。彼の表情は、試験所の報告書の話をしたときのウェイドと同じだった。街は彼女によって恐怖に陥れられていた。アメリカは彼女によって、彼女が存在するという理由だけで、恐怖に陥れられていた。彼女によって恐怖に陥れられていないのはたった一人、彼女に三回も殺された私だけだった。

街は音で狂いそうだった。埠頭に立っているときも爆発があった、音がして、足元の丸太が激しく揺れた。図書館まで運転する五分間にも爆発が二回あり、車はそのたびに弾んだ。音は毎回変わった。もう限界だと思うと、その瞬間に音はもっとひどくなるのだった。いったいどうなっているんだ、とマロリーがつぶやいた。

それが九日前の話だ。私はずっとタワーの中で待っていた、君を見ながら。

私は移動の機会をうかがっていた。ウェイドの望みどおり、私は軟禁されていた。そして約束どおり人が日に二回食事を運んできては、必要なものがあるか聞いていった。ウェイド本人には会っていない。もう会わないような気がする。あれが最後だったのだ。たまに、警官を一人つかまえては外の様子をたずねた。彼らはいつもいっている意味がわからないふりをした。だが確かにわかっていたのだ。そのうちの一人が、ジャネット・ダートだかダッシュだかについて話してくれた。ある夜、彼女は東の、いつも会っていたほら穴で、川を見下ろすテラスから酒場の前の川に身を投げて石ころのように落ちていったという。彼女は声もださなかったそうだ。まるで川が街の下を通って彼女が探しているだれかのもとへ連れていってくれるかのように。まるで彼女の世界の果て、そしてその先まで情熱を追いかけていくかのように。彼女の姿は、一瞬のうちに見えなくなったそうだ。

私はもう、殺害された男たちの記録を読まない。かわりに君の詩を仕上げる。九日間に君が通りすぎるのを八回見た――もちろん実際の君ではない。君がなぜもっと単純に私のベッドの足元や下の裏部屋に現われないのか不思議だった。だが毎日違う時間に、一度だけ君が乗った船あるいはその甲板だけが通り過ぎるのを見た。船の上に君が見えなくてもそこにいるのはわかっていた。この時期、街全体がラジオになっていた。それは地面の真ん中の最も地獄に近い部分から唄を伝えた。それらは生きている死んだ唄、ゾンビの唄だった。そういう唄のいくつかは一日続き、ほんの一時間のものもあった。地下の川を揺らしながら描き直す地質学的雑音の混乱の中を、誰かが水路を変えるまでの数分間だけ流れる唄もあった。私は自分だけの時間に耐えていた。警官たちはだんだん怠慢でいいかげんになっていった。申し分ない夜の闇でラジオがちょうどいい水路に変わったとき、死人の私が彼らから逃げ出すのはたやすかった。私は彼らがその存在すら知らないドアから出て行けた。私は自分の時間に耐えていた、だが昨日何かが変わったのだ。君の船は波止場に静止して一晩中動かなかった、今朝太陽が昇るときもそこにあった。しかし船は波止場を曲がり、煙が見え、新しい航海の準備をしていると察せられた。私はそれを見つめながら、君が船で海のかなたに去ってしまうのを恐れ、それから数時間は君を失ったと確信していた。君が船から飛びだすことくらい悟っておくべきだった。北方の沼地にある湾を横切って私に合図の光を送るべきではなかった。だけど今、君のナイフが見える、それが私を呼んでいる、私にはもう時間がない。

あれは君だったんだな。電話の向こう側にいたのは君だったんだ、私がどこともわからない所で受話器を取ったとき、二〇年前、アメリカのはずれで、たぶんちょうどその瞬間に君はどこかで生まれていたんだ。君がどこかで生まれたちょうどその瞬間に、私は受話器を取って君がベッドで死んでいく沈黙を聞きとったのだ。ときに、人は人生の半ばを過ぎてからでなければ半ば以前の沈黙を理解できない、――ときに、私のような人間だったら。ときに、もし君のような人であれば、最初からその先の生涯の沈黙、最後に来る沈黙を理解しているのだ、後でその沈黙を確認するように、早くからそれをまねながら。ゾンビの街の唄を越えて、君のナイフが呼んでいる。私は自分の罪悪感とおさらばしようと身を投げ出した。かつて死んだ場所で生きるために。一時は死んだとみなした私の情熱、誠実、勇気を自分の墓から蘇らせるために。私は精神錯乱という簡単な方法によって、まわりで様ざまな形をなす障害物を爆破するだろう。単に影と呼ばれているものへ向けて船を出す。君のもとへ泳いでいく。水の流れは知っている。

第二部

後になってから、マリブの病院でマリブ海の音を聞きながら、彼女は難破があった夜のことを夢にみていた。それが一番古い記憶かどうかはさだかでなかったが、はっきり覚えている中では一番古かった。まだ三つだった彼女は、窓の外の兄さんたちのざわめきで目が覚めてしまった。上半身だけ起き上がり、暗闇ですっくと背をのばした。小さいくせに落ちついていたので、声をあげて泣きだしたりはしなかった。それより夕べからずっと混乱していた意識がきちんともとに戻るのを待っていた。四人の兄さんたちの話し声がする。五番めで一つ違いの兄さんは一メートルほど離れて眠っていた。彼女は両親か姉妹の声がしないかと耳をすませ、小屋の真ん中の草の寝床から出て窓辺に立ち、目をこらした。四人の兄さんたちは湾を見おろす崖に立って、少し興奮気味に話していた。パパも湾を見ていた。パパが口を開くのは、息子たちに静かにしろというときだけだった。彼らの姿は五つの暗い影だった。キャサリンが小屋のもう一つの部屋に行くと、ママがドアのところに立っていた。二人の姉さんたちはベッドに入ったまま彼女を見ていた。三つの女の子だったキャサリンはなにげなくママのスカートの下をすべり抜けたので、ママがしまったと気づいたときにはもう湾へむかって駆け出していた。男たちがたいまつをかかげ、ゆらめく灯は点々とした砂、暗い海水、浜で異様に横たわる見慣れぬ人びとを照らした。そして倒れた木の幹や水につかったちょうちん、船のスプリンターの残骸や白い帆の切れはしなどがあちこちで波に洗われていた。大勢の見なれない人たちも、うつむいたままじっとしていた。キャサリンはそのうちの一人が道のはずれで地面に顔をうずめているのを見つけた。それは兄さんが魚をとるときに川をのぞきこむ様子とそっくりだと思った。小さな子どもは足元の死体に、「砂の下にはなにも泳いでないわよ」と教えてやった。

キャサリンは少し前、夜の恐怖におびえて、起きたときも泣きださなかったように、砂浜に出て解放的な気分になっても歓声をあげなかった。いかにも彼女らしかった。ママが道の向こうからキャサリンの名を呼びながら走ってきた。浜一面、砂に埋もれる人びとや物が散らかっていた。彼らのあいだを歩きながら、明るいたいまつの灯で彼女はかすかに海に映る船の形をとらえた。巨大な牛の死体のようだった。腕がからまりついて、広がっていた。彼女は湾の先まで歩いていき、死んだ船をしばらく見ながら立ちつくしていた。まわりの人の姿や物音は死んだように静かに彼女から退いていた。これがはっきり思い出せる一番古い記憶だった。真夜中、あの場所に立って、死んだ船の闇を見つめていたのだ。光と人の声はどこか後ろの方にあった。もう何年も〝西〟のこと、何千マイルも離れた〝北〟のことなのだわ、と彼女は思った。マリブの病院のベッドで横になりながら付添い人の看護をきゅうくつに思ってよけながら、最後に耳に残っているパパの笑い声を思い出した。パパは後ろから近づいてきて、白い帽子をかぶった波から彼女をすくいあげて笑った。パパの言葉も思い浮かんだ。もう寝る時間だよ、恐いものしらずのおちびちゃん。彼女はぬれた足を父の髪の毛の中に入れ、浜辺の喧騒から連れ帰ってもらう道すがら、怒り狂うママと、彼女の無謀さを羨んでいる兄弟たちに会った。その夜初めて、おそらく生まれて初めて、彼女は喜びを顔に表した。

彼女の名前は本当はキャサリンではなかった。キャサリンという名は、後になってアメリカでつけられる。彼女の顔の得もいわれぬ美しさにふさわしい名はなかった。キャサリンという名の通俗性のみが逆説的に通用した。彼女の本当の名前はとても発音できなかった。スペイン語とポルトガル語とインド方言の変形だった。同様に彼女のまわりの人びともやはり社会的になんと名付けていいかわからなかった。「村」のような共同体とはちょっとちがったし、「種族」というほど血縁が深いわけでもなかった。一番意味の近い言葉は「群れ」だったかもしれない。キャサリンが五歳のとき、つまり難破の夜から二年後、「群れ」は彼らの崖が雨に流されたので南アメリカの森へ移動した。何マイルも海と森の見分けがつかなかった。「群れ」は北へ向かい、巨大な川の下流が見え隠れして空にはいつも午後のミドリの光に照らされた雨雲が浮かぶところに辿り着いた。「群れ」の人びとは巣で暮らしていた。頭上に黒い木のひさしをつくった。彼らは自分たちのことを野蛮人とは思っていなかった。服をきちんと着ていたし、儀式を愛好したりしなかったからだ。キャサリンの父のぼんやりした希望は、若い頃に少し住んでいたコロンビアで落ちつくことだった。彼の野性は練り上げられたものだった。

彼らの生活の中へ船がひっきりなしに飛び込んできた。船が浜でまごついていると気味の悪い邪悪な森の根に巻き込まれてしまうのだ。命をとりとめた船乗りたちは、イングランドの沿岸をすべるように進むうちに船体がピンクの陰口のような根になめまわされているのに気づいたと話した。その話はキャサリンのように小さな女の子にすら胡散臭く聞こえたが、ともかく世界は小さいと感じた。そしてその印象はいつまでも頭にこびりついて離れなかった。彼女はよく考えたものだ、もし私が故郷の森だったら私の顔はミドリの午後の光があたる雨雲だろう、私の脚は海を横切ってイングランドにつくだろう、と。イングランドがどこにあるか、全く知らなかった。木々の中の難破と船乗りたちのうそに染められ、女の黄昏になっても彼女は少女時代の朝の様子を忘れなかった。

キャサリンの父が二五歳の若者だった頃、彼は心臓が止まるような思いのする女たちに恋をした。もっと年をとって三五になると今度は心を甘くとろかす女たちに恋するようになった。彼は幼い娘の顔をのぞきこんで昔の恋がよみがえってくるのを感じた。それは欲望よりも哀しい美しさにいろどられた恋の思い出だった。彼はオリエント出身だったのかもしれない。夕方、狩りをしたり、木からもいだりして家族のための食料を調達した後、彼はキャサリンを連れて小さなカヌーで川に出た。キャサリンは父の膝の間に座り、おなかにもたれかかっていた。父は森の景色を指さして説明してくれた。そして川にかかる枝から下がる何百ものミドリの雲の中をこいでいった。その雲は北国でらせんの迷路をつくる雪の壁のようだった。川の廊下はミドリのぬれた壁に囲まれ、あっちこっちに猛進していた。父はいつも正しい方向に進んだ。川の迷路も、木の迷路と同じように熟知していた。川の迷路と同様黄昏時の空の迷路も知っていた。彼女の髪にかかる彼の息は川の流れのようにおだやかで規則正しく、黄昏に小さな光の影を残していった。キャサリンが父の息の鮮明な影を追っていくと、正確に家に辿り着くのだった。

ある日、ちょうど太陽が闇へ消え入りそうになったとき、父は彼女を持ち上げてカヌーのわきから川を見せてくれた。そのとき彼女は生まれて初めて自分の顔を見た。それは、イングランド沖でピンクの陰口をもった木の根や死体が砂の中で見ていた魚のように摩訶不思議な水の精の顔だと彼女は思った。父も一緒に横からのぞき込んでいたらそれは自分の顔だと気づいたかもしれない。だが彼女は大きくなるまでずっとそれを、いつでも後ろからついてくる生き物だと信じていた。浜辺を歩きながら心の中で呼びかければいつもそばに来た。彼女はこれをペットにした。だが餌をやっても全然食べなかったし、つかまえようとするとすばやく泳いでいってしまい、手で触れようとすると消えてしまった。

入江にあった彼らの森の住みかは、まるで船の墓場だった。毎朝夜が明けると「群れ」は木々の中に捕らえられた骸骨を調べにいった。船員の姿はめったになく、たまに死体があるだけだった。そんな悲劇を「群れ」は一つ一つ冷静にうけとめて、役立ちそうなものを探した。食料があれば食べ、衣服があれば身につけた。ゴミあさりといわれてもしかたなかったが、船のがらくたにはだんだん我慢できなくなっていった。荒れ地の雑木林にかき消える甲板、キャビン、船のぬけ殻の量には限りがあった。彼らは船を海に押し戻して波がもち去ってくれるのを見ていた。やがて村の木という木に船がからまって帆布でおおわれ、三〇もの船首が平行に並び、テラスができた。キャサリンはときどき高い木の枝に登り、夜と昼の部屋を区切る森の迷路を東へ北へと走ることを夢想していた。

キャサリンが一二歳になる頃、父は彼女が男の心臓を止めるような女にはなるまいと決めつけた。そのうち彼女は自分の心をとろかしたように他の男の心もとろかすようになるだろうが、そのときにはもう自分は生きてはいないだろうと思った。彼は安心して笑った。それなら彼女を失わずにすむ。そして自分のエゴを嘆いた。彼女は決して幸福になることはない、彼女は不幸を切り抜けられるくらい冷静でしっかりしている。といっても不幸が軽くなるわけではなかった。父の予想は結局はずれるのだが、彼には知るよしもなかった。それから五年間というもの、父は彼女の成長を見守りながら確信を強めるばかりだった。彼女の体は強くて健康だったが若い男を夢中にさせるほど官能的ではなかった。「群れ」の少年たちは、体を強ばらせ、色目も使わないキャサリンを無視して他の少女たちの後ばかり追いかけた。一六歳になっても彼女の胸は思ったほど大きくならなかったが、誇り高い彼女は動揺しなかった。

彼らは彼女の顔を見ようとしなかった。

彼らは彼女の瞳を川の葦の間でブンブンいう大きい火のような昆虫だと思った。彼らは彼女の口を狩りの獲物の赤い傷口、またはどの女にもあるような月だと思った。彼らは彼女のあごを枝のたわみだと思い、彼女の髪を月のない夜だと思った。

彼女が一八になった冬、父は彼女の顔を初めてまともに見た。一八年間、彼はその顔を彼女の顔だからというだけで愛していた。彼女自身と別のものとして客観的に見たことはなかった。

雨が恐ろしい勢いで森を打った。怒濤の夜、彼は「群れ」と手伝って海にかがり火を浮かべ、避難した。遠くで巨大な黒船が豪雨の中をもがいていた。彼は避難所で妻に報告した。信じられないほど大きくて黒い。もう一度大きな波が船にあたれば、影が巨大な怪物になるように、こちらへ押しよせてくるだろう。船の森はパンク寸前だ、もう一つ船が入ったら万事休すだ。彼は船を寄せつけないため海に浮かべたかがり火の方を見た。だが雨にぬれそぼった燃えさしがジュージューいっているだけだった。船はますます大きく押しよせてきていた。「この雨の中では無理だ」と彼はいった。「逃げましょうか」と妻はいった。「待とう」そして彼は子どもたちを振りかえり、最愛の子が彼を見ながら座っているのに気づいてその顔をのぞき込んだ。彼女の瞳はいままでにないほど明るく輝いていた。その瞬間、瞳は彼女から独立した。彼女の口も、あごも、髪も、みんな彼女とは別のなにかに見えた。彼は恐ろしいうめき声をあげた。彼は自分の人生が崩壊するような気持ちに襲われた。家庭に天変地異がやってきた。死んだ船はいままで彼の森に捕らえられていた全ての船の復讐のために押しよせてくるし、最愛の娘の顔は顔自身が別の生命をもっていたのだ。彼は自制心を失って泣きだした。片方の手に顔をうずめ、もう片方の手で暗闇を探ってキャサリンのおでこに優しく指を触れ、そっと彼女のまぶたを閉じた。死者から離れていく魂を今少しでも長くとどめておこうとするように。

彼が目覚めると、彼女はいなくなっていた。彼は顔を起こし、自分の腕、手と、彼女に触れた指先を目で追ってみた。そこにも彼女はいなかった。まわりを見まわしたが、彼女はどこにもいなかった。避難所は激しく雨に打たれていた。彼は妻を起こし、彼女もキャサリンを探した。彼らは七人の子どもたちにも確かめた。キャサリンは巣にいなかった。父は必死になって住みかの木の所まで走っていき、娘を探した。海はすさまじかった。空は黒く、遠くの船は夜に穴をあけているようだった。彼は木から木を飛び回りながら、何度も彼女の名を叫んだ。近所の人は彼が発狂してしまうのではないかと思いながら見ていた。思い出すのは一五年前の難破の夜、キャサリンが本能的に家を飛び出し、海の端で船が死ぬのを見ていたことだ。だが今回は事情がちがっていた。今は海の端から遠い所に住んでいた。彼は命がけで自分の小さなカヌーを漕ぎ出そうとしたが、まわりの者に必死で押さえつけられ、力つきるまで叫びつづけていた。

そのあと数時間後、彼らはあるものを見た。風雨に痛めつけられている例の船が、劇的に岸から遠ざかっていく様子だ。朝になって風がやみ、こぬか雨になった頃、船は遠くに小さく消えかかっていた。彼女が見つかったのはそのときだった。

彼女は高い木の上の方に登っていた。彼女はよくここに来てはあたりを眺め、森の家を流してどこか別の場所へ運びたいと思っていた。彼女は長い、豊かな髪をたらして木に巻き、濡れたロープのように縛りつけた。そこで一晩中、船に信号を送りつづけていたのだ。雨では決して消えない光、白熱の瞳をつかって。他の状況だったら彼女もそんなことをしても虚しいと思ったろう。他の夜だったら彼女の瞳は所詮、夜空を彩る星をもう二つ増やすにすぎなかった。だが、嵐の吹き荒れる月のないあの夜、星はなかった。船は正確に操縦した。六時間、彼女は木に揺られながら大自然の全ての陰謀の力と戦って瞳を開きつづけていた。彼女を憎む夜のために彼女はたたかれ、強い風にあおられ、傷つき、さらし台にかけられるようになった。打ちひしがれて冷えきった彼女の肉体は、血の気がなかった。だが彼女は近づいてくる船の男たちの心臓を止め、命への執着から自由にしてやった。「群れ」の男たちは、彼女を自由にするために黒髪ごと木をたたき切らなければならなかった。彼女は目を見開いていたが、父の話しかける声が聞こえないようだった。凍えて、唇が震えていたので、生きているとわかった。父は彼女をつかんで胸に抱きよせ、彼女の断ち切られた髪の茂みに顔をうずめて泣いた。「もう寝る時間だよ、恐いものしらずのおチビさん」と父はささやいた。彼女は巣へ連れかえされた。父は彼女の目を閉じ、彼女は眠った。「群れ」の人びとは彼女を見ていた。一方、船乗りたちは何処かで彼女の顔の記憶を辿り、迷路のコンパスを探っていた。

一日たった。彼が現われる兆しが初めて森まで漂ってきた。それは命運つきた巨大な黒船の破片で、スカーフのたんす、コイン、トランプ用のテーブルそして、船を操縦するのに使われた三日月形のハンドルだった。その数時間後、彼自身も波に流されてきた。ちょうどそのとき、キャサリンは回復して巣の中で目を覚ました。彼女は上半身を起こし、男たちが数人で船乗りを海から引き上げている様子を巣から見ていた。彼は笑っていた。彼は嵐に二〇マイルも吹き飛ばされ、自分の船が一度災難から逃れた場所までもどり、海におぼれかけ、太陽に痛めつけられた、にもかかわらず笑っていた。彼の髪は黄色くてボサボサだった。海から引き上げられる前の二分間に、彼はきわどい冗談を三つもまくしたてた。ポルトガル語がわかったら、「群れ」の男たちも面白がったろう。低い防波堤の屋根の上に寝かされるまでに彼は船唄をいくつか歌った。彼は正気を失って笑っていた。まわりをじろじろ見まわしていたが、黒いものの前で一瞬止まった。見たこともない風変わりな顔についた瞳だった。その瞳は小さな沼をはさんで彼を見つめていた。瞳がのぞいている髪はあまりに黒くて狂乱状態の彼には大量の羽に見えた。不吉な黒鳥たちが命をかけてどこかに突っ込むときに落とす羽かと思った。

彼に見られたとき、彼女は息をのんだ。その瞬間に彼が破滅を導く存在だと察知した。彼が笑うと破滅のモーターが鳴り、髪の毛は回転するエンジンの振動だった。彼が眠っているときに彼女は川をのぞきこんで水の精を探し、日だまりに横たわる船乗りを指さして彼を食べてしまえと命令した。水の精が動こうとしないので彼女が水を突っつくと消えてしまった。

夕方になっても船乗りはまだ食べられていなかった。キャサリンは重い気分で私のせいだわ、と思った。私が木に登って自分を髪で縛りつけたんだもの。私が一晩中、船に信号を送って、海や空の計画にさからった。私が手をださなかったら今ごろ船はとっくに海の藻くずと消えていたのに。

もう一度私が操らなければ、と彼女は決心した。夜になって船乗りが眠ると、彼女は沼の橋渡しの倒木を這って向こう側まで行った。橋の途中で水をのぞきこむと、月のおぼろな光の中に水の精がいた。彼女は腹をたてて水の精を蹴りつけ、つんのめりそうになった。向こう側についた彼女は船乗りのもとへそっと歩み寄り、そばにひざまずいた。彼女は彼の寝息を確かめ、眠っている場所から川へと転がし始めた。彼女は彼の背中に膝をつき、全体重をかけて水の中に押さえこもうと思っていた。彼が死んだら船で海への出口まで連れていき、一番複雑な迷路の袋小路へ導くつもりだった。朝になって彼の姿がなければ、「群れ」の人たちはそれを彼の出現と同じように運命的なものだと納得するだろう。

しかし、彼は水に触れる前に上半身を起こし、彼女を見ながら手首をつかんでいた。彼は驚きのうすら笑いを浮かべていた。彼はもう一方の手で彼女の顔に手をのばし、彼女も別の手で彼の頭を強烈に殴った。背骨が強靭でなかったら一回転するところだった。狂気じみた彼はひどく面白がり、海から引き上げられたときのようにあごを突き出して笑った。再び彼女は彼を冷静にぶった。彼がますます笑うので彼女は何度も殴った。彼女は激しい溶岩と化した白目以外には感情の揺れや怒りを見せなかった。彼女は彼をたたき殺せたらすっきりしただろうが、五回めで彼は笑わなくなった。彼は顎をひきしめた。彼女を殴ろうと手をあげると、その手を誰かがつかんだ。船乗りが顔を上げて見ると彼女の父だった。彼のまわりには「群れ」の他の連中もいた。「俺たちはこの男を海から救ってやったのに、この男は俺たちの娘に乱暴をはたらこうとした」と彼らは自分たちの言葉でいった。「このアマは、俺を溺れさせようとしてくれたんだぜ」と船乗りも自分の言葉でいった。「どうしたんだ」と父はキャサリンに尋ねた。「私は彼を溺れさせようとしたの」と彼女は説明した。「彼を船に乗せて、入り組んだ迷路の袋小路まで連れて行くつもりだったの」男たちは当惑して顔を見合わせ、ゆっくり船乗りを放してやった。キャサリンの父は船乗りを怒ってにらみつけたが妥協した怒りだった。彼は激昂して娘もにらみつけたが妥協した激昂だった。彼はたずねた。「だけどどうして?」彼女は答えた。「彼がここにいるからよ。だからそうしたの。そうしなければいけないの」父は彼女を理解したかのようにうなずいた。

キャサリンはまた沼の倒木の向こうを見た。男たちは散っていった。船乗りはそれを見つめたまま驚いたような微笑みを浮かべていた。父は自分の言葉で彼にいった。「よくも俺の娘に手を触れたな。海の太ももをおがませてやるぞ」船乗りも自分の言葉でいいかえした。「夜になったらかい、え、キャプテン？」キャサリンはいつもの川のふちで水に映る自分の顔を二〇分もたたいていた。水がばしゃばしゃはねたので、彼女のたけり狂う髪の毛はぬれてべっとり背中にはりついた。

そのときから「群れ」はキャサリンに罪悪と恐怖の感情をもった。彼女が村を救ってくれたことには感謝していたが、あんなふうに自分を投げ出すなんて狂っている、と軽蔑もした。彼女が船乗りを溺れさせようとしたと聞いて、疑いはますます深まった。彼女が水の中の自分に激怒している姿を見て、疑いは断言された。彼女の瞳の特別な力は、彼女が魔法使いなのではないかという印象を「群れ」に与えた。彼女の父は気が気ではなかった。彼女が高い木の上で死んでしまえばよかったのに、そうすれば殉教者ですんだのにという思いが「群れ」の間に広まっていくのを感じたからだ。

船乗りの名前はコーバだった。救出されてから三六時間後、彼は完全に回復した。彼は村を陽気に歩きまわって「群れ」の連中とつき合った。彼は誰も笑わない冗談をとばしつづけ、誰にもよくわからない言葉で話しつづけた。とはいえポルトガル語から派生した言葉どおしだったので、わずかに通じあった。彼はまたキャサリンを見つめ、沼の反対側から彼女も彼を見つめた。ほかの場所からは彼女の父が二人を見ていた。キャサリンを見た後、彼女を見ている自分を見つめる彼女の父に気づいたコーバは、それを冗談だと思って笑いだした。彼は復讐の計画をたてた。自分と一緒に波に打ちあげられたタンスから、トランプの台をひっぱり出した。

最初、彼はトランプをつかって物語を聞かせた。繊細な王と、好色なジャックと姦通する王妃の話をした。この小さな劇の中で、ジョーカーは名付親の役割をはたしたが、エースはなんでもよかった。たとえば宮廷のスパイ、魔法使い、港に打ちあげられた船乗りなど。そうやって彼らと一週間ほど過ごすと、コーバは葦でつくった巨大な黒い敷物の上でトランプの一人遊びを始めた。「群れ」の男たちはゲームを理解し、船乗りが負けると笑うようになった。彼も笑った。やがて彼はゲームの勝敗に果物を賭けるようになった。彼は果物をたくさん失った。まもなく彼は自分のタンスにあったスカーフを賭けるようになった。彼はスカーフもたくさん失った。彼はその間にも、大胆なジャックや千変万化のエースの物語をどんどん織りまぜていった。夕べの火があたりを照らす中で、彼はクラブのクィーンをつまみあげ、その姿を他の男たちの前にちらつかせた。この女の髪は、あの女の髪くらい黒い、といいながら彼は沼の向こうにいるキャサリンを指さした。男たちは色気のない娘がいると思った。コーバは男たちが彼女の顔の価値を理解していないのに気づいた。キャサリンの父は「群れ」の男たちが自分の娘をどう見ているかわかってきた。コーバはそれからすぐゲームにタンスのコインを賭けるようになった。彼はコインを一つ一つなくしていった。彼は勝つと笑ったが、負けたときはもっと豪快に笑った。

彼女の父はある夜、彼女に、「逃げろ」と命じた。「どうして？」と彼女がいった。「あいつらは、おまえのことがもうわからなくなったんだ、と父は彼女にいった。「あいつらはおまえが私たちを救ってくれた夜からおまえのことがわからなくなっていた」「あの人たちにわかってくれとは頼まなかったわ」そういってから彼女は父に尋ねた。「私のことがわかる?」彼は物悲しい目つきになった。私はおまえを理解したいとは思わない。彼女は立ち上がって真夜中の川辺へ歩いていった。カヌーを岸まで引きずると、父を見上げ、「パパ」と叫んだ。彼女は怒ってつかみかかり、それを父は優しく突き放した。彼女が乗ったカヌーは静かに「群れ」を離れていった。

彼女は迷路の川を進んだ。大陸の川はみんな東へ流れているのに、この川だけは西に流れていた。彼女は川のグリーンとブルーの囲いの一つにカヌーをすべりこませた。秘密のパネルを引き出して、壁をぐるぐる回したかったのだ。見上げた空は変わっていなかった。木々は空を格子に仕切っていた。彼女はオールをさばき、自然に進んでいった。闇が昼になり、昼が闇になるまで彼女は迷路の川をはるかに下っていった。彼女は的確な本能に従い、今までいた世界の反対側に出るのを待ち望んでいた。長い時間がたち、真上に昇った太陽が迷路の川を照らしつけたとき、キャサリンは水の精がすぐ前を泳いでいるのを見つけた。彼女は水の精が命令にそむいて船乗りを食べなかったことを思い出し、手にしたオールで水の精の頭を殴りつけた。少したつと水の精はまた現われて彼女を責めた。彼女は叱りつけた。「おまえなんかいらないわ。村に帰っておしまい」水の精はしつこくカヌーにまとわりついていた。彼女はその生き物を置き去りにしようとしてカヌーをそらした。それは致命的な失敗だった。ふと気づくと彼女は息がつまるほど見なれた川路を下っていた。いまいましい水の精は、彼女がいつふりかえってもそこにいた。彼女が急いで逃げると周囲の迷路はますます自分になじみの迷路になってきた。やがて、彼女は隅々まで知っている川路をわたっていることに気づいた。だが、迷路をぐるぐる回っているうちに日暮れには完全に迷子になってしまった。彼女はカヌーの中で怒り狂いながら、水の精にむかってオールを激しくたたきつけた。日暮れまで何度も繰り返したたきつけていたら、その生き物は闇夜に消えてしまった。「やっとおまえをやっつけたわ」と彼女は水にささやいた。もう少し進み、何とか迷路から脱出できた。だが迷路の最初の場所に逆戻りしたことに気づいて気が遠くなった。数分後、カヌーは彼女の村に辿りついた。「群れ」は岸に立って彼女の帰還を迎えた。みんな浮かない顔をしていた。父は沼の端に立っていた。彼は複雑な表情をしていた。もう二度と会えないと思っていた彼女に再会した喜びにふるえつつ、彼女の身を案じて恐怖を感じていた。彼は彼女を腕に抱きかかえた。彼女は港のたいまつの明かりの下でカヌーをくりつけながら、水の精が元気でいるのを見つけた。血も流していなかった。彼女が水の精をののしると、むこうもののしりかえした。

「群れ」の男たちは次第に身をやつしていった。その原因はキャサリンの不吉な気配と、賭けごとの二つだった。キャサリンのことがどうにも我慢できなくなったのに対し、賭けはいくらやっても飽きたらなかった。しかも船乗りは「群れ」の男たちの心の中でこの二つをつなぎあわせた。クラブのクィーンがキャサリンの象徴で、黒のクィーンが出てくるだけで、彼らのあいだに暗い憎悪が漂った。時がたつにつれ、コーバの貯えは目減りしていった。コインが一つずつ後を追うように「群れ」の男たちの手に渡っていった。男たちもコーバも、この雰囲気にどんどんのめりこんだ。「群れ」は熱くなった。まもなくコーバは手持ちのコインをほとんど使い果した。

キャサリンの父は気が気でなかった。彼女を見る仲間の目つきは殺気立っていた。確かにみんな彼女を魔女だと思っていた。彼は妻に相談した。彼女は平然と落ち着いていたので、何かなぐさみの言葉を期待した。だが妻の冷静さはキャサリンを疑っているからこそだった。母親はいった。「産んだのは私だけれど、あの子のことはわからない」他の子どもたちも彼女によそよそしくなっていた。「これは自然のあやまちなんだ。彼女に艶気を与えず、ぶっきらぼうな娘にしてしまったんだから」キャサリンの父はいった。「自然のあやまちね」とキャサリンの母もいった。「あの子の顔を宇宙の点だか地球の核だかみたいな顔にしてしまったんだから。あの子が小さい時、髪を長くさせなければよかった。あの子の顔に仮面を縫いつけてしまえばよかった」「だがいままで気づかなかったな」と父がいった。「誰も気づかなかったわ。時間がかかったのよ」と母がいった。

「だけどあの船乗りはすぐ気づいたんだ」と父がいった。

船乗りはコインをあと一つ残すばかりになった。彼はいつもの汚い湿った小箱からひと組のトランプをとり出した。

「群れ」の男たちは興奮気味だった。ゲームは終わりにさしかかったのだ。賭けはこれでおしまいだ。この黄色いボサボサ頭の男が笑うのも最後だろう。「ちょっと聞いてくれ」とコーバが悲しげにいった。コインはあと一個しか残っていない。彼はそれを指の間にはさんで上にあげた。そして夜の火にかざしながらゆっくりと腕を一回転させてみんなに見せた。俺はずっとついてなかった、とコーバは惨めに首をふった。

「ギャンブルの掟を知っているかい？　問題なのは手持ちのコインの数じゃない。お互いに持っているコインの関係が問題なんだ。ここに誰かがコインを五〇〇個持っているとする。俺には一つしかない。だが俺のその一個はそいつの四九九個より価値があるんだ。なぜなら、そいつは四九九個失ってもまだコインが一個あるだろう。もし俺が一個なくしたら、すっからかんだ」

「もうひと勝負だ」と「群れ」の男たちが叫んだ。「俺たちめいめい、おまえの一個に一〇個ずつ賭けるよ」「ダメだ」と船乗りは肩をすくめた。彼は深いため息をついた。「おまえたちが一〇個ずつ賭けたってどうしようもない。おまえたちは俺ほどの危険を犯さないのだから。おまえたちは全てを賭けていない」

わかった、と男たちはいった。二〇個ずつでどうだ。

「まだゲームがわかっていないね」とコーバはいった。彼はますます深いため息をついた。もちろん、おまえたちと勝負はしたい。だけどこれでは賭けるものが不公平だよ。コインを賭け合うんじゃなくて、お互い危険と危険を賭けなくてはいけない。

どういうことだ？　と男たちはいった。

「俺はこの一個のコインで全てを賭けるということだ」彼はまたコインを指の間にはさんで上にあげてみせた。火のまわりに座った男たちはそれぞれ山づみになったコインを前にコーバとたった一個のコインを見つめ、唇を鳴らした。「よし、わかった」と彼らは叫んだ。「おまえが全てを賭けるなら俺たちも全てを賭けよう。さあ、勝負しようじゃないか」彼らはコインをひと山にして押し出すと、一発勝負に興奮し、足に火がついたようにあたりを飛び跳ね始めた。

「そうじゃないだろ」とコーバはコインの山を前にいった。「群れ」の男たちは踊りやめ、あきれたように彼をまじまじと見つめた。「なめないでくれよ。おまえたちは最初は俺のものだった金だけ出して、全て賭けるとほざいている」彼はニヤリと笑った。「わけがちがうだろう」「ならどうしたらいいんだ」と男たちがいった。「この村を賭けろというのか？」船乗りはこれ以上は押せないと悟った。「そこまでしなくていい」と彼は手をふった。「そこまでいってない。金はそのままでいいとして、あとなにか値うちのあるものを……」

「たとえば？」と男たちが聞いた。

「たとえば最高の船だ。艦隊は要らない、いいか、上等の船を一艘だ」

「まだ他に何か？」男たちは冷たくいった。

コーバは頭の後ろで手を組んで肩を上下に動かした。彼は夕方の冷たい空気を味わった。目をさりげなく動かし、いかにもふいの質問に考えをめぐらせているようだった。彼は一大決心をするように顔をちょっとしかめた。男たちは、もどかしがって足を鳴らした。やっと彼はうなずいて、「そうだな」といった。そして沼の向こうの彼女を見た。最初に来たときから毎日そうしていた。彼らにはどうせ彼女の値うちがわからないんだ、と彼は思った。彼らには、わけのわからない、不気味な生殖力のない女の顔の美しさなど理解できないのだ。

クラブのクィーン、と彼はいった。

男たちは彼を見つめ、互いに顔を見合わせ、また彼を見た。静けさをやぶって一人が笑いだし、また一人、また次、とまたたく間にみんなが笑いだした。笑いころげて木の幹をたたいたり、赤い残り火を蹴とばしたりした。彼らはいった。「魔女だって、おまえは魔女がほしいのか？　俺たちにしてみれば、船乗りよ、おまえが負けたら魔女をもってけというところだぜ」船乗りは一緒に笑って、「そうだろう。バカだな」

魔女を賭けるなんてどうかしているとでもいうふうだった。だが彼らはそこで笑いやみ、しばらくぎこちない雰囲気になった。みんなは船乗りが本気なのだと気づいて啞然とした。いつものきつい冗談ではなかった。男たちはキャサリンの父を探し、コーバに目をもどした。「おまえが奴の娘を賭けると聞いたら、あいつがただじゃおかないぜ」と連中はいった。

コーバもいった。「おまえたちが彼女を賭けにすると知ったら、あいつはさぞご満足だろうよ。だけど俺はずっとついていないからな」

彼らはもう一度あたりを見まわし、コーバをどんよりした目で見つめ、火を囲んでしゃがんだ。

彼らはささやいた、「勝負！」

一〇分後、コーバは解説していた。「ツキは変わるものさ」彼の目の前には大きな金の山、さっきまでギャンブラーだった「群れ」は呆然自失だった。燃えるロウソクの火がどんどん短くなるようだった。コーバはポケットにトランプをしまった。「勝負は時の運さ」と彼は微笑んでいった。男たちが不機嫌な顔でにらみつける中、彼は戦利品を自分のタンスにしまった。ほんの一、二メートル先に置いてあったそのタンスを、「群れ」はそのときまで気がつかなかった。ちゃっかり出発の準備を整えておいたのだ。

「船をよこせ」と彼はいった。「船と娘だ」

後になって、娘を要求したのは人助けだったと知ったら彼は驚くだろう。後になって、「群れ」は船乗りが魔女を連れて行ってくれるなら彼の元金を返したうえ、船をくれてやってもいい気構えだったと知ったら彼は驚くだろう。だがキャサリンの家族の手前、男たちは慎重だった。「俺たちが魔女を賭けたのは、おまえがツキから見離されていたからなんだ」と彼らはいった。

「ツキは変わるものさ」とコーバはいった。

ああ、おまえはそういってたな、と男たちは応えた。「だが娘を連れていく前に父親と家族に交渉してくれ」

「だけど俺は賭けに勝っただろう」とコーバがいった。

「俺たちは彼女を取るのを止めはしない。負けたんだからな。勝手にしろ」と男たちはいった。

コーバは不安げに沼の向こうを一瞥した。キャサリンはどこにも見あたらない。彼はタンスとわずかな所持品を急いでまとめ、船の待つ岸まで歩いていった。約束通り充分しっかりした船だったのでコーバは足元が見えるうちに出ていくことにした。だが出発の準備はまだすんでいなかった。彼は背後の沼の先を見ながら、船を押しだした。向こう岸に足をおろして自分を見ている男たちの方をふりかえった。林の方向を指さすと連中も同じ方向を指さしたので、彼は大きく息を吸ってうなずいた。彼は林の中に入っていった。その根元では海が口を開け、灌木の茂みが通路を型どっていた。彼はキャサリンが家族と住んでいる避難小屋へ向かった。キャサリンは小屋の奥のベッドに横たわっていた。父が両手に顔をうずめて泣いた嵐の夜も彼女はここにいた。コーバはまっすぐ彼女に近づいた。手首をつかんで引っぱりあげても彼女は気づかなかった。彼は木々の間から彼女をひきずり出し、枝をつたって着地した。船へ向かう途中でキャサリンはやっと正気になり、彼の髪を手に巻きつけて、いやっとばかりひっぱった。彼は彼女の腹に一発くらわせた。うまく当って、彼女はぐったりとなった。そのとき、彼女の父が叫びながら茂みから林を走り抜けて沼に近づいてきた。コーバはキャサリンを船底に投げ出した。

父は男たちにむかって、「船乗りが娘を誘拐した」と叫んだ。川岸の「群れ」の男たちが誘拐に加担しているとはつゆ知らずに。彼は男たちに「船を止めてくれ」と叫んだが、彼らは動かなかった。船に乗ったコーバは、岸をオールで押して離れようとしていた。父はむなしく叫びつづけた。後ろからキャサリンの母が泣き叫びながら走ってきた。兄弟たちも来た。彼らの叫びは全く無視されていた。ジャングルの静寂を破る叫喚を、「群れ」は黙って聞いているだけだった。

キャサリンの父は水の中まで追ってゆき、船のへりに手をのばした。

吐き気とともにしぶきの音を耳にしたキャサリンは、我に帰り、頭を上げて岸を見た。父が川の中にいて、母と兄弟が林から出てきた。

彼女は二度もまばたきしなければならなかった。さらにもう一度、いや何度もまばたきして見つめた。コーバが、大きな木のオールを父の頭めがけてまともにヒュッとふりおろしたのだ。彼女の頭には水の精を殺そうとした自分の姿が鮮やかによぎった。

彼女は当惑した面もちで、何度もまばたきしながら見ていた。何を見たかは定かではなかったが、見まがうことはない。砕ける音、母の悲鳴、自分の体の底から力なくこみあげてきた、糸の先で震えるような泣き声は、何が起こったか全てを物語った。

船は迷路の川に入り、川のグリーンとブルーの囲いの一つに滑り込んだ。秘密のパネルを引き出して、壁をぐるぐる回したかったのだ。彼女は自分でも見つけられなかった抜け路を他の誰かが見つけられるとは思いもしなかった。船乗りは少しずつ慎重に進み、目も耳も十二分に働かせて水路を選ぶ感覚を研ぎすませていた。暗くなってもそれを続けた。優秀な船乗りだわ、と彼女は思った。私の父を殺したこの男は。

そのうちおまえを殺してやる、と彼女は告げた。彼も彼女の言葉をだいぶわかるようになっていた。彼は笑いかけながら彼女の手を縛った。そして貨物室に押しこんだ。夜が来ると彼はロウソクをつけて部屋の中の彼女をのぞきこんだ。彼が顔に指を触れると、彼女はうなった。「ちょっとでも変なこと考えたら、ただでは済まないからね」彼がこの忠告に従わなかったので、彼女は注意深くねらいを定めて彼の股間を蹴り上げた。彼は苦痛のうめき声をあげた。痛みがおさまって目の涙がひいてから見回すと彼女は貨物室から出て舳先に立っていた。「また手を触れる気なら私はこの腐った川のベッドで眠るわ」彼は彼女の言葉を驚くほどはっきり理解した。彼はあごとズボンを交互にさすった。「それならいい」と彼はうなずいた。「ことは簡単だ」彼は彼女の顔を恋しく思うほどその肉体は欲していなかったのだ。

翌日も終わる頃、彼女は迷路が、白く光りながら広がっているのに気づいた。そのとき、船を迷路の外に導いている水の精に気づいた。「裏切り者」と彼女は自分の顔に囁いた。私を助けてるなんて思ったら大間違いよ。もしおまえが友だちなら私を村へ連れ戻してくれたはずだわ、私が逃げようとした夜のように。もしおまえが友だちだったら、私は逃げられたはずだし、父は命を落とさなかったはずよ。冗談のつもりだったとしても、ひどい裏切りだわ。いつかおまえも殺してやる、こいつを殺すように。

迷路の川から抜けると、わきに採鉱所のある町が丘に広がっていた。黒土の合い間に小さな窓明りが散らついていた。その町の人びとは、金を求めて一〇年になるのだった。虚しい努力はあきらめて町を引き払おう、と決心する度にそこそこのものが掘りあてられて新しい鉱脈の予感に湧きたっていたのだ。コーバとキャサリンが港についたのは、ちょうどそんなできごとがあったすぐ後だった。町は熱狂していた。夕方、疲れ果てた鉱夫たちは失望して町にとぼとぼ帰ってくる。他に楽しみもないので、みんなは売春宿付きの酒場に集まってくるのだ。

キャサリンは船乗りの魂胆を読み、彼に告げた。私を男たちに売り飛ばそうとしてもダメよ。その前にこの腐った川のベッドで眠ってしまうから……。わかってるよ、とコーバはうんざりしたようにさえぎった。彼はキャサリンを酒場へ連れてゆき、ロープで縛り、上から布をかぶせて、外に置いた。彼は「群れ」の男たちのときと同じ手をつかって鉱夫たちもゲームに誘い込んだ。彼は王と王妃とジャックの話をした。スペードのエースには特に熱を入れ、こいつは丘の宝物を掘り出すんだ、と物語った。彼はうまく負けて金を失った。夜明け近くなり、酒場のかしいだ屋根にこぬか雨がとめどなく降る頃には、カンテラのうす汚れた黄色い光にぼんやり照らされて、連中の汚らしい顔が意外な幸運に輝いていた。コーバはそれを見て、彼らが鉱脈を発見し一財産もうける期待にふくらんでいるのを感じた。何週間、何カ月、いや何年もの間、連中はツキに見離されたと絶望していたので、コーバがツキをもたらしたと信じてしまった。現に昨夜からコーバ以外誰も負けていないではないか。コーバはそれに反駁しなかった。かえって彼はくつろいで機嫌よく腕を広げていった。「いったいどうしちまったんだろう？　運命に呪われたかな？　なめてかかったからな。どうせ俺はバカだ。だけど俺は船乗りだから運命の風に任せるのが好きなんだ。たとえしょっちゅう岩にぶつかってもね。もう俺はなにも賭けられない。まともな目で見てめぼしいものは本当に一つもなくなっちまった。俺の最後の出し物は、せいぜいお愛嬌てなもんだ。おまえさん方もこれ以上俺から金を巻き上げてもしょうがないだろ。とはいえ……」彼はあごをさすった。「おまえさん方がこんな山奥で、文明の楽しみから遠く離れ、顔を見るのもうんざりのお隣りさんたちとまずい地元のウィスキーを飲んでいるようじゃ、捨ててきた場所もそう楽しくなかったんだろう」ここでコーバは、連中が売春宿のなじみの娼婦たちに思いをいたすのを待った。

彼がなんのことを話しているのかだれもわからなかった。

「なんでもない、気にしないでくれ、今夜は楽しかった」とコーバはいって四本脚の一本が半分欠けた小さなテーブルから腰をあげ、トランプをつかんだ。「俺の宝まで巻き上げられて裸一貫にならないよう、足元がおぼつかなくなる前に出て行くよ」彼が何げなく一番上のカードをひっくり返すと、スペードのエース、次にめくるとクラブのクィーンだった。彼はしたり顔に含み笑いを浮かべ、鼻からほっと息をついた。

「ちょっと待て」と鉱夫たちがいった。「宝ってのは何なんだい？　スペードのエースとクラブのクィーンがどうしたっていうんだい？」

「つまり足元がしっかりしているうちに出て行くってことだよ」とコーバはもう一度いった。「スペードのエースはそっちの財産のカードで、クラブのクィーンはこの黒土くらい黒い髪の女のカードさ」といって、彼はこれ見よがしに地面を足でたたいた。

「その女はどこにいるんだ？」鉱夫たちは興奮して尋ねた。

コーバはきまり悪そうにもじもじした。「どうにも照れ臭えな」と彼はいった。「俺の売り物など、帝国のコニャックを味わったことのある酒豪にとっちゃ、つまらないアペリティフみたいな女のことなんて、ただの感傷だろうな」

鉱夫たちはまだ彼がなにをいっているのかよくわかっていなかった。けれども船乗りがなにか大事なことを隠しているらしいとうっすら感づいてきた。「おまえはなにか大事なことをいわずにおこうってのか」と鉱夫たちは責めたてた。

「まあな」とコーバはいった。「だけど女といったらいいすぎの、ほんの少女なんだ、実際……」彼は狡猾な視線をなげかけ、参ったというように両手をあげた。そして、「ちょっと待て」といい、酒場の裏から出ていくと、鉱夫たちは奴に逃げられては大変、と後から押し寄せた。彼は布をかぶせたままのキャサリンを導き入れ、彫像を見せるようにおおいをとった。

次の瞬間、鉱夫連中はみなしばらく黙って立ちつくしていた。連中は雷にでも打たれたようだった。キャサリンは真ん中で怒り狂い、コーバはおやおやという微笑を浮かべていた。彼は男たちがこんなにも女の顔に畏敬する姿を初めて見た。何年も金塊だけ探し続けてきた男たちは、歳月も金も、すべて忘れてしまったのだ。コーバは少し重い口調でいった。「これが俺に残ったすべて、この女は野生の娘だ。ジャングルで動物たちと暮らしているところを捕まえたんだ。川娘なんだぜ。彼女が泳ぐときに川の水が裸体にあたる様子を見ればわかるさ。もちろん、見てみなきゃ何の話かわからんだろうがね」鉱夫たちはまだ声がでなかった。放心しているようだった。船乗りは話を続けた。「そして彼女を捕まえてから服を着せて（彼は彼女の服をつまんだ）、食い物を与えて面倒をみたんだ。そしてご覧のとおりまだ馴らしている途中なんだよ（彼は彼女の手を縛っているロープを指さした）、まだ誰も成功したことがないんだけどな、わかるかい？　だから、そんな娘を人に譲り渡すのは山猫を手渡すようなものなで、こっちも気が引ける。彼女がいったいどうでるか、考えたら身の毛がよだつだろう」

船乗りたちは顔を見合わせた。

「というわけだ。さあ今夜はおひらきだ」とコーバがいった。

「まだ早いじゃないか」と鉱夫たちはいった。

「もし誰か私に触ったら、そいつのものをかみ切って、喉に突っ込んでやるから」とキャサリンがいった。

「女が口をきいたぞ」と鉱夫たちが叫んだ。彼らは方言がわからなかったので、「川の嘆きさ」とコーバが通訳してやった。「彼女は自分の野性がいやで、野性から救ってくれる強い手を求めているんだ」

「女と引き換えに何が欲しいんだ、おまえ？」鉱夫たちは、はやる気持ちを押さえてたずねた。「これならどうだ」という申し出がひとしきり飛びかった。掘りあてた金塊、これから見つける金塊、ボゴタの若い娘たち、これから生まれる娘たち、コカイン、マリファナ、ウバタマの幻覚剤など、鉱夫たちは間抜けなヨーロッパの白人が喜びそうなものを思いつくかぎりあげてみた。客人としてもてなすこと、貸しつけや逃亡の手引きなどといい出す奴もいた。船乗りはそれを聞きながらムッとしてきた。「俺は彼女を売らないぞ」彼の声が高まるにつれ鉱夫たちの声は弱くなった。「奴隷商人扱いはごめんだ」鉱夫たちはおし黙り、コーバは凄い剣幕であたりを見まわした。彼はあごをぬぐい、はだけたシャツをなおすといった。「俺はギャンブラーだ。だからまっとうな物を賭けながらかつがつ生きてるんだ。まあ、弱いけどな。ここのところツキに見離されてるしな。だからって女を売れとかバカなことといって、なめんなよ。今は二〇世紀なんだぜ」

鉱夫たちは口ごもりながら謝った。コーバはいった。「なにか賭けるものを出すなら出せ。持っている全部の倍より彼女は値うちがある。だけど倍で手をうとう。俺からとったコインに同じ数のコインを足せば賭け金として認める。それがいやなら、おやすみ、だ」

鉱夫たちは彼と彼女を見比べた。腹がしまって、口が渇くのを感じていた。連中は彼の決心が固いのと、足の下を見て、自分たちが金塊を得るために汗を流した土と彼女の髪が同じくらい黒いことを確かめた。そして、彼女の顔を知ってしまった以上、命を持った顔の女に巡りあうことはもうない、と誰もが気づいた。明るいところに出せない女たちとだけ一生過ごすのはごめんだと思った。瞬間瞬間を生きるしかないと痛感させられた。

彼らは呟いた。「勝負だ」

「コーバは財産を取り返し、鉱夫たちの金も奪った。「あばよ」と告げると、キャサリンの手をとって退散した。船にたどり着くまでまだ何百ヤードもあるうちから鉱夫たちが追いかけてきた。バカな連中で助かったわ、とキャサリンは船乗りと川への坂道を駆けおりながら考えた。でもそのうちこの男は喉をかき切られるのよ、当然の報いとして。でも私にはもっとひどい仕打ちが待ちうけている。それは不当だわ。山のふもとについたとき、彼女は足を踏みはずして転がり、うつぶせに川辺へ倒れた。起きようとしても、手首が縛られていたので泥の中をもがくだけだった。コーバは彼女をちらっと見て唇をかみ、カモにされ、逆上して追ってくる男たちと、これから川を上りながら金鉱の町を訪ねては奪っていくつもりの金をひき比べてみた。そしてキャサリンに駆けより、黒髪をつかんでぐいと引っぱりあげ、川までひきずった。彼らは銃声を背に船に乗りこんだ。

三番めの町での逃げ方は、もっと際どかった。キャサリンは、そのうちに彼が泥の中に転んだ私を見捨てる夜が来るだろうと、確信を強めていった。これは賭けだわ、と彼女は思った。彼の愚かさと、彼にだまされる男たちの愚かさとの勝負よ。いずれ彼の愚かさが勝って、やられるときがくるでしょう。願いはたった一つ、と彼女は思わず声を出しそうになった。彼の愚かさが報いを受ける時、男たちより先にこの手で彼を殺してやりたい。

四番めの町は川のずっと下流だった。まわりの川がみな西へ流れる中で、一つだけ東へ走るこの川は、もっと東へ曲がって、コーバもキャサリンも知らない不吉な奥深いジャングルへ流れ込んでいた。三番めから四番めの町へ行くあいだ、食料が欠乏してきた。やっとの思いで三番めの町から逃げてきたので、金貨の山しか持ってこられなかったのだ。彼女は彼にいった。「金貨の山だけで、飲む物も食べる物もなしとはね」「いや、次の町まで食べ物と水は間にあう、なんとかなるさ」と彼はいった。彼女は思った。そのうち口から出任せではボロが出るわ。声に出さなかったのは、船乗りが危険を感じて、詐欺で稼ぐ運もつきたと悟れば、キャサリンはもうお払い箱だからだった。川の上でつきてきた食料を思えば、一人のほうが二人で分けるよりいいに決まっている。私の命は、船乗りの図太さにかかっているんだわ。もうしばらく自惚れていてもらわなくては。

コーバは自分でしょっていたほど利口ではなかった、と身に染みた日、四番めの町が遠く、ミドリの川の汚れた白のふちどりとなって現われた。彼は満足げに町を眺め、船室から最後の果物を二つ出してきた。次の食料が水平線に見えてくるときまでとっておいたのだ。キャサリンは隅に座って、反対側を見ていた。見る方向がちがうよ、と彼は呼びかけて指さした。彼女はそっちを一睨して、またプイと後ろを向いてしまった。彼は首をふって、こんなクズ女とは早くおさらばしたいなと願った。彼はナイフを取り出し、果物を切った。彼女にも一切れ投げたが、そのまま足元の甲板に落ちた。「こんなこともいつか終わるさ、そうしたら望みどおり川のベッドで存分に昼寝できるぜ」彼はそういってせいせいした。もう彼女が彼のいうことを理解するとわかっていたからだ。

そのとき、またべつの声が聞こえてきた。

彼はぐるっと首を回して、だいぶ接近した町の方を見た。ほんの一、二メートル先に小さめの船が浮かび、三人の男が乗っていた。そのうち二人は座ったままコーバを無表情にながめていた。もう一人は舳先に立っていた。おかしな濃い口ひげをはやした男が、ニヤッと笑いかけた。コーバは戸惑った。彼は彼らとキャサリンを見較べ、彼女に急いで布をかけようかと迷った。「ハイホー」と口ひげの男がいった。彼はキャサリンにむかって帽子をつまみ、「セニョリータ」と声をかけた。「川には長くいるのかい？」と彼は陽気に尋ねた。「最後の町からずっとさ」とコーバはいい、変な笑い方をした。「これは歓迎かい？」

彼は固くなっていた。

「そうさ、歓迎だよ」と口ひげの男がいった。「俺は町の外交官みたいなものでね、手遅れになる前にいろいろ手を打つのが仕事だ」

「なるほど」とコーバはいったがまだ当惑していた。

男は力説した。「そうなんだ。手遅れになる前に手を打てば、のちのちの手間が省けるだろう。たとえばおまえだ。おまえがくたばる前になんとかしてやれば、ずいぶん手間が省ける。手おくれになる前に逃げるチャンスをくれてやるよ」

コーバはそんなギャンブルのたとえが気にいらなかった。

「さあ、選択は三つだ」と口ひげの男はひどく陽気だった。「船で町に着けば、もっと恐ろしい歓迎が待っている。狭い牢屋に放り込まれて、刑が決まるまでずっと待つんだ。それがいやならもと来た町へ帰りたまえ、運がよくても似たような目にあうのがおちだろう。または川を下り続けるんだな。川幅はどんどん狭くなって光も通さない深いジャングルにはまっていくさ。古いツタが人間をじわじわ窒息させるんだ。激流はあるし、毒蛇や獰猛な山猫、オレンジほども大きくて、マラリヤのジュースをたっぷり持っている蚊も飛んでる。ジャングルの原住民たちは子どもくらいの大きさで、おまえくらい大きい男を食ってしまうんだ。いかがかね？」

コーバはなにもいわなかった。

口ひげの男はいった。「そんな気分になるだろうと思ったよ」

「食料がないんだ。水も不足している」というコーバの声はしゃがれていた。

「そうかい。俺たちの知ったことじゃないな」と口ひげの男は陽気にいった。話の間、他の二人の男たちはただ船でぼんやりしていた。重そうなまぶたでコーバとキャサリンを黙って眺めていた。それから彼らはオールをつかんで船の位置を戻し、町へ帰って行った。「決心がつくのを待っているよ」と口ひげの男は手を振った。「アディオス、グッバイ」

コーバは長いこと座ったまま、小さくなってゆくその船と、近づいて大きくなってくる町を見ていた。やがて口ひげの男の忠告どおり、できあいの波止場に待ちうけている群衆の姿が見えてきた。彼らは手斧、なた、銃、ロープなどをもっていた。コーバは近づく気になれなかった。三番めの町に戻りたくもなかった。彼はただ船をすべらせて町を通り過ぎていった。前方には今までになく絶望的な迷路がひかえていた。奥のジャングルは暗くて、入口からすでに闇がにじみ出ていた。そして、泥沼からというよりあたり全体、特に後ろからゴーゴーという不思議な音がしてきた。コーバはそれが町の音だと悟った。彼を忘却へと押しやる住民の笑い声だった。ジャングルに近づくにつれ、その陽気な声は消えるどころかますます大きく聞こえてきた。

それとも、次のできごとに対する盛り上がりだったのかもしれない。振り返ると、キャサリンは同じ場所に座っていたが、腕を縛っていたロープがはずれ、両方の手は互いの束縛から逃れて自由だった。彼女は彼がさっき果物を切ったナイフをにぎりしめていた。

後になって、ロスアンジェルスで初めてその夢をみたとき、彼女は船上で彼を睨みながらにぎっていたナイフの感触を、かすかに覚えていた。復讐心はおろか、憎しみさえ湧かなかった。彼女の感情には色がなく、真っ白だった。彼女は彼の青白い喉をナイフでかき切って、彼との腐れ縁も断ち切る必要に迫られた。彼女はその腐れ縁から栄養や酸素をもらっていたのだが、今や一種の誕生の気分を経験して、それを断ち切らなければ窒息してしまう気がした。そんな腐れ縁などではなかったかも知れない。だが、彼に関する記憶は彼女が以前何処の誰だったかを探る手懸りだった。胎児もみな、へその緒に同じような裏切りの感覚をもつのかしら、と彼女は考えた。憎しみを超越して白いものに回帰していこうとしながら、まるで記憶以前のなにか黒いものにつながって、その旅は次の駅で窒息してしまうだけなのだ。そこでは出発を待っている間、果てしなく何千もの色が続く。

彼が最後の啓示と思ったのはジャングルのにおいだった。いままで嗅いだことのない、夭折した命が持つ感情のにおいのようだった。「ニュージャングル」に入って二日目にはそのにおいが充満していた。果物のにおいでもなく、植物でも、水でも、青い細かい霧のにおいでもなかった。人間のにおいだった。人間のにおいの源は人間ではなかった。あるいは人間がいたのかもしれない。それより、ただただ船は黒くて丸い小さな洞穴へ入っていった。そこの葉は、内出血して紫になった肉の組織で、川の行く手をさえぎる枝には血管がクモの巣状に通っていた。船はジャングルの暗い表皮組織の中へもぐり込んでいった。においはますます強くなり、このままジャングルを切り開いて進んだら、彼の目にまで血が飛び散るのではないかと思えた。木々に大きな水滴がさがっていた。キャサリンは船の端に立って彼にいった。「ジャングルはおまえの死によって汚されることを嘆いているのよ」「黙れ」と彼は呟いて、あたりを見まわした。

ジャングルはますます暗くなった。「俺は怪物に飲み込まれたのかな」と彼は叫んだ。「おまえはおまえ自身に飲み込まれたんだ」と彼女が答えた。

川の流れはいっそう速くなった。たまにチラッと輝く木もれ陽が速度を増して過ぎ去った。「どこへ行くのだろう?」彼は彼女に聞くともなしに呟いた。「行きどまりに穴があって、そこに川が流れこんでいるのよ」と彼女は説明した。彼はうなった。「このきちがい女め、川に穴があるものか」そして川に目をこらして確かめようとした。まだナイフを持っているキャサリンにも油断できなかった。

彼女がナイフを手にしたので、二人の立場は五分五分になった。コーバはナイフよりも攻撃範囲の広いオールをもっていた。キャサリンの父の頭をうちくだいたオールだ。一方、キャサリンがナイフを投げないという保証はなかった。若い娘がそんな難しい技をマスターしているはずがないとしても、手を縛っているロープを自らの手で切るなんて並の技ではない。彼女はそれを難なくやってみせたのだ。コーバが彼女を見くびらずにいたのは運がよかった。彼とキャサリンは、それぞれ船の隅に陣取って、互いのすきをうかがっていた。ジャングルに入って二日めになっても、二人は眠らなかった。そのうち俺が先にくたばると思っているのかい? と彼は笑った。しかし、四番めの町で歓迎にあってからは、だいぶ彼の空元気も見え透いていた。彼女は冷静にいった。「覚えてる？　あんたが最初に私の村へ来たわけを。私が夜中に木へ登って、体を髪で枝にくくりつけ、夜明けまであんたの船に合図したからなのよ。あの夜は、目を開けたまま眠ったわ。私が起きているか眠っているか、あんたにわかりっこない。私は眠るように静かに座ることも起きているように眠ることもできるのだから。どうやって見分けるつもり？　こうしてあんたの命を救ったのだから、同じようにして命をとりあげることもできるわ」

「おまえは魔女だ」彼の声は震えていた。なるほど俺は、おまえを村から連れ去って感謝されてたんだな。

二日めの終わり頃、彼は蚊に悩まされだしていた。三日めには川の前方に蚊の砦ができていた。船室に避難して毛布で入口をふさいでもよかったのだが、そんな場所に閉じ込もってオールを手放したら、キャサリンに対する防御が甘くなる。虫の大群は彼女には全く手出しをしなかった。三日め、彼は木のツタに手足をからめとられそうになった。彼は血だらけになるのを怖れながら、なんとか切り払って進んだ。ホッとする間もなく次々とツタがからまってくる。木のツルも、キャサリンには触れなかった。三日めの終わり、コーバには茂みから音が聞こえてきた。ザクザクという草の音と、遠くからかすかに響く太鼓の音だった。

四日め、川はまた速度を増した。「川底の穴は閉じているようだわ」とキャサリンがいった。「川に穴なんかあるわけないだろう」とコーバが悲鳴に似た声で叫んだ。彼は激しく旋回する船をオールで必死にコントロールした。からみついてくるツタから逃れ、命がけで船を操りながら、いまにもナイフを投げそうなキャサリンに注意しなければならなかった。「おい、俺がいなければこの川から抜け出せないじゃないか。協力したらどうだ」と彼は彼女にいった。

「あんたとは組まないわ」と彼女は答えた。

彼は三日半も眠っていなかった。四番めの町のすぐ手前で最後の果物を食べてから食べ物も口にしていなかった。飲み水すら一滴もなかった。キャサリンも疲れておなかが空いていたが、彼より消耗が少ないのは明らかだった。彼は、彼女が例のトリックで自分をだましながらときどき眠っているのだろうと思った。それにしてもなぜ彼女は木のツルや蚊にやられないのか不思議だった。

四日めの終わり、川が急に止まった。ジャングルに囲まれた水たまりのまん中だった。クレーターの中にいるように、空がぽっかり円く縁取られて見えた。今までチラチラ過ぎ去る光線だった太陽の光も、そこには大きなソフトボールのように照りつけていた。コーバは笑いだした。ここが湖でないとしたら川はどう流れるのだろうとは思ったが、行き止まりでも構わなかった。彼は水たまりと大きなソフトボールの太陽がうれしかった。「川の穴とはね」と彼はキャサリンをあざ笑った。彼女は彼にまばたきしてナイフをかまえた。

「もうそれはなしにしよう」と彼は満足げにいった。どこに着いたのかわからなかったが、彼はナイフを取りあげて彼女を始末しようとスキをうかがっていた。そうすれば少し眠れる、さらにジャングルを進めば食べ物も見つかるだろう。

そのとき彼は足元で船がゆっくり旋回しているのを感じた。景色もじわじわ動きだした。意外にも川はまた流れだしていた。と同時に、小剣が突き刺さるような痛みを太ももに感じた。彼は船に忍び込んでいたヘビにでも嚙まれたかと、恐る恐る下を見た。すると脚には小さなピンクの柔らかい芯がくっついていて、その先でまだ矢がふるえていた。

また別の矢が彼のほほをかすめ、三つめの音を聞きわけないうちに新しい痛みがわき腹に走った。二発めを喰らっていた。

彼は船室に飛び込んで矢の雨から逃れた。流れは加速していた。あたりがもうろうとしてくるのを見ながら、彼は漠然とヨーロッパの地下鉄の過ぎ去ってゆく壁を思い出した。矢の音は、ジャングルの無数の穴が焦って息をしているようだった。川が飛ぶように流れだしたのに、矢は相変わらず追いかけてきた。土手いっぱいに原住民がいるのだろう、何マイルもずっといるはずだ、と彼は思った。太ももの痛みは冷えたが、わき腹の傷からは赤い血がどくどく漏れていた。腰から下が冷たくて、上が火のように熱いので、彼は体が二つに裂けるのではないかと思った。

彼が次に覚えているのは、また全て静寂にもどったことだった。矢の音は止まった。一瞬、夢でもみていたのかと思ったが、わき腹と脚の矢はまだ刺さったままだった。体中が冷たくて、どこも燃えていなかった。彼は火がついたような感覚がほしかった。この冷たい感じがいやだった。まるで恐怖の底に横たわり、誰かが命の綱をたらしてくれるのを待っているようだった。そのとき、彼はしばらく前からなにかが欠けているような気がした。どうやら意識を失っていたらしい。眠っていたのか、と彼は仰天しながらほっとした。彼女はまだ死んでいないとすれば、滝のように降ってくる赤い矢の中でじっと船の隅に座っているのか。少なくとも俺が寒かったのは死の予感ではなく、眠りたかったせいなのだ、と彼は呟いた。

彼が見上げると彼女は船室の角を曲がって近づいて来た。そして前に立ちはだかり、彼を見た。

彼女には傷跡がなかった。蚊やツタが彼女を避けたように、矢も当らなかったのだ。彼はカッと熱くなった。彼女は笑っても、勝ち誇ってもいなかった。彼女は待っていたのだ。彼は彼女を一瞬見失った。そしてまた見つけ、魔女め、とののしった。彼女は本当に消えてまた現われたわけではなかった。彼はもう一度見て納得した。思い出したのは子どもの頃遊んだ、一つの絵の中に別の絵を見つけるだまし絵だった。一生懸命見ていると、突然壁にネコが見えたりして、少し前までそこになかったのが信じられないくらい、はっきり見えるのだ。

原住民は彼女の顔を見なかったのだ。「群れ」も、ジャングルも、船乗りすら一瞬見失った。「群れ」の連中は彼女の瞳を川の葦の間でブンブンいう大きい火のような昆虫だと思った。彼らは彼女の口を捕らえた獲物の赤い傷、またはありきたりの女の月だと思った。彼らは彼女のあごを枝のたわみだと思い、彼女の髪を月のない夜だと思った。彼女は村にいるあいだ自分の顔を知らなかったし、知らないということにも気づいていなかった。ジャングルも彼女の顔を見なかった。中身を入れる器とはかけ離れたところで中身の見分けをつけていた。今、彼女は自分の顔を美しいと思った男たちから遠く離れて、ジャングルやジャングル中の全ての目からも隠れていた。

熱でさえ、と彼は小声で言った。熱でさえ、おまえを見ていないよ。

そうして彼女は彼が死ぬのを待っていた。船はもう穏やかに漂っていた。彼は血を流し続けていた。彼は自分の血にまみれて横たわっているのに耐えられず、甲板へ這い出た。船室はいやに寒い、大きなソフトボールの太陽で少し暖まろう、と彼は思いついた。だがもう大きなソフトボールはなかった。彼女は彼の喉をかき切ろうとしなかった。腐れ縁を勝手に枯れさせておけば、記憶も一緒に枯れてくれるかもしれない。

傷跡も小さくて済むだろう。彼が甲板の上で命を脱ぎ捨てていくのを見ながら、彼女は彼の持ち物を慣れた手つきで仕分けした。金貨は川に投げ捨てようとしたが、思いとどまった。彼女は彼のトランプとスカーフを見つけた。スカーフの中で一番丈夫そうで簡素なのを二枚重ね、金貨を適当に包んだ。それからまたしばらく彼を見ていた。

夜が過ぎていった。五日めの夜が明ける前、彼の体内からなにか吹き出して、口と鼻の穴がいっぱいになった。四日前に初めて嗅いだあのにおいだと気づいて彼はひどく驚いた。ジャングルのにおいだと思ったのは、彼自身の死の臭いだったのだ。

彼の頭が川面に突き出た。彼は大きく息を吸おうとしてあえぎ、目をカッと見開いた。彼女は彼に歩みより、船のへりから彼を蹴落とした。彼は水中で目を見開いたまま彼女を睨んでいた。彼は泡を立てて沈んでいった。

持ち主を追うようにトランプを落とした。クラブのクィーンも、みんな沈んでいった。「勝負」と彼女はいった。

彼女は西へ西へ流れて、ペルーの北に吐き出された。そのとき左岸のやや右側にうちあげられたので、彼女はチリではなくコロンビアに向かうことになった。人生はいつもこんな偶然で決まってしまうものだ。最初の街はボゴタだった。夜の明かりしか見えなかった。彼女はそこに長居はしなかった。それどころか、日暮れに入って中心を素通りし、夜明けに反対側に出て街を後にした。

彼女はずっと同じ方向に歩いた。バランキーラの西の海岸を海の端とめぼしをつけ、そこで太陽が進む方向に曲がるつもりだった。だが昼下がりの太陽は彼女の左側にあったので、ブラジルではなくパナマへつづく海岸を選んでしまい、結局もとの場所に戻ってしまった。彼女は海岸沿いに歩きつづけ、それから二週間で三〇〇マイル進み、一日で人工だとわかる川に着いた。彼女は自分の金貨の価値をよくわかっていて、食べ物と船の切符を買った。彼女が乗った船は運河を抜け、太平洋に出るとテハンテペック湾の小さな貿易港へ向かった。

彼女は湾岸で二カ月間を過ごした。手で穴を掘り、砂をかぶって眠った。砂のふとんは、昼間は焼けるように熱いかわりに夜は暖かかった。毎朝、木の上に日がのぼるとすぐ起きて、たき木を拾いに行った。海岸を下りて船の男たちから食べ物を買った。彼女はだんだん彼らの目つきが気になりだした。コーバが初めて「群れ」にやって来て彼女を見たときと同じ目つきだった。ある日、彼女はたき木を拾いに起きてから歩きつづけ、一〇日後にとうとうメキシコの南部に辿りついた。ピラミッドは陽をあびて鈍い金色に光っていた。熱でうがたれた穴で、インディオたちが火をたいていた。メキシコのピラミッドを見たキャサリンはたぶん、三つの時に浜辺に立って難破船を見た夜以来、久しぶりに好奇心をくすぐられたのだろう。彼女はあるピラミッドの中で、インディオの老婆としばらく暮らした。ひまつぶしにカタコンベを散歩した。その壁には昔の物語絵がたくさんあったが、絵というものを見たことがない彼女にはわけがわからなかった。裏切り者の水の精に驚くほどよく似ている絵もいくつかあった。彼女は水の精の種族がいるなんて考えたくなかった。彼女の知っているあの一匹だけが突然変異だと思うほうがまだしもだった。ときどき、太陽や星、山や水面の絵があればわかったが、ある日、とても不思議な絵に出くわした。今まで見たどんなものにも似ておらず、なにがなんだかまるでわからなかった。たぶん特殊な森とか、コロンビアで見た巨大な街を絵にしたのではないかしら、と彼女は思った。その絵はこんなふうだった。

AMERICA

ピラミッドにはコーバのような肌の色の人びとがときどき訪ねてきた。彼らは自動車でやってきた。キャサリンはなにもない地面の上をトコトコ走るポンコツ車なら知っていたが、観光客たちが持っているカメラを見るのは初めてだった。彼女の目には儀式でかかげる謎めいた小さな箱のように見えた。ある日、キャサリンはカップルに会った。男は二〇代後半の大学教授、女は大学院生だった。彼らは聞いたこともない言葉でキャサリンに話しかけてきた。彼らはコーバよりもっと白かった。キャサリンはピラミッド暮らしに飽き始めていた。彼女はカップルが車で来た道の方を指さして、帰りは一緒に連れていってくれと頼んでみたが彼らには全然通じなかった。彼女は道の向こうと自分を何度も交互に指さしてみた。男は何とか理解し、彼女の願いを快く受け入れ、女はなにもいわなかった。三人は車に乗り込んだ。キャサリンは金貨を入れたスカーフを手に後ろの席に座っていた。その日はひたすら走り、二人が滞在していた農場まで行った。キャサリンはどこか家のそばの地面に穴を掘って眠ろうとしたが、若い教授が断固として許さなかった。彼はキャサリンを指さし、彼女を泊めてやる家を指さして、それを何度もくりかえした。連れの女はこの「会話」の間、目をそらして遠くを見ていた。キャサリンとカップルは二日間一緒に過ごした。同じ道をずっと走り、宿はいつも農場だった。三日めの晩は小さなホテルだった。キャサリンは三日めの朝には女に憎まれていることに気づいた。自分を見る男の目つきが他の男たちと同じだったのだ。真夜中、キャサリンはカップルがとったスイートルームの通路で毛布にくるまりながら、二人のすさまじい口論を耳にした。彼女は起き上がって金貨の入ったスカーフを手にすると静かに立ち去った。彼女は夜どおし歩き、朝になっても歩き続けていた。そこを例の見なれた車が、彼女など目に入らないかのように勢いよく通り過ぎていった。

彼女はメキシコを旅し続けた。途中、グワダラハラのはずれにある領主の屋敷で、しばらく裏部屋に住み込みで台所仕事をした。彼女はインド人の召使いたちに囲まれ、台所と食堂を仕切る大きなドアの先へは行かなかった。あるとき食堂から盛大な物音がしたので、ドアのひび割れからのぞいてみた。大きなテーブルいっぱいに料理がのって、優雅な男女がそれを囲んでいた。領主はシェフに指図するため、ときどきキッチンへ入ってきた。そこで彼は三週間前からいたキャサリンを初めて見た。彼は召使いの主任のメキシコ女を引き寄せて彼女と話していたが、目はキャサリンに釘づけだった。話がすんで領主が出て行くと、メキシコ女は心配そうにキャサリンをしばらく見ていた。領主は翌日もキッチンへやって来てキャサリンに微笑みかけてからメキシコ女にまた話しかけた。メキシコ女はそれから領主を極力避けるようにしたが、彼は足繁くキッチンへ通いだした。彼の妻は、金髪で首が長く、ひょろっとしているが女らしかった。彼女もこのことに感づいてキャサリンから目を離さないようになり、主任のメキシコ女のところへいろいろ相談にやって来た。キャサリンの割りあての仕事はだんだん家の隅の方になった。しまいには洗濯場に閉じ込められ、庭にまで追いやられた。領主は洗濯場に大いに関心を注ぎ、急に自分の庭を熱心に見回りだした。彼の妻はキャサリンを冷淡に見守っていたが、メキシコ女への相談はますます頻繁になり、他の召使いたちは面白そうに眺めていた。とうとうメキシコ女がキャサリンのところへ行った。「出て行きなさい。あんたが悪いのではないけれど、あんた自身のためにも逃げたほうがいい」と彼女は優しくいった。キャサリンは言葉がよくわからなかったが、要点は呑み込んだ。メキシコ女はキャサリンに行き場所の地図を描いてやった。キャサリンが見たことのあるものだった。その地図はこんな感じだった。

AMERICA

メキシコ女はキャサリンに地図を渡し、彼女がその言葉をいえるようになるまで「アメリカよ」と何度も繰り返した。

キャサリンはラバの四輪車に乗った六人家族のジプシー・キャラバンに出会った。キャラバンは、ドゥランゴとチワワを通って、見たこともないほど平らで何もない土地を抜けて行った。頭上の空には無数の星がまぶしくさざめいて、キャサリンの瞳の輝きも薄れるほどだった。ジプシー夫婦の暮らしには、キャサリンの顔の魔法など月並みだった。キャラバンは午前中に五時間移動し、午後四時間休んで夫婦と子どもたちは昼間の暖かさの中で眠った。それから夕方早いうちにまた三時間移動した。二週間めに雨が降り、キャラバンは四日間の足止めを食った。キャサリンはジプシーたちと二カ月同行し、メキシコから北東へソノラに向けて一四〇〇マイル進んだ。そこがヤンキー・ノガレスの国境から見渡せるメキシカン・ノガレスだった。「アメリカだ」とジプシーの男がキャサリンにいった。「アメリカ?」と彼女は聞き返した。そして合流したときと同じように別れた。二カ月一緒にいても赤の他人同士だった。国境の手前で彼女はトラックにもたれてビールを飲んでいる男に歩み寄り、地面を指さして尋ねた。「アメリカ?」「アメリカ」男は笑ってそう繰り返し、国境の向こうを指さした。「アメリカさ」と男はもう一度いうとからっぽの手を広げた。彼女は残りの金貨の半分を彼にやった。男はそれをしげしげと見つめ、いぶかしげに彼女を睨んだ。それからまた笑って肩をすくめた。

その夜、キャサリンはトラックの荷台に二人の男、少年、老婆と共に乗り込んで国境を走った。運転手は国境の番人と話していた。二人とも機嫌よく、楽しそうで、笑い声まで聞こえてきた。それから沈黙が長びいたので、これは越境らしいと感づいた。

老婆はキャサリンを見ていた。男たちは唇に人さし指をあてた。彼らは暗闇でじっとしていた。一人の男がみんなに合図した。その姿を見てキャサリンはトランプを配るときのコーバを思い出した。といっても、ここにはトランプはなかった。運転手と番人は取り引きをすませてまた笑いだした。控えめな、共犯者同士の笑いだった。トラックは再び動きだし、三時間後に止まった。運転手は外に出て荷台のドアを開けた。一行はアリゾナのまん中にいた。そこは砂漠で、キャサリンが二カ月かけて渡った砂漠に似ていた。彼らは暗闇であたりを見回した。「アメリカ?」キャサリンは地面を指さして尋ねた。「アメリカは」と彼は西の暗闇を指さした。「アメリカ」ともう一度いいながら指をこすったので、キャサリンは彼にまた金貨を渡した。それでも手が引っ込まなかったので彼女はもう一個渡した。彼はあいかわらずその金貨を怪しんで見ていたが、ニヤリと笑って肩をすくめた。ほかの皆も彼に金を払い、全員またトラックに乗り込んで西へ向かった。

車は一晩中走り続けた。翌日、後ろのフラップから差し込んでくる明るい太陽より先に、ジャンジャンとやかましい音がして、キャサリンは目を覚ました。そんな喧騒は、あの川がもの凄い音でキャサリンと船乗りを流していった時以来、久しぶりだった。すでに「群れ」を去ってから一〇カ月半の月日がたっていた。コーバが彼女の父を殺すのを目撃したあの日からすべては記憶の向こう側に消えかかっていた。数時間後の昼下がり、トラックは突然止まった。トラックのドアが開閉し、運転手が後ろにまわって来る足音が聞こえた。彼はフラップを勢いよく開けた。

五人は外に出た。キャサリンが一番最後だった。

丘の上だった。振り向くと木が繁っていた。彼らは狭いところに立って盆地を見おろしていた。

盆地全部が街だった。彼女がいつか夜中にボゴタを歩きながら見た街より大きく、いびつで、狂っていた。彼女はこんな奇妙奇天烈な街があるとは夢想だにしなかった。貝の化けものがまん中に向かって渦巻いているようだった。空をふちどる雲の下にピンクの棟があり、灰色の屋根が傾いていた。キャサリンが聞いた喧騒はそのお化け貝のうなり声だった。彼女はそのうなり声から幼い頃の遠い記憶の糸をたぐり、父が教えてくれた海の音を思い出した。街には無数の川が流れていた。あのジャングルのように。その中に灰色の石でできている川や空へ突進している川や自動車を何千も流している川もあった。車は教授とその連れに乗せてもらったときの車や、南米の田舎をトコトコ懸命に進んでいた車にも似ていた。端から端まで、見渡すかぎり街が広がっていて、遠くに黒い線が見え、それが海の水平線のようだと彼女は思った。山の中腹には巨大な地図が彫られていた。ピラミッドの壁にあったインディオたちの昔の地図に似ていた。その巨大な白い地図はこんなふうだった。

HOLLYWOOD

「アメリカ?」彼女は自信なくたずねた。

運転手はトラックからビールを出してドアの取っ手で栓をぬいた。「まださ、あともう少しだよ」と彼は首をふって西を指さした。「ほらあれがアメリカだ」

「でもあそこにはなにもないじゃない」彼女は海を見ながら自分の言葉でそういった。

それから三晩、五人の移民たちはパサデーナ高速道路の下にマットレスを敷いて寝た。彼らはトラックの運転手が来てアメリカに渡る瞬間を合図してくれるのを待ちあぐんでいた。毎朝、運転手は果物とパンと水を運んできた。キャサリンはそのうちに運転手がまた金を要求してくるだろうと思った。金貨はもう一枚しかなかった。

最初の日の夜明け、彼女は近くのゴミ溜めで白い子猫を見つけた。まだほんの二カ月くらいだった。のら犬に吠えたてられて、子猫はあき缶の中で縮こまっていた。キャサリンは吠え声で目を覚まし、犬を追い払った。子猫を手にとって胸に抱きかかえた。小さな子猫の目には、何とか安全なところへ逃げようとする輝きがあって、彼女はとても置き去りにはできなかった。キャサリンは実際、川に映る自分の瞳を思い出してなつかしかったのだ。こんなに小さい、世の中に出たばかりの生き物が、もう辛酸をなめているなんて信じられなかった。自分の身の上も同じようなものだった。その日、運転手が果物とパンと水をもってくると、キャサリンは子猫を指さした。運転手は面倒臭がったが、一時間後に小さなミルクの箱をもってきた。

三日目の晩、思いがけないときに運転手が来た。トラックのライトで高速道路の下を照らしたので五人の不法侵入者たちは身を隠すために逃げ回った。彼らが相手が誰かわかると、運転手は英語が少しわかる男をつかまえてスペイン語をちょっと混ぜながら、明日、全員でアメリカに渡れと告げた。キャサリンが予想したとおり、運転手は最後の旅の料金を要求してきた。不法侵入者たちは顔を見合わせた。もう二回も払った、とキャサリンはいうだけいってみた。彼は反抗の気配をかぎとって、英語が少しわかるメキシコ人の方を見た。そのメキシコ人とキャサリンの間でスペイン語とジャングル方言が交わされた。彼女はそのメキシコ人に、国境を越えるまでは金を渡さないといえと命じた。「アメリカ、お金」とキャサリンは運転手の方を向きながらいった。「アメリカでないなら、お金もなし」彼女はマットレスを指さした。「アメリカでない」そして西を指さした。「アメリカ。アメリカでお金」「わかった、わかった、アメリカで金だな」と運転手はいらだった。全員を見回したがみな黙っていたので、手をふった。「よし、好きなようにしろ」彼はトラックにもどっていった。「明日はアメリカだ。用意しておけ」彼にはコーバのような軽い陽気さがあった。キャサリンはトラックが行ったきりもう帰らないのではないかという気がしていた。五人は眠りについた。明日の朝になってみないとわからないわね、と彼女は白い子猫につぶやいた。彼女が眠ってしまうと、子猫はもう一度自力でゴミ山に帰ろうとした。だがまた別の犬が吠えたので慌ててキャサリンのところへもどり、じっとしていた。

翌朝、意外にもトラックはもどってきた。不法侵入者たちは四時間も前から起きて彼を待っていた。誰もなにもいわなかった。運転手は出てくると後ろのフラップを開けた。五人が並ぶと、運転手は手を差しだした。列の先頭の老婆が金を出した。後ろに立っていたキャサリンは老婆の指からそれをひったくった。「アメリカでお金」と彼女は運転手にいって、おびえた目で見ている老婆に金を返した。運転手はムッとして彼女をののしった。

彼らはチャイナタウンを抜けて繁華街に入った。ウィルシャー大通りでトラックは西に曲がり、マッカーサー公園を風を切って進んだ。キャサリンはそこで陽にキラキラ光っている湖と、草の上に座っている人びとを見かけた。道路も建物も大きくて、ジャングルを出てからピラミッド以外でこんなに大きなものを見るのは初めてだった。人間の大きさはメキシコと大差なかった。マッカーサー公園とラファイエット公園を通ったトラックは、ウィルシャーとバーモントの角を回った。そこは交通が激しく、警官が交差点のまん中に立って、壊れてチカチカしている信号のかわりに交通整理をしていた。道の角では歩行者たちが渡れの合図を待っていた。運転手はトラックを脇に寄せて公園に停めた。彼は荷台の乗客にバーモント大通りを指さした。

「アメリカだ」と彼はいった。

「アメリカ？」とみんなが聞き返した。

彼らの目の前でバーモント大通りの車の流れが急に変わっている。運転手は気長にみんなが納得するのを待っていた。キャサリンは通りを見渡し、四人の乗客と運転手を見た。そして子猫を胸に抱いたまま、いきなり笑いだした。みんなは彼女がしばらく笑っているのを眺めていた。彼女は笑いやんでから運転手にいった。「バカにしないでよ」

「彼女はなんていったんだ？」運転手は英語がわかるメキシコ人に聞いた。

キャサリンは通訳を待たずにいい返した。「バカにするなっていったのよ。ここは国境じゃないわ」彼女はだんだん腹が立ってきた。「あそこで渡っている人たちはなんだっていうの？　国境なんて一目見ればわかるほど幾つも通ってきたのよ」

「この女はなにをいっているんだ？」運転手は少し動揺していた。聞かれたメキシコ人も動揺していた。

キャサリンはトラックの中を後ろへ歩いていって、勢いよくドアを開けた。運転手が「おい！」と叫んだのにも耳をかさず、子猫と金貨が一つだけのスカーフをもってトラックから飛び出した。みんなついてくるかと思って一度振り向いたが、貼りついたように動かなかった。彼女は鼻先でフンといった。運転手はトラックを離れて彼女を捕らえにきた。彼女は歩道に降りて、彼の手から逃れながら子猫を胸に抱きしめて交差点の方へ走った。

彼女は角につくと反対側へ行こうとした。運転手は追いかけながら、残った乗客も気になり、ジレンマに陥って、だいぶ遅れてしまった。キャサリンは道のまん中で誰かに呼び止められた。交差点の警官だった。彼が指さしながらどなりつけたので、彼女は急に大変なミスをしてしまったと思った。ここはやっぱり国境で、番人はすぐさま不法侵入を見破ったのだ。彼女は慌てて歩道にもどり、運転手を見た。彼も警官から後ずさりしていた。彼女は注目をあびながら二人に背を向けてバーモント大通りを駆けだし、電器屋の後ろに隠れた。

警官はまた笛を吹いてトラックの運転手を見た。「そこは駐車違反だ。捕まりたくなければ動かしなさい」運転手は従う手振りをした。彼はトラックにもどってから少女が逃げた方向を一瞥し、急いで通りを走り去った。

彼女は暗くなってからもしばらく裏通りに隠れていた。それから金貨と一緒に子猫もスカーフにくるんで、誰もいなくなった交差点へ出た。壊れた信号がまだチカチカしていた。ウィルシャー大通りを車がたまに走ってきて、バーモント大通りを気ままに横切って行った。キャサリンは警官が何処にもいないのを確かめた。ウィルシャー大通りの向こう側には、タクシーが街灯の下にとまっていた。タバコの赤い火がハンドルの後ろに浮かんでいるのが見えた。彼女は彼に最後の金貨を払ってアメリカへの国境を越えてもらおうか、と考えてみた。番人を警戒しながらタクシーを見つめると運転席の男も彼女を見ていた。彼女は彼の目つきを見て気が変わった。彼女は呟いた、同行者はもうたくさん、いままで迷惑ばかりだったわ。彼女はコーバ、ピラミッドで会った教授、トラックの運転手のことを思い出した。これからは自分の力で移動しましょうね、と彼女はスカーフに話しかけた。子猫は答えなかった。彼女は通りの影から歩きだし、バーモント大通りを大急ぎで横切った。新しい土地での最初の真夜中を迎えた。

翌朝、彼女は死ぬほど腹ぺこだった。子猫もスカーフの中で空腹で鳴いていた。彼女たちはウィルシャー大通りを西へ進んでコーヒーショップに入った。キャサリンは最後の一枚の金貨を差しだした。「ここはドルしかダメだよ」とカウンターの女がいった。「だいたい裸足で入らないでおくれ」キャサリンは金貨をさしだしたまま口に手をあて、なにか食べたいという仕草をした。カウンターの女は他の客に目を配った。

「そのお金は使えないの」と彼女はいって金貨を指さし、首をふった。キャサリンはうなだれた。スカーフをほどいて子猫をもち上げてみせると、女は思わず子猫に指をつきたてた。それから深いため息をついてキャサリンにパン二枚とゼリージャム一缶、小箱のクリームを二つくれた。キャサリンがそれを両手でつかんでスカーフに入れるすきに子猫はテーブルの下を駆けだした。「あら大変」とカウンターの女が叫んだ。キャサリンは子猫をつかまえ、もう一度金貨を差しだした。女は首をふり、キャサリンと子猫を手でドアの外に追い払った。

レストランの前の歩道でキャサリンはクリームの小箱を開け、子猫にあてがった。そしてパンにゼリーを塗って食べた。数分後、レストランから女が出てきて歩道のこんな所に座り込むなといった。女が水をかけるようなしぐさをしたので、キャサリンは子猫を包んで立ち去った。

彼女はウィルシャー大通りを西へ数ブロック歩いた。巨大な建物があって、空に反りかえった地図が見えた。

Ambassador Hotel

手前には駐車場があり、通りからゆるやかに伸びた道がロビーにつづいていた。ロビーは、バスやタクシーで出発、あるいは到着する客たちでひしめいていた。ボーイたちが荷物をもってガラスのドアを出たり入ったりしていた。新聞のラックがバリケードのように入口を塞いでいた。アメリカだわ、とキャサリンは確信をもった。そこにいる人びとはバーモント大通りの向こう側で見た人たちとは全く違っていた。あのトラックの運転手はどうやら正しかった。ここは、住人さえ越えるのを怖れる見えない国境の町なのだ。彼女は急に恐怖感に襲われた。愚か者だけしか破らないような、恐ろしい掟を破ったのではないかしら、と思った。

ともかく彼女はずいぶん遠くまで長い時間かけて来たので、確かめたかった。もう一度恐いもの知らずにならなければ、と決意した。

背が高くて身なりのいい、中年の男が新聞のケースを開けていた。彼女は彼に近づいて肩をたたいた。彼は振り返って彼女を面白そうに見おろした。彼女は地面を指さして挑むように質問した。「アメリカ、か?」

「アメリカかって?」と彼は笑った。「ここはアメリカじゃないよ。ロスアンジェルスさ」

「アメリカかって?」とリチャードは笑った。「ここはアメリカじゃないよ。ロスアンジェルスさ」娘は変な目つきで彼を見た。彼はケースを閉めてだるそうにいいなおした。「冗談だよ。もちろんここはアメリカさ」彼女がまだ理解していないようだったので彼は強調していった。「そうだよ。アメリカさ」彼は地面をさしてうなずいた。

彼女はほっとため息をついた。それから彼にうなずき、後ずさりしながらホテルの前の客たちを見まわした。リチャードは彼女をしげしげと見つめ、またケースの方に歩いていった。タイムズ紙を脇に抱えて、ボーイにバラエティとハリウッドレポーターのケースはどうしたと尋ねた。メッセンジャーボーイは奥の売店で売っていますと答えた。「それはわかってるよ」とリチャードは彼にいった。奥の売店はいつも人が殺到しているので避けたのだ。「私はこのホテルにもう八カ月もいるんだ。今朝までは両方ともケースが置いてあっただろう」

「整理いたしました。六月にいらっしゃるお客様のため、ロビーを広くしているんです」ボーイが彼に説明した。

「そういえば六月までにここを立ち退くはずだった」とリチャードは呟いた。六月に何があるのだっけ？　日本のコンピューター大会か？　今、農地を荒している新種の病気をめぐって世界的昆虫学者たちが秘密会議でも開くのかな？　アカデミー賞ではないな、あれは来月だったから。それにアカデミー賞の受賞式に出席するのにこんなホテルには泊まる奴はいないだろう。俳優でこんなホテルに泊まっているのは時代にとり残されてしまった私ぐらいなものだ、と考えた。リチャードは一瞬、なんとかしてここを立ち退く努力をしないとまずい、さもないと、アカデミー賞と鉢合せしてしまう。そいつはごめんだ。こう連想しながら彼はこれまでの自分の境遇を思い出した。だからこの連想はごめんだったのだ。その結果、自分の境遇は全然改善されていないことを思い出した。それにホテルを出るとしたら、部屋代を要求されるだろう、と彼は物憂げな笑みを浮かべた。

彼はロビーに戻って売店の人混みを押しわけようとした。キャサリンはまだ駐車場への道路脇に立ってあたりを見まわしながら、どうしたものかと迷っていた。彼はちょうど自分の置かれ続けた境遇について熟考していたところだった。キャサリンの未来は自ずと決まった。申し分ない美形だな、と彼はつぶやいた。彼女と目が合った。彼女はこの一週間食べていないような顔をしていた。彼は話しかけた。「失礼、お時間はあるかな?」答えはなかったが続けていった。「よかったら私の部屋にきませんか」彼女が黙ったきりなので彼はいい訳した。「なにか食べさせてあげましょう。そのあいだ私は電話しますからね。お互いの名誉を汚すようなことはしないと約束するよ」彼女を連れてガラスのドアからロビーに入りながら、こっちの名誉はだいぶ汚されるだろうな、と彼は考えていた。

彼はまだ子猫に気づいていなかった。二人でスイートルームに入った時、リチャードは初めて自分が八カ月間けっこう小ざっぱり暮らしていたことに気づいた。つまり活発に動かなかったのだ。いつもこんなに真面目だったのにこのていたらくか、と彼は思った。知らない若い娘を連れ込んでみてわかったが、ここは小綺麗にする以外能のない男の部屋なのだ。彼は一瞬、一切をめちゃくちゃにしてしまいたい衝動にかられた。だがその代わりに彼は彼女をハリウッドヒルズが見渡せる窓辺の小さな丸テーブルに案内した。テーブルには朝食の果物ボールと菓子パンのかごがそのままになっていた。「座りなさい」と彼女の肩をとってイスにつかせた。彼が電話をかけにベッドルームへいくと、彼女はクリーム入れをとってきれいなガラスの灰皿につぎ、子猫の前に置いてやった。

　隣の部屋ではリチャードが電話していた。「マディかい？」

「あらリチャード」電話の向こうの彼女は息もつがずにいった。「彼はいないわ、スタジオに行っているのよ」彼女の声はとても冷ややかだった。

「マディ、びっくりさせることがあるんだよ、旦那に電話したんじゃないんだ、君に用があるんだ」と彼がいい、マディはまずそれに驚いた。「まだ最後の子がやめてからハウスキーパーは雇っていないんだろう？」

「ハウスキーパーなんていないわよ」とマディは答えた。「家の中はひっくり返っているし、ジェニーは病気で学校から戻ってくるし。生活のために働きたいの、リチャード？」

リチャードは大げさに笑った。「それはひどく笑えるなあ、マディ。実は君のトラブル解消策があるんだよ」

「どんな」

「どんなって、ハウスキーパーだよ、もちろん」彼はドアの隙間からのぞいた。キャサリンはテーブルについたまま窓の外をじっと見つめていた。「ホテルの玄関で見つけたばかりの子なんだけど、裸足で、見たところ英語は一言も……」

「そんなの耐えられるわけないでしょ」

彼は熱心に説得した。「でも、行き場所がないみたいだし、たぶん不法入国なんだ。だから手伝いに雇ったら、君の予算内でやってくれるよ」電話の向こうが静かになったので、彼はもう少し強引に押した。「ハウスキーパー代のことを最近ぼやいていただろう、だから渡りに舟だと思ったんだよ。皿洗いなんて手真似で指図できるじゃないか」

「まあ御親切サマ、リチャード」とマディは皮肉っぽくいった。「この件に個人的関心があることは認めるよ。エドガー家がいい状態なら、エドガー氏も早く仕事に専念できるようになると思うんだ。そうすればこっちも早めに仕事にありつけるから」

マディはいった。

「あなたはもし、彼がそれどころじゃなくて、全く仕事にとりかかれなかったらどうなるか考えたことあって？」心配を隠せない、とても静かな声だった。

リチャードも同じように心配げに、同じように静かに答えた。「いや、考えたことないよ」

電話の向こうで彼女が深いため息をついた。「私もよ」

「まずいなあ、マディ。彼に仕事にとりかかってもらえないと困るよ。あてにしているんだから」

「私もよ。その娘を連れてきてちょうだい、リチャード。名前は？」

「何ていうんだか」

ホテルの前でリチャードは、キャサリンをタクシーに乗せるのにてこずった。「同行者はもうたくさん。これからは自分で移動するの」彼女は開いたバックドアから離れていった。リチャードは何度もタクシーを出たり入ったりして彼女を安心させようとした。「いいかい、ほらタクシーの中に入っても何ともないだろう。食べられたりしないってば」彼女は機械を恐がっていると勘違いされているとわかっていった。「別に恐くないわ。前にも乗ったことがあるし」二人の会話はもちろん、全然通じあっていなかった。

リチャードはとうとうこれしかないと彼女をタクシーに押し込んだ。彼はマディと話してからイライラしていた。彼はイライラするといつでも何処かへ出かけた。例えば、ビバリーヒルズのマネージャーの所へ出かけることもあったが、この頃は行くともっとイライラするので足を運んでいなかった。「ハンコックパーク」と彼は運転手に告げた。タクシーはアンバサダーからウィルシャー大通りへの長い道路をおりて西に向かい、ロスモアで右に折れた。車に乗っている間キャサリンはひたすら前を見つめていた。彼女は街に馴染めなかった。何カ月も前に川からペルーの北岸へ打ち上げられてから、どんな状況にも呑まれないようになっていた。こんな所は初めてだったので、落ち着きを失うまいと緊張していた。まわりで何が起こっているのか横目で見ながら、それに惑わされないようにして考えた。私は落ちている途中なんだわ、だから着地するまで景色を見てもしかたない。太陽の光を浴びてもいちいち目をやらないように、彼女はどんなショックも受け流すよう努めた。

ハンコックパークでは大邸宅に囲まれたので彼女は考えた。一つの家ごとに違う部族が住んでいるのかしら、私は今、誰にも見えないけれどみんな知っている国境上の巨大な村のまん中にある「群れ」の森にいるんだわ。タクシーは通りをおおってしまうような木々の下を走り抜け、彼女は故郷の川を思い出していた。リチャードは運転手に住所を渡した。角にある赤レンガで白いドアの家だった。近辺では小さめの家だったので運転手はちょっとがっかりしたようだった。「ここだ」とリチャードがいった。タクシーは通りに止まった。リチャードは降りてマディを呼びに芝生を駆けながら、彼女にタクシー代を持ってもらう手を考えていた。

マデライン・エドガーは、三〇代初めの赤毛で体操選手のような体格の女だった。この日は状況が状況なので彼女はいつもよりいっそうせわしなく玄関に現われた。キャサリンも家に入って二〇秒ほどそこにいたがマディに裏へ追い払われた。「リチャード、大丈夫なの?」と聞かれた彼はあまり自信がなさそうだった。「だいたいあなたはここで何してるのよ、あの娘はエスコートが必要なの?」リチャードは彼女を一人でタクシーに乗せるわけにはいかなくてといい訳した。マディは彼にタクシー代の五ドルと、「スカウト料」の二〇ドルを渡したが、しっかり釘をさした。「あの娘がちゃんと働かなかったら、返してもらうわよ」リチャードはその二〇ドルを泥でもついているようにいじくりまわした。

キッチンの奥に便利室があり、その奥にも部屋があった。殺風景な部屋で、シングルベッド、引出しのタンス、洗面台と桶があるだけだった。マディはキャサリンにいった。「ここで暮らしなさい。食事もここでとって欲しいの。いってることがわかる?」キャサリンは部屋を見まわした。マディはさっさとキッチンへ歩きだし、キャサリンについてくるよう合図した。彼女は娘にあれこれ説明しながらパントマイムをしている自分に気づいた。彼女はスペイン語を多少知っていたがラテン系の人間は扱いなれていなかった。最後の手伝いの娘はイギリス人だった。その娘の名前もキャサリンだった。五分もしないうちにマディは新しい娘のこともキャサリンと呼びはじめていた。彼女はなぜ自分がキャサリンと呼ばれるのかさっぱりわからなかったが、意に介しもしなかった。

その夜、二人の女の会話が初めて通じた。二人は互いに「レーチェ」という言葉を通じてマディは娘にコップ一杯のミルクを与えた。女主人が出ていってからキャサリンは子猫にそのミルクをやった。子猫は一番下のタンスの引出しで飼うことにした。

エドガー一家でキャサリンがした仕事は、グワダラハラの領主の屋敷でした仕事と大同小異だった。彼女は台所をきれいにして洗濯物を扱い、二日めの晩にはマディの食事の支度を手伝った。最初の朝、エドガー家の子どもに会った。水ぼうそうが治りかけた六歳の女の子で、台所に入ってくるとのどを鳴らしながらハウスキーパーにいった。「おはよう、オレンジジジュースをちょうだい」マディが入ってきていった。「オレンジジジュースなんてキャサリンに頼まずに勝手に取んなさいジェーン。いつもの所よ」ジェーンは母にいい返した。「キャサリン？　世界中の人はみんなキャサリンっていうの？」ジェーンが行ってしまってから、キャサリンはマディが他の人と同じ目つきで自分を見ているのに気づいた。恐怖に襲われた様子だった。

一つの屋根の下で二四時間ほど一緒に過ごしながら、マディはまともに彼女を見ていなかったことに気がついて、不安になった。素姓の知れない赤の他人を、六歳の子どもが眠っている家に引き込んでしまったのだ。マディが不安になった訳はもう一つあって、後でジェーンを医者に見せに行く車の中で気がついた。夫はハリウッドでいつも何千人もの若い娘たちと接触しているのに、今初めて美女に対する警戒心を抱いたのだった。今までで一番きれいな娘かもしれない、とマディは実感した。どうして昨日気づかなかったのかしら。きっと気が散っていたのね。彼女の顔なんて意識しなかったもの、入ってくるなり家の一部になってしまったみたいで。マディが気づいたのは裸足だけだった。もしかしたら自分のいつもの召使いに対する態度のせいかもしれないわ、リュウが言うとおり、パサデーナで育つうちに金があるかどうかで人を判断する金持ち女になってしまったのかしら。

実際、彼女は新しいハウスキーパーのことを夫にまだ話していなかった。彼は他人が同じ屋根の下にいるとは知らずに眠っていたのだ。その夜、彼女はまっさきにそのことを夫に話した。「昨日新しいハウスキーパーを雇ったの」

「そうか」と彼は言い、しばらくしてから尋ねた。「で、いつからだい？」

「なんですって？」とマディが聞き返した。

「新しいハウスキーパーだよ、いつから来るんだい？」

「もう来てるの。昨日から」

「そうか」と彼はまたいって台所のドアの方を見た。「今いるのかい?」

「裏部屋にいるのよ。リチャードの紹介なの」彼女はリチャードが自分の立場を強くしてくれると思うそばから、そんなことはないなと感じた。

「リチャードだって?　どうしてリチャードがハウスキーパーに詳しいんだ?　彼女の名前は?」

「キャサリンよ」

「最後の娘もキャサリンだった」

「キャサリンがもう一人いてもおかしくないでしょう」

「彼女もイギリス人かい?」

「ヒスパニックだと思うわ」

「ヒスパニック?」

「そんなに突っこまないでよ、わかるでしょ」とマディが言った。

「でもキャサリンはないだろう」

「どうして?」

「キャサリン?　カトリーナとか何とかいうんじゃないか」

「カトリーナはいや。カトリーナにはしません。本名じゃないのに、ラテン風にすればいいってもんでもないでしょう?　実際、最後の娘も本当にキャサリンだったかどうかわからないのよ。前の前の娘がキャサリンで、それ以来ずっとキャサリンなのよ」

「だけど最後の娘はイギリス人だったじゃないか」と彼はねばった。

「あら、人を枠にはめているのはどっちかしら？」

彼は首をふった。「世界中みんなキャサリンになっちまうのか」


翌朝、リュウリン・エドガーがきれいな洗濯物をとりに便利室へ行ったとき、キャサリンはかろうじて子猫を背中に隠した。リュウリンは妻と同じように体操選手のような体格で、あと二年で四〇歳とは見えなかった。明るい茶色の長めの髪で、口ひげをはやしていた。キャサリンは彼の強い視線をあびてこわばった。

彼はしばらく彼女を見ていたが、やがて立ち去った。あまり急いで立ち去ったので彼女が後ろに隠したものに気づかなかった。取りにいったシャツさえ忘れて便利室から出てきてしまった。彼は台所を通過し、食堂で妻に会った。

「今日はスタジオに行くの？」とマディは期待をこめて聞いた。

「いや。うちではハウスキーパーを雇えないよ」と彼はいった。

「なんですって？」

「うちではハウスキーパーは雇えない」と彼はもう一度繰り返し、書斎に向かった。

「少し仕事する」

「お金はいいのよ。部屋と食事の面倒をみるだけなの」とマディはいった。彼女には彼の様子が変に思えた。

「ああ」と言いながら彼はポケットをたたいて鍵を捜した。「やっぱり出かける。忘れ物をした」彼はまっすぐ正面玄関へ向かい、ドアを開けた。そして、手ぶらでアンダーシャツのまま出て行った。

「リュウ？」と彼女が声をかけた。

「ともかくうちではハウスキーパーを雇えないよ」彼はそう呟いてドアを閉めた。


夜、キャサリンは家の裏にある部屋に座っていた。壁の絵も、テレビも、ラジオも本もなかったが、彼女はなければないで、別に淋しくなかった。部屋には窓さえなかった。タンスの上に小さな灯がともっていた。彼女は子猫と遊んで満足していた。子猫は部屋やベッドを飛びまわって、あぶなっかしい場所なら何処でものぼりたがった。風呂桶のまわりでバランスをつけたり、入れそうにない隅っこへもぐり込もうとしたりした。キャサリンも子猫も互いに部屋で一緒に過ごすことで満足しきっていた。キャサリンはベッドに座って長い間おかしな白い子猫を見て笑っていた。彼女はスカーフに突撃する子猫を見ながら、結局今まで、父とこの動物しか本当の友だちはいないのだと思った。一時間もすると彼女はもう笑えなかった。

キャサリンは着たきり雀だし、給料も払わないことにしたので、マディは彼女に最小限の衣類をそろえてやった。薄茶の簡素なワンピースを二枚と下着を少し。といっても娘は使う気がなさそうだったが、それから半サイズ大きい靴を与えた。マディはそれ以上買うのは控えた。最初の一週間が過ぎ、キャサリンはそう長くはいないだろうと判断したからだ。今度リチャードがいい報せだと電話してきても相手にすまい、と彼女は思った。

　ある朝、彼女はキャサリンを家の奥から連れだし、居間の通路の掃除をさせた。娘がしっかり働くと信用していたので、マディは自分のことをしに二階へ上がった。ジェーンの水ぼうそうは快方に向かっていて、来週から再び学校へ通う予定だった。

「暖炉のおおいをきれいにしてほしいの」マディは手ぶりを混ぜながらキャサリンに説明した。「それからテーブルのほこりを払ってね。鏡には窓ふきのスプレーをつかうのよ」彼女は試しにスプレーを吹いてみせた。「それが済んだら掃除機のかけかたを教えるから。ねえ、私のいっていること少しはわかってるの？」少なくともこの娘はバカじゃないわ、とマディは感じていた。それから階段のそばで遊んでいる自分の娘に声をかけた。

「ジェーン、家の中でボールをぶつけてはいけません」ジェーンはラメ入りの透明な赤いボールをもっていた。「そんなに元気なら学校へ行きなさい」

「私は病気よ」とジェーンが抗議した。

「そうでしょ」マディはキャサリンにボロ切れとスプレーを渡して二階に上がった。寝室で先ずベッドを整え、その横に腰かけた。そして窓から車道を眺めながら、リュウはいつ戻るのかしら、お昼、三時、それとも一〇時ごろかしら、と考えた。彼はここ三日間いつも違う時間に帰ってきた。車でうろうろするだけで、スタジオに行ってないことはわかっていた。出かけるときも帰ってくるときも手ぶらだったからだ。もちろん浮気の可能性もあったが、そうは思えなかった。なにかもっと悪いことのような気がした。そんな悪いことなんてあるかしら？　彼女は両手を膝に置いたまま五分くらい窓の外を眺めていた。そのとき下の部屋で、なにかが砕けるもの凄い音がした。

彼女は飛び上がって階段を途中まで駆け下りた。居間ではジェーンが呆然と立ちつくしていた。足元に透明な赤いボールが転がっていた。ハウスキーパーはその横に仰天して突っ立っていた。床のまん中に割れた鏡が粉ごなになって散っていた。壁に残ったギザギザのガラスがポッカリ白い口を開けていた。「なんてこと！」カッとなったマディは階段の下で娘の手をとった。「家の中でぶつけてはダメと言ったでしょう」彼女は叱りつけた。子どもはびっくりしてただ首をふるばかりだった。母は再び鏡に目をやって子どもを二階にひっぱっていこうとした。

「ちがう」と誰かがいった。ジェーンの声ではなかった。マディは階段で立ち止まり、居間を見おろした。「ちがう」とキャサリンはもう一度静かにいった。マディは彼女が何かいうのを初めて聞いた。キャサリンは自分を指さし、それから床に砕けた鏡をさした。彼女は必死に落ち着きを取り戻そうとしながら震えていた。マディは彼女の両手に目を留めた。ガラスで細長く切れた血のしずくが両腕を伝ってたれていた。

キャサリンはワンピースのスカートに血まみれの両手を包んだまま、鏡の破片一つを拾い居間から家の奥に駆けだした。

マディは階段にしばらく立ったままでいた。やがて娘が自分を見上げているのに気づいて、優しくいった。「お部屋に行ってなさい。大丈夫よ。自分のお部屋でしばらく遊んでなさい、いい子だから」ジェーンはゆっくり部屋に歩いていった。マディはやっとの思いで階段を下りて破片を拾いだした。何か想像もつかないようなものが見えるか聞こえるのではないかと台所の方に顔を向けた。それから彼女は振り返って玄関を見た。「リュウ?」呼べば彼が現われるかのように声を出してみた。

キャサリンは裸でベッドに横たわっていた。ワンピースだったものは両手をくるんでいた。白い子猫は彼女の胸の小さなふくらみの上で眠っていた。腕についていた小さなピンクのガラスの破片が部屋の洗面台に散っていた。彼女はときどき鏡の破片をかざして耐えられる限り、見入っていた。破片から目をそらしても自分の顔は目の前の壁に映っていた。ジャングルからロスアンジェルスまでの何千マイルを何カ月もの間旅しながら、彼女の姿は何百回となく何処かに映っては過ぎ去った。鏡、船、ピカピカした金属の表面に。車や船に乗っていた時や、民家の裏庭、路地、ピラミッドなどその時々の場所で、自分の顔を知っていたら見るチャンスはいくらでもあったはずだ。だが彼女は自分の顔を知らなかった。心臓があることを意識しないくらい、顔の存在を忘れていた。人は気にさえしなければ心臓の動悸など聞こえない。彼女はその顔でジャングルや家々に溶けこみ、船に信号を送り、男たちに全ての財産を賭けさせたのに、自分の顔がどんなふうに見えるのか考えようともしなかった。エドガー家の鏡の前に立ったとき、彼女はそこに裏切りと臆病の姿を見た。そのせいで父は死に、村はボロボロになり、彼女の一生は取り返しがつかなくなってしまったのだ。その姿は彼女のもので、自分の手足にくっついているとしても、与えられたものであることに変わりはなかった。水の中で揺れる生き物が、エドガー家の居間の大きな鏡に出現したというだけだった。彼女が両手をあげるとそれも両手をあげ、彼女があえぐとそれもあえいだ。裏切りや臆病を消すどころか、ますますあらわになった。私のことをバカだと思った人たちは正しかったのよ、と彼女は苦々しく思った。自分の愚かさにはめられてしまった。憎み抜いていた悪の権化が自分の顔についていたなんて。彼女はガラスの破片をベッドに置き、自分の顔をつかんだ。もし両手がワンピースにくるまっていなかったら顔を引き裂いていただろう。父殺し、と彼女は自分の顔をなじった。泣きながら、洗面台の水に顔をつけようとしてよろよろ歩いていったが、そこで小さなピンクのガラスの破片に映ったあの顔があちこちから彼女を見上げていた。

彼はまず最初に、彼女を習慣でキャサリンと呼ぶことが気になった。妻はくだらないこと、と思っているらしいが、ハウスキーパーだって本名で呼ばれたいかもしれない。もっと正確に言えば、彼が自分の名前を軽蔑しているように、妻はハウスキーパーの名前を軽く見て、どうにでも変えられると思っているのだ。自己発見を称賛するこの街で、人は懸命に自分を正当に見直そうとしている。そういう人びとがここでうろたえ、破滅するのは、自己発見さえうまくいかないことに気づき、自分を模造しても結局またしくじってしまうからだ。二度めの失敗は最初よりもっといい訳がしにくくなるものだし。リュウリン・エドガーは、……この名前は彼のアメリカの両親が、この名前なら金と名誉にふさわしいからいいスタートが切れるだろう、と思ってつけてくれた……が、この二〇年間のどこかで自己の再現に失敗してしまった。誰もがしくじるこの街ではまあ小さな失敗だったが、彼にとっては大きかった。もし彼が嫌っている名前を捨てるなら、違う名前を自分でつくりたかった。今の名前は偶然の産物で、星座の星並びのように文字が並んでいるようなものだった。リー（彼のミドルネームはエバンだった）なんてイニシャルのアマルガムだ。妻だけがリュウと呼んでくれた。スタジオは彼の原稿をリー・エドワードの作として認めた。そんなありきたりな名前は、印象に残らない。誰かに注目しても、大衆が受け容れ態勢になるまで注目しすぎないこと、それがこの街の芸術・科学における常識だった。経営陣は、たとえ利益になるときでも準備を整えたためしがなかった。

一七歳のとき、リュウリン・エドガーはプリンストン大学で詩人としての奨学金を受けとった。彼は、これだけ幸先がよければ、〝ふるさと〟の両親も息子につけた名前は予定通りの道を進んでいる、と確信するはずだと思った。現に彼の両親は、アメリカの子どもたちは〝ふるさと〟を出て大物になると信じていた。リュウリンは人生の新しい使命を胸にニューヨークへ行った。彼はニュージャージーの学校に通い、詩人仲間と集い、最盛期のビレッジ劇場で時を過ごした。彼はニューヨークの夜だけは、苦にならなかった。夜の闇は全てを飲み込み、水路沿いにさがった光の箱のような窓だけが残った。全てはつながっていた。住民たちはクラクラしていた。彼らは自分たちが起こした爆発に目がくらみ、それを理解するふりをしていた。彼らが何も理解していない、と抗議できるほどわかっている者もいなかった。リュウはロワー・イーストサイド演劇会社でリチャードに会った。リチャードは三〇代半ばにさしかかっていたが、その時期のジェネレーション・ギャップにもかかわらず、リュウはかえって深い感銘をうけた。リチャードはほとんどの時間をオフブロードウェイの仕事につぎこみ、同性愛を隠そうとしていた。だが実際にだませたのはリュウだけだった。彼はずっと後まで気づかなかった。ビレッジの三〇過ぎの俳優や若い詩人仲間のあいだでは忍び笑いの餌食になっていたが、リュウが気にする頃にはみんな気にしなくなり、忍び笑いも消えた。リュウは大勢の女と寝ていたので噂はそれ以上大きくはならなかった。二人の友情は厚かったので、リュウはリチャードが律義なだけの平凡な俳優でそれ以上の見込みはないとなかなか見切りをつけられなかった。リチャードはその気配を察すると、全てあきらめようとした。自分の性と無能さに直面したリチャードは、もはや人生を懸命に生きないで、年齢とともに取り戻した夢に頼っていることを自覚した。リュウはそれからまもなく、ニューヨークの日々だけが、人生で本当に自分らしく生きられた最初で最後の季節だったと悟った。

ロスアンジェルス行きについて、彼はニューヨークの友人たちのように道徳的ジレンマに陥らなかった。友人たちは何光年も旅して太陽系の外へでも行くような切迫した思いで話し合っていた。彼らがもし戻って来れば、自分たちはほんの二、三カ月過ごしただけなのに、知人はみんな年をとって死んでいる。そんな旅に出るつもりでいる連中の間では、家族や恋人、生涯親しんできたものを失う恐れと不死への計り知れないスリルが入り混じっていた。帰ってくれば新しい恋人と新しい生活が手に入るのだ。選ぶのは彼らだとはいえ、結果の責任はやはり宇宙や相対性理論におしつけることになるだろう。そして宇宙の方は、彼らは前の彼らではなく、過去を取り換えた人物になったのだ、と説明することになるだろう。

リュウリンが一九歳でロスアンジェルスに来たとき、現実の人生の成り行きには無頓着だったが、詩とは不思議なつながりを持っていた。その年に詩人が大統領に立候補したのはおかしな偶然だったし、ニューヨークにいる間にリュウリンが詩人よりむしろ他の男の方に積極的に協力したのも変わっていた。カリフォルニア予備選挙のクライマックスは六月だった。リュウリンの支持した候補者が勝った。リュウリンは、勝者が引き続き支持を求めるホテルのホールに立っていた。そして若い詩人が東へ帰るために荷物をまとめようと部屋へ上がったその頃、次期大統領になるかもしれなかった男は演説台を降りてホテルのパントリーに行き、男に撃ち殺された。急所に的中しなかったので、命は残酷に長びいた。リュウリンは男が死ぬまで二五時間ほど待っていた。それから一変した一〇年を過ごしたある日、彼はサンセット大通りを運転しながらふと考えた。そういえば、俺は詩人だったんだ、それなのに俺は詩を書いた男より詩を引用した男を応援した。もし俺が詩を書いた男を支持していたら選挙では負け組だったろうが、みんなで犠牲者を嘆いていたときに、彼が死ぬまでそこに留まらなくてはいけないと思わずにすんだろう。俺はきっとニューヨークにもどって詩人の道を歩み続けていた。それにもしより多くの人間が俺みたいに詩を引用した男より詩を書いた男の方についていたら、詩を書いた男は予備選挙で勝っていたかもしれない。そうすればあの夜、詩を引用した男は勝利を主張する演説台にはいなかったはずだ。彼はもっと遅れてきたか翌朝現われたか、あるいは姿を見せなかっただろう。彼が殺されなかったら、いずれは大統領になった可能性は高い。この理論からリュウリンは、その選択による政治的な価値がどうだったにせよ、詩を書いた男より詩を引用した男を支持したために自分の運命に背いて一生をすっかり変えてしまったと思うようになった。彼は二度とニューヨークへもどらなかった。彼はもはや詩人ではなかった。リュウリンは考えた、いったい俺以外にどれくらいの連中がこんな選択をして自分を裏切っているのだろう、自分のための選択ではなく、人の選択のあやまち、心ならぬ選択で。今日の国はそのために変わってきているのだ。俺が変わったように、みんなも変わったのだ。

詩を引用した男が死んだ日、リュウリンは初めて今住んでいる街の一員になった。街がそうさせたわけではなかった。彼が何者であるか決めたのは相対性理論というわけでもなかった。彼はリーと呼ばれるのを認めたが、自分でその名前を選んだのではなかった。たとえ嫌っている本名でも、自分で決めた名前だったら、どれだけましか。

彼は二年間、ベニスビーチに住んでいた。海岸の板張り遊歩道にあるカフェが彼の居場所だった。怒り狂った父はそのカフェへ手紙を矢のように送った。その夏、リュウリンの妹がミシガン湖で溺れ死んだ。その悲劇で息子リュウリンの足はますます遠ざかり、両親が〝ふるさと〟にかける夢と期待はさらに負担になった。リュウリンは海岸で詩人のグループと知り合った。彼らは小さな雑誌をつくっていて、自分たちの詩をロックの歌詞にしていた。彼は現地の映画製作会社と組んで最初のシナリオを書いた。会社側は彼の作品を個人的な厄払いだと考えた。厄払いするものがなくなると、主人公は自殺を試みる。シーツを巻きつけて南向きのサンディエゴ高速のマルホランドランプのはずれに横たわり、誰かが道路から助け出してくれるまでのほんの一分たらずのうちに二三台の車にはねられるのだ。それから『無視された墓』という皮肉なタイトルがつけられたこの一六分映画は、新聞の死亡広告欄を通じて宣伝された。映画には語りも登場人物もセリフもなくて、果敢な悪夢の幻影のようだったが、それが当時はやりの表現法だった。「脚本」はL・E・エドガー作ということになっていた。

半ば道楽ではあったが、リュウは四年のうちに、主に友だちの友だちのコネで、イタリアの映画監督と脚本の仕事をするようになっていた。その監督は大手のスタジオがアメリカデビューをさせようとしてスカウトしてきたのだが、企画は失敗の予感にあふれ、脚本家と監督は映画のクライマックスの問題で大喧嘩をした。スタジオ側は監督を、当たり屋だが芸術映画をつくるひと癖ある人物だと思って用心していた。そして脚本家との衝突を見てスタジオの懸念は深まった。脚本家の主張の方が流れにそっていて、スタジオも妥当だと思ったが結局勝ったのは監督だった。彼は有名でリュウは無名だったからだ。そのかわり、それ以後スタジオはこの若者をかわいがった。彼は正しい直感を認められた。その直感とはまさにスタジオの直感だった。リュウリンにはこれがおかしな逆説に思えた。彼はいつか芸術家になれるだろうと思っていたが、もしなにかトラブルが生じたら、彼はスタジオ側のいうことをのんで、その映画はなりゆきでそうなったというだろう。たとえその映画が力学上そういう流れになり、彼も映画をそっちの方向へもっていったとしてもだ。スタジオの抱擁力は見当がつかなかった。少なくともそのとき彼はそう考えた。後になって、自己疑惑の発作が進み、精神の安定が崩れたとき、よくもあんなことを信じていられたものだ、と彼は感心した。どうやら彼の直感は初めからスタジオや経営陣の直感とは関係がなかった。その後の危機も、自分は変わったのだと納得しようとする直感との戦いというわけでもなかった。

この映画は『無邪気なうそつき』という題でアメリカで封切られ、成功をおさめた。監督の磨かれた直感とやらは裏切られたが、互いに話をかわしたことさえない関係者一同にとって幸運な結果になった。スタジオはパサデーナで監督映画祭を企画し、呼び物として『無邪気なうそつき』の上映と監督、脚本家を交えての参加客の映画論評会を催した。リュウリンはイベントの間ずっとムスッと座っていて、映画はほとんど見なかったし、論評にもほとんど加わらなかった。何カ月かたって、彼はやっと映画館に行く気になり、映画について誰が正しくて誰がまちがっていたか、要するになぜ彼が正しかったかを確かめに行った。そこで彼は脚本家の名前のところがL・E・エドワードになっているのに気づいた。即座に監督の最後の復讐だと思ったが、実際のところはわからない。あるいは経営陣が彼の性格を利用して、所有者は自分たちだという制度化された現実を思い知らせるために名前をちょっと変えてみたのかもしれない。もちろんそのことを組合にかけあってもよかったのだが、彼は後でこう思った。俺はずいぶん簡単に屈服してしまった、いい責任のがれだったからな。

　パサデーナ祭で彼はマデライン・ウェイスにも出会った。一九歳で、パサデーナのかなりいい家庭に育った娘だった。マディの階級と身分を示すいい例は、美術館の書庫での仕事を、収入のためより父親のいう「人生経験」を積むためにしていたことだった。父はそれをピアノの稽古とデクレッシェンドの夜想曲の狭間のごとく、娘の成熟に必要な修業をさせているつもりだった。当然、正しい人生経験でなければならなかった。彼女はハンバーガーを投げているわけではなかった。最上流階級であるマディの家庭は、下層階級のリュウリンの家庭と同じように、職業に対する偏見はとても民主的で、映画の物書きなどは階級と金の全ての境を超越すると思っていた。マディは自分の信念でリュウが成功する前から恋におち、彼の絶頂の時期を待たずに結婚した。と言っても彼が二八歳で彼女が二三歳だったあのとき、彼は確かに登り坂にあった。マディには原因不明な皮肉屋のところがあった。どうかすると魅力的でなくなる恐れもあるような、困った遺伝子の仕業だったが、それがマディとはうまく調和して、そのへんの軽薄なパサデーナ娘たちとはちょっとちがうように見せかけてくれた。それは彼女の家庭の高邁な思想と食い違った。同じようにリュウリンのロマン主義も彼の家族の実用的な考え方と食い違っていた。ともかく彼女は、そんなことはおかまいなしにハンコックパークの家をほしがった。

ハンコックパークの家は二人には大きすぎた。ついでだが、結婚後家族が三人になる計画があっても、必要以上に大きかった。さらに売れっ子の映画脚本家の財力の手にもあまった。パサデーナの義父に頭金の半分を払ってもらった売れっ子の映画脚本家の財力でぎりぎりだった。そのせいでマディが家を欲しがったそもそもの理由は宙に浮いた。ハンコックパークはただハリウッドでないだけでなく、狂気じみたロックスターたちの邸宅一つ二つをのぞけば、ロスアンジェルスで唯一の、パサデーナの名家が敬意を払い、かつ羨む場所だった。だからこそマディはハンコックパークに家を建て、父親を納得させようと思ったのだが、結局は自分たちの財政難を助けてもらうはめになった。マディは全てむなしい努力だと悟ったとき、父親に示そうとした力を反対に見せつけられてしまったことも自覚した。

リュウリンはハンコックパークの家などほしくなかった。その確固たる歴史は、ハリウッドの特徴であるはかなさを否定しているように思えたからだ。彼は財政的にも縛られたくなかったし、つまりはハリウッドで成功する夢にとりつかれたくなかった。彼はハリウッドでの成功など時の流れとともに忘れ去ってしまいたかった。自分は堕落したと思った。結局彼はあるがままの自分でしかなく、もしかしたら……と思っていた自分ではないことを思い知った。彼が家の件で最後に折れたのは、マディが譲らないのと、彼も案外気に入ったせいだった。その家は界隈でもとりわけ小さかった。白いふちどりがある赤レンガづくりで、ちょうどまん中にドアがあり、二階に大きな窓が二つあった。彼はその家を見て子どものころのクリスマスと家族のことを思い出した。リュウと妹と母と父は、夜、車に乗って近隣の〝ふるさと〟に住む金持ちの家の間を走りながら、明かりと飾りつけを眺めていた。白いふちどりがある赤レンガで、まん中にドア、二階に二つの窓がある似たり寄ったりの家が、ひたすら白い光が点滅するリボンで飾られ、キラキラ輝いていた。あれから二〇年後にリュウリンとマディがハンコックパークの家に車でやって来た。その時、彼はなにをしようと決めても後悔するだろうと悟って深いため息をついた。おそらく、両親も彼らの記憶を追体験するだろう。そして空港で両親に再会し、家へ車で案内しながら、運転席から二人を見守る自分の姿を想像した。両親の顔には、夢みる人も名づけられないような夢が浮かんでいることだろう。

『無邪気なうそつき』から一〇年後、リュウリンは『カリエンテへ』という映画で生涯最高の成功をおさめた。その映画はリュウリンが発案して脚本を書いた。企画当初は監督も兼ねる予定だったが、その話はお流れになってしまった。彼はそれを自分の飽きっぽい性格と、娘ジェーンが生まれたせいにした。『カリエンテへ』が公開された頃、ジェーンは二歳で、リュウとマディはハンコックパークに住みついて、五年になっていた。『無邪気なうそつき』のときと同じように、リュウリンは『カリエンテへ』でも映画の要のところで監督と脚本家の喧嘩を経験した。リュウリンはその映画を自分の作品と信じ、監督など脚本家がつくった車を動かす運転手にすぎないと思っていたので、望む方向に進めるために激しく戦った。『カリエンテへ』と『無邪気なうそつき』の根本的ちがいは、スタジオが監督に味方したことだった。リュウリンはスタジオのお偉方との幹部会議で、今回のリュウリンの直感は少数の人しか理解できないから、観衆に「感情のより強い一体化」をもたらす監督に譲歩してほしい、とねんごろに頼まれた。リュウリンはいった、「脚本を一行も書いたことがない、監督のまねごともしたことのないアホの一人が、もう一度でも〝感情のより強い一体化〟なんていってみろ。そいつをぶんなぐってやる」この一件では、リュウリンがぶつけた感情を、ユーモアでかわしたハリウッド幹部たちが、謙虚さで株を上げた。ともかく『カリエンテへ』には巨額の金がからんでいた。製作チーフは彼に宣言した。「私たちの態度は決まったよ。リー、この件に関して君は美術的に深い執着をおもちのようだね。お望みなら、君の名前を映画からはずしてあげよう」リュウは仰天していった。

「これは俺の映画だ」

アイリーン・レイダーという女性がこの衝突のさなかに連れてこられた。レイダーはスタジオの脚本部門のチーフだった。彼女は二〇代の初めから三五年間ずっとその部門で働いていた。そして特に熟練していたのは、スタジオが文学のプリマドンナと呼ぶ人たちや、詩人、劇作家、小説家などのキャリアから遠まわりしてスタジオに来た脚本家たちの扱いだった。脚本家たちは、自分たちがずいぶん遠まわりしてしまったことと、明るい大通りには戻れそうにないことを自覚してからやっともの分かりがよくなった。レイダーはこういう脚本家たちに共感しながら、うまく交際した。スタジオは彼女の柔軟さを評価していた。彼女が脚本家たちに甘すぎるとこぼす者もあったが、ともかく彼らは丸めこまれた。彼女は彼らにどうすればスタジオの立場と妥協しながら芸術家のプライドを守れるかを教えた。それは反駁を抑え込む説得力があった。アイリーンは問題をいつも一つの単純な問いに置き換えた。彼女はこういってみるのだ、「ねえ、あの連中ってどうせいやなやつらじゃない。自分たちの眼識だけがたよりなのよ。でも考えてもごらんなさい、この映画が公開されないからって潤う人がいるかしら？　あなたは本当に大衆を罰したいの？　みんなはリー・エドワードの映画が見られるほうが、なにもないよりずっといいのよ。たとえ一〇〇パーセントあなたの映画でなくってもね。スタジオをやっつけたいと思っているならどうせ無理だし、あんなに面の皮が厚くて傲慢な連中が、傷つくはずないでしょう。この件に関して私はどちらの味方でもなくってよ。この映画は、たとえ少し妥協があったとしても駄作に満ちた映画界になくてはならないものだわ。あなただって内心はそう思っているはずよ」この説得の底にあるのは、結局スタジオが勝って脚本家は負けるという現実だった。脚本家がたとえ潜在意識にでもそのことを受け入れることができれば、彼の気持ちは必ずなごんでいった。

『カリエンテへ』の場合、時間は長くかかり、てごわかった。リュウリンにとって『カリエンテへ』は、時計を過去に遡って『無邪気なうそつき』の戦いに勝とうとする挑戦だった。『無邪気なうそつき』のとき、彼は名前を変えられ、かつて情熱をそそいだものへの気持ちをなくしてしまった。ある夜、彼は家に帰ってどうしてももう一度成功しなくてはいけないと思った。そして彼にはもっと必要なものがあって、それはまだ手が届くところにあると信じようとした。まだ明るい大通りにもどる道があると。その夜、本当にそれを信じられたら、彼は決心しただろう。寝室へ行って、眠っている妻に告げただろう、もう一度詩人になるよ、もしそれで家を失おうと、家族をなくすことになろうと、全てを失おうと、そのときはそのときだ。かくして彼はその夜、もう一度詩人になろうとした。書斎に座って仕事を始めた。書斎の暗闇に机の明りを一つだけともして、彼は一晩中一行の詩に没頭していた。朝の四時、机についてから七時間め、彼は次の詩を書き上げた。

私の恋はまるで真赤な赤いみせかけ《ポーズ》

彼はこの詩を一瞥し、重々しくゆっくりと電話をとってダイヤルを回した。「アイリーンかい」と口にしながらのどからすすり泣きがこみ上げてきた。彼はうろたえ、ごまかそうとしてしわがれ声をだした。「彼らの好きなようにさせてくれ」そして気づかれないうちに急いで受話器を置いた。


夜が明けてから数時間後、リュウリンは台所にふらふら入っていった。ジェーンの食事のめんどうをみていたマディは、顔を上げて夫の姿に驚いた。「彼らに好きなようにさせたよ」と彼は奈落の底から出るような声でいった。

「しかたなかったんでしょう。この仕事にはよくあることよ」と彼女はいった。

「それはうそだ。みんなそういうけれど、うそなんだよ。誰だって避けられる。これは誰かがしてもらうのではなくて、与えられたものを受けとるか、受けとらないかなんだ」彼はそういいながらまた口ごもった。朝方のあのすすり泣きがこみ上げてきた。

「昨晩、詩人になろうとしたんだ。詩を書こうとして一晩かけた、出てきたものがこれなんだ」と言って彼は彼女に紙を渡した。

「一晩かけて出てきたものだよ、私の恋はまるで真赤な赤い薔薇《ローズ》」

彼は後ろを向いて行ってしまった。彼女は詩を見た。「あなたは〝みせかけ《ポーズ》〟って書いてるわよ」と彼女は台所のドアにむかっていった。玄関のドアが閉まるのが聞こえた。

『カリエンテへ』は、ロスアンジェルス、ニューヨーク、トロント、ボストンでみごとな成功だった。ダラスやサンタフェ、シアトルのような都市でも驚異的にうけた。批評も好意的で、何カ月後かには、主演女優、編集、脚本の三部門でアカデミー賞の候補になった。リュウリンにとって唯一のアカデミー賞候補が、背中にあてられた裏切りのナイフのように感じられたとは、親友や家族も想像だにしないことだった。リュウリンは『無邪気なうそつき』のときと同じように、創造的葛藤の負け組にいることに気づきつつ、勝ち組の意見が擁護されるのを目のあたりにしたのだ。スタジオはそんなことを彼に思い出させるほど野暮ではなかったが、彼の映画をヒットさせてやったのに感謝されないのは面白くなかった。彼は心の一部で純粋に賞をとれないことを望んでいた。そうすればスタジオに対して何らかの証明となり、自信がついただろう。また心の別の一部では賞をもらいたかった。そうすれば壇上から彼らを酷評できるだろう。とはいえそんな勝ち誇った筋書き通りに進んだところでどんな意味があったのか。実際には最悪の事態が起こった。『カリエンテへ』は作家組合賞を取ってオスカーは取り損ったのだ。つまりリュウの妥協した脚本によって同僚に認められ、全体として映画に対する経営陣の無理解は否定されたのだ。「彼らが俺の脚本を汚したのがわからないのか？」受賞パーティーの夜、彼はマイクの前で酔って、集まった人びとに毒づいた。作家たちは爆笑した。組合賞をとった者は、やがてさらに大きな賞を受けるのが慣わしだったので、その場にいた他のハリウッドの人びとにはこの光景が面白くなかっただろう。その後、彼のキャリアに明白なブラックアウトのようなものは全くなかった。ただ電話があまり鳴らなかっただけだ。街の人びとは、リュウリンのキャリアのなにかが『カリエンテへ』とともに滅んでゆく、しかも彼自らの手によって滅んでゆくように思ったが、それは正しかった。

組合賞とアカデミー賞候補から二年の間に彼は依頼を受けてテレビ映画用の脚本で非常にありふれたものを書き送り、それ以後なにも書かなかった。家の抵当はマディの父が救ってくれた。彼は投資より娘のパサデーナ美術館への再就職が体裁悪く延びていることを気にしていた。「君の父親は救いようもなく旧時代的だね」とリュウリンが妻をどなりつけたとき彼女はいった。「あなたはなんて恩知らずなの？」「恩だって！」彼は叫んだ。

そんなときアイリーン・レイダーから電話があり、仕事を紹介してくれた。前年の夏にとてもはやった映画の続編を書く話で、共同脚本家というのがいた。つまり彼が最初の原稿をあしらって、だれかが書き直すのだった。リュウリンの個性は表に出さない、スタジオ独特の防衛策だった。アイリーンはいった。「ねえ、たしかにこの割ふりは芸術じゃないけれど、あなたを現役にもどすための一手なのよ。あなたに脚本家としてまた活躍してもらいたいの」彼は電話の声を聞きながらすぐに裏の意味がよめた。アイリーンが根まわしして、彼女の力でこの仕事を彼にとってくれたのだ。素直にこの申し出を受けてホッと感謝のため息をつきなさい、といっているのだ。彼は熱意なく承諾した。熱意なんてものは、彼が無理をしなくても彼のまわりが充分もっていた。マディ、義理の父、友人たち。リチャードもその一人だ。リチャードがニューヨークにいないのはこの五年間で三度めだった。彼はアンバサダーホテルで暮らしていた。五〇過ぎの俳優だったが、コマーシャルにすら雇ってもらえなかった。リチャードは「俺にも役を書いてくれよ」といっていたが、そこで冗談めかして笑うプライドすら彼には残ってなかった。

そしてリュウリンは三〇代の終わりを、晩年にさしかかった男のように、人生やその他もろもろに思いをはせながら過ごした。ある日、彼はこんなふうに考えていた。俺は若かった頃、心臓が止まるような思いのする女たちに恋をした。もっと年をとると今度は心を甘くとろけるけさせる女たちに恋するようになった。そんな転換期の恋人がマディだった。彼女のことは一年も前から知っていたけれど恋心など感じたことはなかった。それがあるとき昼食の席で彼女が彼にあまりに痛烈な皮肉を向けたので(彼は彼女がなにをいったか覚えていなかった)彼女をジロッとにらんで黙らせた。彼女の顔から血の気がひいた。彼女は彼の視線が急に冷たくなったのを見て子どものように脅えた。そのとき、彼女を傷つけた負い目から彼女に心をとろけさせるようになった。彼女を愛してしまったのだ。

ある日、彼は台所で新しいハウスキーパーに会って、自分の心臓が本当に止まる音を聞いた。心臓が胸からドンと床に落ちたようだった。彼は慌てて彼女から目をそらした。心臓を再び動かすためにそうしたのだが、別の部屋に入ったときには窒息しそうだった。彼はマディに駆けよった。「スタジオに行くの？」と尋ねる彼女に何とか告げた。「彼女は雇えないよ」玄関で彼は念を押した。彼は車に乗って六番通りをラチェネガに抜け、そこから北にバートン通りを走り、ビバリーヒルズに出た。そこで彼はリトルサンタモニカ大通りとビッグサンタモニカの交差点を西に曲がった。浜辺じゃない、今日は浜辺には行けない、と彼は浜辺の半マイル手前で呟いた。彼はUターンした。三ドル払ってウエストウッドの駐車場に車をとめ、ただ車の中に座っていた。座っている近くの通りを美しい女たちが通りすぎていった。きれいな服で飾り立てた肉食獣のようだった。おまえたちなんて何でもないよ、と彼は囁きかけた。俺が何を見たか知ってるかい？　赤い幻を見たのさ。怪物が地上に現われ受精し、地面が裂けてハウスキーパーが現われた、彼女の髪はブラックホールのようだった。その唇から赤紫の殺意をしたたらせていた。彼は自分の妻と子の顔を思い出そうとしながら五時間もそこに座っていた。

それから彼は毎日外出し、車であてどなく走っていた。マディは彼がスタジオに通っているのだとずっと信じようとしていた。「スタジオに行くの？」彼女は彼が出ていく時、いつも尋ねた。「そうさ、スタジオさ」と彼の返事も決まっていた。リチャードのような友だちから電話があると、彼女はいった。「彼はスタジオなのよ」リチャードはたずねる。「ああ、だけど仕事はしてるのかい？」スタジオから彼を捜す電話があれば、彼女は告げた、「彼は書斎で仕事中です」

キャサリンがエドガー家の居間の鏡をこわした日も、リュウリンはキャニオンドライブに車をとめて座っていた。そこへ顔見知りのニュージャージーのカメラマンでラリー・クロウという男がブラブラやってきた。リュウリンはクロウに見つからないよう、シートに身を沈めた。彼は目を閉じていたが助手席側のドアが開いて閉まる音が聞こえ、だれかが隣りに座っている重みと熱気を感じた。彼は目を閉じたまま、「クロウか」といった。クロウは憎らしいほどの自信家で、どんな敵意や無関心にもくじけなかった。彼はロスアンジェルスに来て一八カ月で、売り込みも真っ盛りだった。

運の悪いことに彼は頗る優秀なカメラマンだった。しかも雑誌や代理店が求めていて、いいと思えるのはこれしかない、と説き伏せる術にもたけていた。彼は、趣味や流行を扱う人びと自身が、何を求め、何をいいと思うか全くわかっていない連中であることを悟っていた。彼らは競争相手が何を求め、何をいいと思うか、競争相手より先に見つけるレースをしていた。クロウは六カ月前のパーティーで、アイリーン・レイダーからリュウリンを紹介された。紹介は三段階に分かれていた。第一段階でクロウはリュウリンが『カリエンテへ』の作者でアカデミー賞候補になったと教わった。第二段階でクロウはリュウリンがこの二年間仕事をしていないといわれた。第三段階でクロウはリュウリンがちょうど『夜の陰パート2』の仕事をもらったと聞いた。第一と第三段階に関して、クロウはリュウリンに興味をもった。第二段階には全く関心がなかった。もし『夜の陰パート2』が大失敗になったら、隣りに座ってるこんなアホに我慢しなくてすむ、とリュウリンは思った。

リュウリンは目を開けた。リュウリンは、クロウがいつもこちらの印象に輪をかけてうれしそうなのが気に入らなかった。クロウは写真がいっぱい入った大きな封筒をもっていた。全部女の写真だった。クロウはロスアンジェルスで働くのもニューヨークで働くのも少しも変わらない、ただロスの方が美女が多く、街も腐っていないと思っていた。クロウはロスアンジェルスの方が自分でも何をしているのか理解しやすかった。車の中でクロウがリュウリンに見せた写真には予想どおり派手目の美女がピンからキリまで揃っていた。「この娘はいいぜ」とクロウがいった。そして写真をめくりながら「この娘だよ、ほら、この娘、この娘」

彼はリュウリンを見た。リュウリンも余裕の視線を返した。「どれもたいしたことないさ」

「フン」クロウは信じられないようだった。

「俺の知ってる顔なら、君のレンズなんか砕いてしまうよ、ダイヤモンドのようにね」

「そうかい、じゃ、その女を見てみようじゃないか」とクロウがいった。

リュウはともかくうんざりだった。「もう行かないと」彼はドアに注意をうながした。

「そのうちにな」とクロウは車を出て、窓にかがんでいった。

「もう行くよ」リュウリンは縁石から車を出してウィルシャーに向かった。

確かにあなたのいうとおり、うちであの娘は雇えないわ、と彼が玄関に着くなりマディは早口でいった。彼女の声はうわずってふるえていた。彼は鏡を見た。「どうしたんだい?」彼は冷静にたずねた。「あの娘が手で鏡をわったの、じゅうたんに血がついてるでしょう。いい鏡だったのに」とマディがいうなり、リュウリンはいった。「じゅうたんや鏡のことなんて気にするな、あの娘はどうした?」「あなたの頭にはそれしかないの?」とマディが叫び、自分の声の中にキャサリンの血の音を聞いた。「あの娘は急にとり乱したのよ」とマディはいった。
「それならまず落ち着かせてやろう、話し合いはそれからだ」と彼はいった。

キャサリンはまだ裸のままベッドで眠っていた。ワンピースだったものは彼女の手からほどけ、白い子猫は太ももの間で眠っていた。真夜中にクモの巣のようなものが目の前をちらつき、跳ね起きてしまった。しばらくしてから自分の顔が活気づいているのを感じた。それは彼女の顔面に貼りつき、ゆっくり横切っていく大きな肉厚のクモだった。それは彼女の髪の中で糸を吐いていた。彼女は息がふさがれそうになって、恐慌を来した。夢中でそれと戦いながら疲れ切ってあおむけに倒れた。再び眠りにつくうちに彼女は顔が自分からすべっていき、ベッドを這いおりて床を伝って部屋の向こうへ行くのを感じていた。顔は洗面台の底にまで散っているガラスの破片一つ一つの上で増殖していった。鏡は夜通し子グモを産み続け、部屋をいっぱいに満たした。彼女はその音を聞いていた。

朝、キャサリンはキッチンから冷たい水が入ったボウルを運んで、居間のじゅうたんの血をたたいていた。マディはここ二日ほど彼女を避けていた。「そんなことしなくていいわよ」といいつつも、逆上した様子を隠そうとしなかった。キャサリンは顔を上げて彼女を見たがそのままつづけた。マディはジェーンと一緒に二階の寝室に閉じこもるようになった。

リュウリンはキャサリンを見ようとしなかった。何年も男たちの視線にさらされてきたキャサリンにとって、いつも目をそらす男は初めてだった。キャサリンが毎朝じゅうたんに染みた血を確実に落としていったのに対し、エドガー家の方は彼女の脇で静まり返っていた。毎日、マディは二階に留まり、リュウリンは車で出かけた。アイリーン・レイダーから映画の仕事をもらってから二カ月たった。スタジオは何週間ものあいだ午後になると電話してきたが、いつもマディが「リュウリンは仕事中です」と告げるだけだった。リュウリンは一度も電話をかけ直さなかった、彼は脚本を一行も書いていなかった。

彼はキャサリンを見まいとすればするほど、頭の中でますます彼女を見る羽目になった。彼はいつのまにか街で彼女を見かけるようになった。女優とかモデルとか、そういう街の美しい女たちのあいだで、裸足で明るい茶色のワンピースを着たハウスキーパーだけを見ていた。彼女がいるはずのない場所にも彼女は現われた。彼の家に彼女が捕われの身になっていることは気の毒だったが、家の方が彼女に捕われている気もした。ある夜、彼は書斎に座ったまま朝の四時をむかえ、ついに重おもしくゆっくりと電話をとってダイヤルを回した。「クロウか」と口にしながら内側からいつものすすり泣きがこみ上げてきて、わざとしわがれ声を出して、ごまかした。「前に話した娘のことだ。写真を撮りたいか？」

電話の向こうのクロウはもうろうとしたまま、「昼間にかい？」と何度も聞いた。

「今だ、もし写真に撮りたいなら」とリュウリンはいった。

「何時だい？　リー・エドワードだな？　リーだろう？」とクロウがいった。

「来るなら今だ」

彼女が目を覚ますと男が二人彼女を見おろしていた。彼女は自分の顔に手を触れてみた。男たちの片方はリュウリンで、もう一人は知らなかったが、カメラは見たことがあった。メキシコのピラミッドで見かけた儀式の道具だった。男たちは彼女をまじまじと見つめていた。洗面台に一週間もほうってあるガラスやタンスのひきだしで眠っている子猫、シーツの下の彼女の裸体の輪郭などは目に入らないようだった。彼らはついて来いと合図した。彼女は体にシーツを巻きつけてキッチンに行き、まだ外が真っ暗なのでびっくりした。

クロウはカメラをセットした。リュウリンは窓辺に立ち外を見ていた。クロウは変な顔をして何度もキャサリンとリュウリンを交互に見ていた。「シチュエーションが悪いな」と彼はもう一人の男にいった。「朝の五時のキッチンで彼女をどう演出しようってんだ」リュウリンはしばらくしてからいった。「演出なんて考えなくていい」クロウはライトの下でキャサリンを壁から離したり近づけたりするのに三〇分もかけた。彼が彼女の髪を直そうとして触ると彼女はサッとよけた。リュウリンはそれを横目で見ていった。「彼女を演出するなといっただろう。そのまま撮れ」

ガウン姿のマディが入ってきた。そこにいる三人を見て尋ねた。「何をしているの?」マディの声はうつろだった。「リュウリン?」と彼女は呼びかけたが返事はなかった。彼女の声はどんどん小さくなって、彼がやっと顔を向けると初めて心をとろけさせたときのあの顔つきになっていた。彼はまた窓の方を振り返った。そして彼女は赤毛の前髪を払いのけてキャサリンをまっすぐ見つめ、静かに部屋をあとずさりしていった。ドアの外に出てもキャサリンに目を据えたままだった。

クロウは長時間ねばった。五時半になって空が白みかけてきた。クロウはとうとう写真を撮った。そしてもう少し撮る準備をした。「さっきのはしくじったみたいだ」と彼はリュウリンにいった。リュウリンはクロウがぐずぐずしているのは、怖がっているからだと思った。この写真は撮れないのではないかと、奴も弱気になったに違いない。リュウリンは窓の外を見つめたきり、ふりかえらない。空はますます明るくなる。一時間後、クロウは仕事を終えた。二人ともキャサリンが彼が写真を撮っている間ずっと目を開けたまま眠っていたことに気づかなかった。

クロウが午後遅くもどってきた時、リュウリンは彼が何かつかんだのだろうと思った。「何もなければ出向いては来れまい」とリュウリンはつぶやいた。クロウは部屋を歩き回っていた。ウィルシャー大通りの代理店に寄っただけで暗室からとんできたのだ。彼はティーテーブルの上に封筒を開け、中身を区分けした。「現像の途中でしくじったのもある」と彼はいった。失敗作はよけていった。マディは階段を少しだけ下り、立ったまま彼らを見ていた。リュウリンはそれを見た。最後にクロウは夜明けの光が窓からさしこんだと き撮った写真を取りだした。

「ウィルシャーのハリスたちに見せたんだ」とクロウがいった。

「大うけだったぜ」

「もういい」とリュウリンはいった。

「もういいだって?」

「彼女はだれにも撮らせないよ」

「なにいってるんだ。何のためにまだ暗いうちから駆けつけたと思ってるんだよ?」とクロウがいった。

「印象がちがったのなら謝るよ」リュウリンは写真をテーブルの上に置いた。

「印象がちがう! 正しい印象って何だい? いったいどうなっているんだ? おい、リー、これはただじゃすまされ……」クロウは怒りだしたが、階段のマディにふと気づいて口をつぐんだ。リュウリンもマディの方を見た。マディの視線を追うと、キッチンの戸口にキャサリンが居間のじゅうたん掃除用に冷たい水を入れたボウルをもって立っていた。

キャサリンは部屋に入って働きだした。そしてテーブルの上の写真を見つけた。彼女は床から立ってテーブルに近づき、リュウリンとクロウが吟味していた写真を手にとった。彼女はそれとリュウリンを見較べ、あの人は殺された父のイメージを撮って地図にしたのね、と心で思った。

「君にあげるよ、何枚でもつくれるから」

彼女は写真をくしゃくしゃにぎりしめながらリュウリンをずっとにらんでいた。

ふとテーブルから離れると、また別のものが目に入った。クロウが捨てた写真だった。光がぼけた暗室の失敗作の一つで、中に大きな黒い点が写っていた。キャサリンはそれをつまみあげ、端から端まで本を読むようにじっくり眺めた。彼女はもう一度リュウリンを見ると自分の言葉で彼に話しかけた。「これこそ本当の私の絵だわ、盲じゃないのでしょう」と彼らに写真をさしだしながらいった。彼女はそれを部屋に持ってゆき、ベッドの脇に立てかけ、子猫にすごいでしょう、と見せてやった。

その夜、彼女は生涯で最も強烈な夢をみた。夢の世界は充実していて、明け方近く目が覚めかけたとき、現実と地続きの感じがした。彼女は暗い街の長い廊下を走っていた。腕が何かでぬれているような感じがし、こってりした赤いものがにおった。そして彼女は片手になにか握っていた。その感触はなじみの、宿命的なものだった。彼女は角を曲がって二つの大きなドアを抜け、夜の闇に出た。足元に石の下り階段があった。その階段の下に見知らぬ女がいるのに気づいて彼女は一瞬立ち止まった。その女は水玉のドレス姿で、長い髪は琥珀色だった。キャサリンは、夢でそんなに鮮明に人を想像できたのが信じられなかった。その女がカメラを持ち上げ、こちらに向けたので、キャサリンはきびすをかえして来た道を逃げ戻った。しばらくしてキャサリンは目を覚ました。夢には始まりと終わりもあったのだが目も開けないうちから忘れてしまった。部屋には彼女一人きりだった。そばに子猫と壁に立てかけた黒い絵があり、全て寝る前と同じ状態だった。けれど彼女は本当に何処か別の場所へ行っていたような感じがしていた。

それから日ごと夜ごとに彼女の顔は美しくなった。彼女の瞳も、くちびるも、髪も美しさを増した。彼女の美しさは悪夢の花のように咲き誇り、その鼓動は家中に響いた。その動悸のせいで彼女もリュウリンも夜通し、まんじりともできなかった。二人は家の両端で彼女の顔の鼓動を感じつつ、横になっていた。私はアメリカに捕まったんだわ、とキャサリンは思った。アメリカでは人びとは自分の顔を知っていて、その顔は自分のものだと信じているんだわ。最初はおそらく彼らの顔も夢の奴隷だったのでしょう。やがて、彼らの顔が夢を奴隷にするのではないかしら。リュウリンも自分の家の端で一人考えていた。彼女の顔を写真に封じ込めるだけでは足りなかったな、まだ幻影が浮かんできてしかたない。彼は起き上がって二年ぶりに書斎へ入った。マディは朝起きて彼のタイプライターの音を聞き、喜色満面だった。

マディはキャサリンが家にいることに胸騒ぎを覚えながらも、久しぶりに夫の仕事の音を聞くのは、まともな生活のうれしい兆しだと思った。彼女は最近家庭で起こった不思議な変化は、夫がカタルシスを得るためだったと納得し、夫は真剣な仕事にとりくむ前に常軌を逸した行動がもう少し必要なのかもしれない、と思った。スタジオからは相変わらず電話が毎日あった。リュウリンはまだかたくなに出なかったが、マディはともかく自信をもって、夫は仕事中だといい訳できるようになった。一度など彼女は受話器を閉じた書斎のドアに向け、電話口のアイリーン・レイダーに内情を示すカタカタという音が聞こえるようにしてやった。マディはキャサリンに出ていってほしかったが、リュウリンの新しい原稿が軌道にのるまでいざこざは避けたかった。それにリチャードの電話が日ごと切実さを増してくるので、そろそろ彼の次の出方を期待していた。「彼、書いているのよ、リチャード」とある日彼女はいった。

「スタジオでかい」とリチャードはいぶかしげにたずねた。

「スタジオでじゃないの、ここ、家で書いているの」

「本当に？」そして、沈黙。「ねえ、マディ、ちょっと大きな頼みごとがあるんだ。六月にこのホテルで盛大なパーティーがあるらしくてね。なにかの記念日とかいうことだ」また沈黙。

「どこかに泊めてもらうことになるかもしれない」再び沈黙。「経営者がまとまった金を集めようとしてるんだ……滞在客を追い出すことを見込んでね」

「大変ね、リチャード」と彼女はいいながら考えた。リチャードがここに住むっていうの？　あの気の変なハウスキーパーと一緒に……。そのときマディはチャンスだと感じた。

「ほんの少しのあいだでいい。もちろん、邪魔にはならないさ……」と、リチャードは威厳を保ちつつ静かにいった。

「リチャード」と彼女がさえぎった。「裏に部屋があるわ、狭いけれど。あなたが数日うちにいても私はかまわない。でもハウスキーパーがいるのよ……」

「ハウスキーパー？」

　自分が連れてきた子なのに……。いやだわ、「リチャード、覚えてないの？　ひと月くらい前に」

　やや沈黙があってから彼はいった。「ああ、思い出したよ」

「リュウに話してみるといいわ。今日の夕方か、都合のいい時に来てちょうだい。だってあなたは友だちですものね。ハウスキーパーより優先されていいはずよ」

「ずいぶん長いこと、リーは親友扱いしてくれてないな」そしてリチャードは最後につけ足した。「もしかしたら僕らはそれほど親しくなかったのかもしれない」マディにそんなことないわよ、といってもらいたくて問いかけの口調でいったのだが、答えがなかったので彼はすばやくつづけた。「夕方に行くよ」

　彼女がリチャードに何もいわなかったのは、二〇年前、一九歳の夫がニューヨークで詩人だった頃からの知り合いの彼でさえ街のみんなと同じようにリーと呼ぶことに違和感を覚えたからだった。

その夜、リチャードは強い酒を二杯はあおってきたような顔でやってきた。リュウリンが彼を牽制しながら、迎えるのを見て、マディは計画失敗だと思った。二人はしばらくぶりだった。「書いてるんだってね」とリチャードがいうとリュウリンはうわの空で返事した。リチャードは慎重で、しかも酔っていたので、特にその晩はリュウリンに自分の役も書いてくれてるかと聞けなかった。こわかったのだ。希望のない人間によくあることだが、最近の彼は必ず失敗するはずの唯一の希望に全てをかけていた。失敗するにもかかわらず希望を抱くのではなく、必ず失敗する希望だった。彼は失敗するためにロスアンジェルスに来た。ロスの方が簡単に失敗できると踏んだからだ。「マディは僕が来た理由を話してくれたかな?」彼はすぐ本題に入らなければならなかった。

「そのほうが簡単だからだろう」とリュウリンがいった。

リチャードはマディに目くばせして間に入ってもらった。

「リチャードはホテルから追い出されそうで心配しているの。しばらく裏部屋を貸してあげたらどうかしら」

リチャードは手短に説明した。「六月にホテルで何かあるんだ。記念祭かなにか」

リュウリンはうなずいた。「二〇周年記念さ」と彼はいった。

「二〇周年記念？」

二〇年前、詩を引用した男が撃たれた。

「裏部屋はふさがっているよ」とリュウリンはいった。

「らしいね」と答えつつリチャードはリュウだけでなくマディにも聞こえるようにいった。「友だちは、ハウスキーパーより優先されていいはずだろう」

リュウリンは居間の隅のイスに座っていた。じゅうたんの血の跡のすぐそばだった。彼は目をこすり、気のない返事をした。「そうだな。まあちょっと待て。まだ追い出されてないんだろう。アイリーンのパーティーでいい話があるかもしれない。いろいろ当ってみよう」彼はぼんやり手をふった。マディは気でもふれたのかしらと思って見ていた。「アイリーンがパーティーを開くですって？」と彼女は尋ねた。アイリーンがしつこく電話してくる様子では、二人はしばらく話していないようだ。それなのに知っているはずはなかった。

「くだらないアカデミー賞か何かのパーティーだよ」と、彼はまた手をふった。

「私も行くの？」

「もちろんさ。君とキャサリンと僕と三人でね」とリュウリンが答えた。

彼女は狂人を見るように彼を見つめ、やっと今聞いたことを繰り返した。「あなたと私と……ハウスキーパーですって？」

「君に話したはずなんだけどなあ」と彼はまた目をこすりながらいった。リチャードはすっかり当惑していた。マディは夫をにらみつけたが信じがたい怒りで頭が煮えくりかえり、言葉も出なかった。彼女はゆっくり階段を振り返った。それから二人の男に視線を戻し、キッチンを見た。いうこと、すること、行く所、何も思いつかなかった。

リチャードは彼女がキッチンに歩いていくのを見ていた。彼はまだ当惑しながら、「パーティーなんて行きたくないな」と、一人言のように彼女の後ろでつぶやいた。

「この街のパーティーはうんざりだ。いい訳が必要な連中にも会いたくない。ここはいけすかない人間の集まるいけすかない場所だよ。アイリーン・レイダーや他の連中みんなそうさ。僕のマネージャー。君のプロデューサー。あのいやなクロウ。ニューヨークの人間の方が好きだな」

リュウリンはリチャードを見た。一瞬正気に返ったようだった。そして息をひそめていった。「君のマネージャーはニューヨーク出身だろう。ぼくのプロデューサーもニューヨーク出身だ。ラリー・クロウはニュージャージーの出だよ。この街全体が他の場所から来た人間の集まりなのに、みんなここに来るとまわりの人間を見てここはひどいっていうんだ」彼はため息をついた。「なぜここにいるんだい、リチャード?」リチャードは浮かない顔でリュウリンを見かえした。「ここ」というのがロスアンジェルスなのか、彼の家なのか? ともかくあまり歓迎されていないらしかった。彼がそれなりに善処しようと考えていると、キッチンが急に騒がしくなった。マディの声と感情的になったハウスキーパーの理解不可能な言葉だった。

マディが戻ってきた。さっきは声にも出なかった怒りを口にできるようになっていた。彼女は両手で小さな白い猫をもっていた。キッチンの戸口でキャサリンが後ろからつかみかかったが、マディはくるっとふりむくと手をうまくのばして娘の顔に一発くらわせた。キャサリンは後ろによろけて壁にぶつかった。リュウリンはイスから飛び上がって妻に襲いかかりそうな彼女の手首をつかんだ。

マディがいった。「あの子はこのペットをずっと飼っていたのよ。最初に来た日からいつもミルクをくれっていってたけど、このペットのためだったのね。部屋に隠していたなんて」

「マディ」とリュウリンがいった。

「あなたがあの娘を連れてきた時から隠してたはずだわ」マディはリチャードも責め

た。

「たかが猫じゃないか」とリュウリンはいった。キャサリンは彼の手から逃れたくてもがいていた。リュウリンはキャサリンを彼女の部屋まで強引に引っぱっていった。キャサリンは彼が理解できない文句を叫んでいた。彼は彼女を部屋に押し込み、顔を見ないで黒髪の背景ばかり見つめていた。彼は彼女をベッドに押し込み、ドアの鍵をかけ、閉じ込めた。向こう側で彼女がドアをドンドンたたいていた。

居間にいたマディは、感情を猫にぶつけてしまったのをバカらしく思いながらもその感情の波を抑える気はなかった。彼女は子猫をリチャードに渡して厳しくいった。

「あなたが持ってきたんですからね」彼はそれを幼い子どものように受け取ってうめいた。

彼女は夫がもどる前に説明しようとした。「リチャード、猫と一緒に、彼女も追い払えないかしら」そういってもリチャードは期待したほど反応しなかった。もう寝る場所はどうでもいいようだった。彼女は電話でタクシーを呼び、財布をとってリチャードに金を渡した。「猫を連れていって」と彼女。リチャードは肩ごしにリュウを見た。彼はポケットに手を入れたままキッチンの入口に立って居間の床の血の跡を見ていた。

キャサリンは部屋のドアに体当たりしてドンドンたたいた。爪ではがれたペンキの破片が卵の殻のように床に落ちた。彼女はとうとう膝から崩折れてドアの下で眠ってしまった。彼女は彼をののしった。弱虫、私の顔をまともに見る男たちの方があんたよりましだわ。彼の存在と彼女の顔が互いに相容れないということは、それだけ彼女にとっては二人が共犯者だという確証だった。小さな白くて柔らかい友だちがいないと、彼女の生活はますますちっぽけでからっぽになった。彼女はすすり泣きとともに眠り、夢をみた。彼女は明るい月夜に浜辺を歩いていた。地平線上の、未知の、しかし、かすかに記憶にある街だった。彼女のむきだしの腕に血はついていなかったが手には他の夢や、意識の中の場所でも手にしていたいつもの感触があった。月明かりの下で誰かが砂浜の上にひざまずいていた。

その晩、リュウリンとマディは何も話さなかった。リュウリンは寝室のかわりに書斎へ入った。次の朝マディはタイプの絶えまない音で目が覚めた。しばらく静まり返ったかと思うと、またひとしきり激しい音が聞こえる状態が一日中続いた。マディはジェーンに学校へ行く服を着せた。ジェーンはキッチンのテーブルで朝食を済ませてからキャサリンの部屋でドンドンいう音を耳にした。「あれはキャサリンなの?」と子どもは尋ねた。マディがジェーンを学校まで送り、帰ってくると、音はやんでいたがドアは閉ざされたままだった。マディは開けるのが恐ろしかった。リュウリンは書斎に引き籠ったきりで、その夜マディがベッドに入っても相変わらずだった。夜中、キャサリンがまた騒ぎ始めたので起きてしまった。マディは枕をかぶった。次の日も同じ調子だった。二日めの夜、彼女は屈辱をこらえて書斎のドアをノックした。しばらくして、ドアがすべるように開くと、ゆるんだあごに不精ひげ、ボサボサの髪、口もとによだれを光らせた男が立っていた。目にはほとんど生気がなかった。彼は彼女が目に入らないようだったが、何だいと静かに話しかけた。

彼女はあとずさりした。気をとりなおしてから我慢できないのといった。何?と彼が聞くのでマディはいった。彼女だっておなかがすくわ、二日二晩もたてばトイレだって使いたいはずでしょう。

食べ物はやったよ。彼女の世話ならしてるさ、と彼はいった。

警察に電話しますからね、と彼女は勇気をだしていってみた。

「それはよくないな」と彼は首をふった。「厄介なだけだよ。あの子は不法移民だからね。連れ帰されるだけさ」

「わかったわ、連れ帰されるのね」とマディがいった。

「奴隷がどういうものだか知っているだろう、マディ？　誰かを所有して、無償で好きなように扱えるんだ、部屋に閉じ込めて……」

あなたがあの子を閉じ込めた！　マディはヒステリックに叫び、自制心を失った。彼女は手で顔をおおった。だが滑るように閉じるドアの音で顔をあげ、ドアごしにいった。「あなたとパーティーには行きませんからね」返事はない。彼女は続けた。「あのカメラマンやほかの男たちにあの子を斡旋しているんでしょう」ドアの向こうではタイプの音が始まった。彼女はふりかえって階段の上に立っているジェーンを見た。

「僕はあの子を斡旋なんてしていないよ」とリュウリンが叫んだ。もう彼女は聞く耳を持たなかった。僕はあの子を斡旋なんかしていない、とリュウリンは自分にいいきかせた。金なんてとってないからな。彼女を抱く気になれない男なら、彼女をかわりに愛撫してくれそうな男たちに提供して、のぞくだろうさ。僕の場合は彼女を見る気にもなれない僕のかわりに彼女を見てくれそうな男たちに彼女を提供しているんだ。僕は、のぞきの一種だけれど斡旋人ではない。彼女を見るやつらをのぞくだけだ。二つのちがいはこうだ。斡旋人は利益のため、のぞきは情熱だ。

一週間後の夜、彼は鍵を開け、彼女の腕を引っぱって外に出た。不気味なほど静かな家に人の物音だけが響いた。正面玄関を出るとき、キャサリンはマディが二階からリュウリンを呼ぶのを耳にした。彼はキャサリンを車に乗せて出発した。彼は一言も話しかけなかった。キャサリンにとってアメリカの奥深くへ進むのは初めてだった。ラ・ブレア大通りを抜けてハリウッドヒルへ向かった。一〇分後、二人はアイリーン・レイダーの家に到着した。パーティーもたけなわだった。

瀟洒な家だった。居間はガラスと光の領分だった。中央のガラステーブルの巨大なロウソクは火山のようだった。部屋にはアンティークのオルゴールの音が流れ、ジャマイカの女優たち、ドイツのモデルたち、オーストリアの歌姫たち、朝刊でポスト・ゲーリー・クーパーと騒がれたオーストラリアの俳優たちがあふれていた。シカゴやポートランド、セントルイスから来た娘たちもいて、シルクのブラウスから青い乳首の小さな胸を見せてアピールしていた。キャサリンが会ったことがあるのはバーにいるラリー・クロウだけだった。リチャードは来ていなかった。パーティーには俳優、編集者、作家たちが集まり、会話が入り乱れる中を、提携プロデューサーたちが必死にあいさつに回っていた。リュウリンはキャサリンの腕をしっかりつかんで、何かに急かされるように歩いたので、戸口にたどり着く頃にはすっかり息を切らしていた。彼は一人ひとり眺めまわし、キャサリンは燃える瞳でリュウリンの頭を後ろから見ていた。

そして彼女はみんなが自分を見ていることに気づいた。

部屋は静まりかえってこそいなかったが会話はとぎれ、フェードアウトする笑い声とグラスの音だけが聞こえた。部屋には彼女を中心に引力が働き、視線は彼女に集中していた。彼女の瞳や口、髪、顔に美しさが脈打っていた。何やら変なムードが漂い、男も女も彼女を見つめていた。ちょうどコーバが川辺の町のギャンブラーたちに彼女を見せたときのようだった。彼女の目にはリュウリンが全ての男だった。船乗りにして長官にして、教授であるような男。自らは彼女を見まいとし、彼女を他人の目にさらす、手の込んだレイプで目立っていた。

彼は向こうのバーまで彼女を引っぱっていった。「やあ、リー」と人びとはぎこちなく声をかけた。彼は返事しなかった。部屋はすぐにもとの落ち着きを取り戻した。リュウリンがバーに立って、キャサリンをしっかりつかみながら二杯めを飲んでいたとき、アイリーンがふわっとしたブルーのドレスをなびかせてやってきた。アイリーンはキャサリンの明るい茶色の服と裸足に目をやった。こんにちは、と彼女はキャサリンに声をかけた。キャサリンは彼女の唇が動くのを見ていた。こんにちは、リー、と彼女はリュウリンに向き直った。「いかが?」とアイリーン。「順調さ」とリュウリン。

「マディは元気?」

「この子はキャサリンだ」

「この頃仕事してるって聞いたけど」

「ああ、やってるよ」そこで沈黙。アイリーンはいった。「リー、後で話しましょうね、いいこと?」

リュウリンは三杯めを飲んでいた。バーの前に立ち、キャサリンをしっかりつかんだ手を離さなかった。彼女がもがいて引っぱると、彼はますます強く握りしめ、それを隠そうともしなかった。彼女はあたりを見回していた。彼の顔と目つきは、あいかわらず狂っていた。人びとは、そっと挨拶しながら彼の前を通り過ぎていった。みんなは「夜の陰」シリーズを誉めてくれたが、そんなことはどうでもよかった。彼はただみんなに彼女の顔を見て欲しかったのだ。誰もが彼女の顔を見た。

彼は話しかけてくる声の方を向いた。ラリー・クロウだった。カメラマンはリュウリンの後ろのキャサリンを見た。「調子はどう、リー？　熱心に仕事しているって聞いたけど」リュウリンは無視した。「君をつかまえようとしていたんだ。電話をしても鳴りっ放しか奥さんが出るだけだから。奥さん、気分がすぐれないようだったよ」彼はまたキャサリンを見て、機関銃のように笑いだした。

「何だよ」とリュウリンが尋ねた。

クロウはコートの内ポケットから折りたたんだ紙を取りだした。「いい知らせがあるんだよ、リー」彼はリュウリンにその紙を渡した。雑誌のモデル契約書だった。リュウリンはその紙を返した。「この間の写真にみんな夢中なんだ、覚えているかい？　キッチンで、君のかわいいレディがシーツにくるまってるやつ」

「その話はなしだ」とリュウリンがいった。

「契約書にサインしろよ」クロウはグラスの氷をまわしながら陽気にいった。「みんなでうまくやろうぜ。俺も儲かる、そこのお友達も儲かる。とくに君にはうまい話だ。だっていわば女の……掘りだし人だからね。彼女の財政管理とか、そういうことをしてさ」

「オレはポン引きじゃない」とリュウリンがいった。

クロウは軽い態度からうってかわっていらいらしだした。「すごい見開きなんだ。いうなれば美術的アプローチだよ」といってキャサリンとリュウリンの顔を交互に見る。「君がここへ入ってきたとき、みんなの様子に気づいたろう？ 熟れ頃の派手なギャルが二ダースもいるっていうのに、ただの裸足でスリフチマートの服を着たインディアン娘が光をすべて奪っちまったんだ」それから彼は声をひそめた。「ハリスたちは明日、彼女と契約するよ。まちがいない」

「俺の名はリーじゃない」

「えっ？」

「おいで」とリュウリンはキャサリンに、いや彼女を越えた何かに声をかけた。彼は彼女を連れ出そうとした。

「おい、気は確かか」クロウは怒っていったが短く笑って気を静めようとした。「リーだろうとなんだろうと」クロウはまた笑った。「俺はこの名声をものにしたいんだ。このレイアウトがほしい。この娘の写真を何百枚、何千枚も撮りたい。骨を折る価値はあるよ。この娘はそこいらのハリウッドのくずとはちがう、それはお互いわかっているはずだ」といって彼はキャサリンを指さした。「これを見ろよ」そして彼女の瞳や唇をさした。

「おいで」とリュウリンはキャサリンにいった。

「で、チキータのグリーンカードは、リー？」クロウは怒っていった。彼はあたりを見回してまた声をひそめた。「どういうつもりなんだ」彼はリュウリンのすぐそばに顔を近づけてうなるようにいった。「ここでおまえの鼻をへし折りたくはないんだけれどな、リー。この娘は不法移民だろ、俺も卑怯にでたっていいんだぜ。彼女を雇っているのかい、それともナニかい？　だんだん俺はナニの方なんじゃないかって気がしてきたぜ。ベッドシーツにくるまった彼女が走りまわってたりして」

それを聞いたリュウリンは機敏に行動した。クロウの方を向き、彼のコートを開き、ポケットから証書を取りだした。彼はグラスを置いてクロウの別のポケットからペンを取り、カウンターの上でモデル契約書にサインした。彼はペンをポケットに戻し、コートを開け、証書を返し、深いため息とともにクロウの顔をのぞきこんだ。リュウリンの右から見えるクロウの左の口角の上には、小さい窪みがあった。リュウリンはクロウの口角の上のその点から目を離さず距離をとり、そのターゲットめがけて拳を発射した。砕ける音がして、クロウはふっ飛んで火山のようなロウソクに突入した。ロウソクはこんなシーンにぴったりの位置にあった。

リュウリンはこのきびきびした行動の間にもう一つのことをしていた。彼はキャサリンをつかむ手を離してしまった。

居間は一瞬シンと静まりかえった。光影が縞模様をつくる背景の中でアンティークのオルゴールが巻かれて低いうなり声をたてていた。部屋の隅にいた女性はバランスをくずしてよろめいたまま硬直していた。全員が表情を失い、あたりはこの爆発でもやがかかっていた。ロウソクはバレエのように舞い上がり、水晶とガラスとロウが天井から滝のように落ちてきた。テーブルは粉微塵だった。ロウは空中で冷えて固まり、フレーク状になって床に降ってきた。クロウはゆっくりのたうちまわりながら床を歩いた。しばらくクスクス笑っていたシルクのブラウスのポートランドの女優が急に笑いやんで、信じられないという顔つきになった。彼女はシルクのブラウスの胸が汚れて赤い楕円のまだらになっているのを見つめていた。そのあとなにかが解き放たれ、部屋のまん中から険悪な怒りを表すうなり声が爆発したかと思うと、五人の男がリュウリンの頭と両手足を押さえつけていた。

ガラスとロウの土砂降りとうなり声の中でキャサリンは部屋を横切って階段を登り、外に出た。まるで矢の嵐とジャングルと熱の中を駆け抜けていくようだった。

マディの皮肉の底にはいつも皮肉屋につきものの敗北感が漂っていたものの、自分の結婚の惨めな失敗を認める心づもりはできていなかった。それは何の兆しもなく、戸惑うしかなかった。前もって気づいていたら敗北の弁明もできたのだが。その夜リユウリンがキャサリンを連れて玄関から出ていった時、マディはまた二階のベッドに腰かけ、両手を膝におき、窓の外を見ながら思いあぐんでいた。彼女は押し入れからスーツケースを取り出し、ベッドの上でパッキングをはじめた。そしてジェーンの部屋も整理しかけ、彼女のシナリオはお気に入りのオモチャを一つ二つ子どもに抱きかかえさせるところまできたが、彼女はふと手を止めて、お芝居はやめようと思った。

彼女はぼんやり考えていた、リュウリンの書斎へ行って進行中の原稿を盗み読んでみよう。だが、あえてタブーを犯すこともないと、ジェーンをベッドに戻して自分も横になった。そして何度も寝返りをうちながら、こんな夜に眠れるわけないじゃない、と思っていたので、朝の三時ごろ目がさめたときはショックだった。やはり眠っていたのだろう。どうやって入ってきたのか、となりで夫が酔いつぶれていて、びっくりした。彼は酒くさかった。しかも、青あざと切り傷があるようだった。キャサリンに傷つけられたのかしら、ええ、どうせそういうことになるのよ、と思った。ハウスキーパーの部屋は静かだった。

今ならタブーも許されるような気がした。マディはベッドから出てガウンをまとうと書斎に入った。ドアをそっと開け、タイプライターと黄色い紙が何枚か置いてある机に近づき、小さな卓上ランプをつけた。家の中は静まりかえっていた。彼女は夫が書きかけの原稿をしまっておくフォルダーを開いた。彼女はシナリオのかわりに五、六〇もの詩の小編を見つけた。それを五、六編も読むうちに全部同じテーマで書かれていることがわかった、テーマは彼女であることは明白だった、夜の色をした紙が猛り狂い、唇は血の色だった。彼女の瞳は、盲人特有の底なしの不透明な深さを呈し、彼方で白い空と海が溶けあった色のようだ、と彼は表現していた。それらの詩編は、自分の顔を知らない者が持つ顔のイメージと、それをはじめて知覚し、人生を真っ二つに裂かれてしまった男についての詩編だった。彼女はフォルダーを閉じて卓上ランプを消し、思った。自分が驚いているのが恐い。

その朝、マディはベッドに横たわり、絶望で呆然としていた。そのあいだに電話が何度も鳴り、切れるのを聞いた。九時半ごろリュウリンのベッドを見ると空になっていてまた電話が鳴っていた。階段口へ行くとジェーンがオモチャで遊んでいて、どうしたの、とでもいうように母親を見上げた。階段を下りたところでリュウを見つけた。書斎にいるのかと思ったのに居間に座って相変わらずじゅうたんについた血の跡を見つめていた。電話がまだ鳴っていたのでマディは受話器をとった。アイリーン・レイダーからだった。むこうはマディが声も出さないうちにとうとうとまくしたててきた。とても冷たい口調だった。「ねえマディ、夕べのようなことがあっても警察に連絡しなかったんだから、リーに感謝してもらわなくてはね。昨日の客で連絡しそうな人もいるけれど、ラリー・クロウが黙っているのは不思議だわ、リュウに弱みでも握られているのかしら。あなたの家庭で何があろうと私は構わないけれど、リーの仕事に影響が出るのは困るのよ。リーが正気にかえったら、話があるの。もしまだキャリアに未練があるなら早いほうがいいわ」

「警察って?」とマディは尋ねたがアイリーンは電話を切ってしまった。

マディは居間へ行って夫を見た。「リュウ、二人で話し合いましょう」と彼女は静かにいった。

「詩を考えているんだ」と彼は小声で言った。「最後の詩ではない。最後のその後に来る詩なんだ。必死で探している。だんだん近づいてきた。行き着けばそこはもう戻るに戻れなくなるのはわかっている。そのために家を失おうと、家族をなくそうと、一切を捨てても構わない。この詩を見つけるんだ」

「リュウ、この機会を逃したら、私たち、もうおしまいよ」

彼はうなずいた。そしてイスから立ち上がった。彼女に歩み寄って通り過ぎ、玄関から出て行った。彼女は彼が座っていたイスに歩み寄り腰かけた。じゅうたんについた血を見入っている間、階段の上の娘が二度も呼びかけた。電話が鳴りだしてマディは顔を上げ、キッチンの方を見ながら、異様な静けさに驚いた。ゆっくり、おずおずと、彼女は奥の方へ入ると、キャサリンの部屋のドアが開いていた。そこには誰もいなかった。

リュウリンはラ・ブレアを抜けてハリウッドヒルズを運転していた。前の晩にキャサリンを乗せて通った道だった。それから車をフランクリンに戻した。彼はキャサリンの姿を懸命に追っていた。大通りや横道を行き来して、何時間も彼女を空しく捜し回ったあげく、家に帰った。何かが変だった。よくわからなかったが、家に何か変化があったことは確かだった。車を降りて少し歩きながら、彼は白く縁どられた赤レンガの玄関に立ち、ドアと二階の二つの窓を見た。そして片方の窓の位置が違っているのに気づいた。いつもの場所より少なくとも一、二メートルは高かった。彼はあわてふためき、家に入り、ドアをバタンと閉め、階段を駆けのぼった。寝室に入ろうとしたが、いつもの場所から、ドア一つ分は下にずれていた。マディはベッドに座って両手を膝においていた。彼女は待ちわびていたように彼を見上げた。彼はいった。いったいここはどうなっているんだ？

その翌週もリュウリンは毎朝家を出た。キャサリンを探し、ラ・ブレアを抜け、ヒルズを走り、フランクリンに戻った。彼は全ての横道と大通りを点検し続けた。彼がもどって来ると家では毎日何らかの変化があった。マディとジェーンはいつも自分の部屋にいたが、その場所が違っていた。電話はいつも鳴っていた。彼はことの次第に首を振り、イライラがつのった。リュウリンが書斎に行くとそこはいつの間にかキャサリンの部屋になっていた。隅にベッドがあり、壁はむきだしで、洗面台にはピンクのガラスの破片が散っていた。彼が廊下に出ると、ちょうど電話が鳴りやみ、彼は大きな声で叫んだ。「もうたくさんだ。マデライン？　ジェーン？」返事はなかった。数分たつと電話がまた鳴りだした。

彼は戻るに戻れなくなる地点の詩にじわじわ近づいていると感じていた。書斎さえ見つかれば書ける、もうすぐそこまできている、と彼は思った。電話の音がひどく邪魔だった。受話器をとってスタジオの誰かからだった時はすぐ切った。アイリーンだった時も切ってしまった。リチャードからの電話を受けたとき、彼はいつもの調子でいった。「朗報だぜ。ホテルから追い出されなくてすむぞ。暗殺記念日に満員になるわきゃないだろう。一切合切ちょうどいままで通りに運びそうだ」勝ち誇ったようにうそぶく彼の声の底には絶望的な恐怖が響いていた。リュウリンは電話を切った。リチャードめ、のぼせやがってと彼はつぶやいた。

挙げ句のはてに、午後に帰宅したリュウリンは玄関のドアがいつもの位置からたっぷり一、二メートルはズレているのを発見した。子どもの頃の記憶に刻印されたドアは二階の二つの窓のまん中に行儀よくついていたので、リュウリンはもう我慢できなくなった。中に入るとマディは階段の下にいた。彼女は手すりにつかまり、ブルブルふるえていた。彼女も正気じゃないんだろう、と彼は憂鬱に呟いた。彼は意を決して乱れたものの整頓を始めた。「アイリーンに電話しないといけないわ」と彼女はむせながらいった。「緊急よ、あなたに今晩電話してほしいのですって」リュウリンは目を高い所や低い所に飛ばし、やっと暖炉の上に電話を見つけ、地元の建設会社に電話をかけた。

マディは二階へ行き、数時間たって下りて来てみると、家の正面の壁の一部が瓦礫になって芝生に散らばっていた。大工が数人で仕事していた。いったい……何が始まったの？　と彼女は夫に尋ねた。夫は腕を組んで大工の仕事を監督しながら立っていた。彼は冷ややかに答えた。「俺はドアをもとの位置にもどしているんだ」彼女は彼を見つめ、家に開いた巨大な穴を見やり、仕事中の大工たちを見てからまた二階に行った。彼女は押し入れからスーツケースを出し、ベッドの上でパッキングを始めた。彼女はジェーンの部屋に入って子どもを抱きよせ、お気に入りのオモチャを一つ二つ持たせた。彼女はスーツケースと子どもとオモチャを階段の下に運び、夫と大工たちの間を通って、それらを車に乗せ、家を出て行った。

ある四月の夜、ロスアンジェルス警察のハリウッド課はハンコックパークに住む街の公益事業長官から連絡を受けた。寝室の窓の外から野性的な黒髪の娘が彼をのぞいていたというのだ。もしこの一件がハンコックパーク以外だったり、街の公益事業長官の連絡でなかったら、ロス市警は取り合わなかっただろう。ともかく、パトカーが一台付近を一〇分間巡回した。パトロールの警官たちはあたりは平静で異常なし、と報告した。それから二日後の夜、ハンコックパークの別の住民から似たような報告があり、その次の夜には、黒髪の娘が誰かの家の窓からのぞいているという報告が二件あった。次いで入った報告によれば、娘は無地のドレスを着、裸足だという。そして、夜にだけ姿を見せる。五月上旬までに、ロス市警ハリウッド課は同じ地区で八件の同様の報告を受け、六台のパトカーが通りをくまなく当ったが、ハンコックパークの住人たちは用心に越したことはないと思っていた。

ハンコックパーク調査を指揮する警部補はR・O・ロウリーという名前だった。勤続二二年のそびえ立つ黒い山のような大男だった。五月半ばには、市当局で特にハンコックパークの住人、またはハンコックパークでの選挙権をもつ人びとが、調査の進展、正確にいえば調査がはかばかしくないことについてロウリー警部補に文句をいった。ロウリーにとっては全てバカバカしかった。五分ごとにだれかが暴行されたり殺されているこの街でこんなアホの子守りをするなんて、と彼は思った。幸か不幸か彼はこの件に個人的にかかわる必要がある、と悟ってますます憤慨した。そう実感したのは、問題の娘がのぞいていた窓に石を投げつけたあの晩だった。ロウリーはオフィスを出ると、ピラミッドに記されたものを解読するように街の地図を見ている部下たちに出くわした。「ここいらを当ってくれ、君たち」と彼は地図の上を指でなぞり、「彼女はロスモアから四番通りを上っていたらしい。アーデン大通り、ルツェルン大通り、プリマス大通り、まったく、彼女は衛星報告でも送ってるつもりかね」部下たちも彼と同様、むかついているようだった。ロウリーは机のへりによりかかって静かに告げた。「君たちは優秀な警官だ。ハンコックパークの市民を守る義務はよくわかっていると思う。高額所得者層でいようと勤勉に働いて、君たちの給料になる税金を誤魔化している人びとだからね。今夜はそこに八部隊出すつもりだ。娘に関する報告を受けたら、ぬかりなく出動してほしい。サイレン、ライト、タイヤのキーッという音、何でも使え。ＦＢＩの特殊攻撃隊以外は全てだ。早いとこ決着をつけて、社会のまともな犯罪要素にとりかかろう。五〇歳の娼婦だとか、髪の毛をとんがらせている一〇代のツッパリとかな」彼が商売道具とコートを取りにオフィスへもどると、その巨体でふさがれていた部屋に陽が差した。

ロウリーは相棒の巡査と車でウィルコックスをウィルシャーカントリークラブへ走り、それからローズウッドを東にロスモアと四番通りへ向かった。そしてアーデン大通り、ルツェルン大通り、プリマス大通り、を走りながらロウリーは思った、こんなくそ狭い道が大通りと呼ばれているのは、ハンコックパークだけだな。彼らは区域を三時間もパトロールしていたが無線には一度も報告が入らなかった。午前二時半、警部補はついに、野蛮な破壊活動の的になった家の外に一部隊置き、もう一部隊を徹夜勤務に残してひきあげる決心をした。その晩は後も静かだった。次の晩、ロウリーは再びパトロールに出たが、また静かだった。

彼はハンコックパークの事件も自然の成り行きに過ぎなかった、と思いかけたが翌晩また連絡が入った。ロウリーと相棒の巡査は車でウィンザーとロレーヌ（もちろん両方とも大通りだ）の間の五番街に向かった。そこで少女が目撃されたのだ。窓からのぞいていたのではなく、草の上をすべっていたという。「すべっていた」というのは電話してきた者のセリフで、連絡を受けた警官もそのまま伝えた。ロウリーはうんざりして、無線に冷たく応答した。「つまり、彼女はローラースケートをはいていたわけだな」彼は一人でぶつぶついった。「次は彼女に聖痕があるとか言ってくるんじゃないか」そのとき五番街とロレーヌ通りの間に到着し、車のライトが海原のような芝生に揺れ、囲いのレンガにあたって、彼も彼女の姿を見た。

いや、見たと思った。ハンドルを握っていた巡査も同じだった。「あの女です。警部補！」彼はそういって車を止めた。ヘッドライトが宙を照らしたが、人の姿はなかった。彼女の瞳と見まちがえたものは茂みでブンブン飛び回る大きい火のような昆虫で、彼女の口かと思ったのは動物の死骸の赤い傷口だった。彼女の顔の輪郭と見えたのは枝のたわみにすぎなかった。彼女の髪だと思ったのは月のない夜の一部だった。「失礼しました。なにか見えた気がしたのです」と相棒がおとなしくいった。ロウリーは自分もそんな気がしたとはいわなかった。「よし、見まわってみよう」と彼はいって二人で車を降りた。一時間後、車で帰路のロスモア街を走っていると、娘がツゲの木の上にいたという連絡を受けた。ロウリーは手を伸ばして無線を切った。

ガラスとロウとうなり声が滝のように降りしきる中、キャサリンは部屋を横切り、階段を上って玄関の外に出た。熱と矢の嵐のジャングルを抜けるようだった。彼女はアイリーン・レイダーの家をあとにし、丘を下った。暗闇の中で海から白馬の大群のように霧が押しよせてくるのが見えた。霧の白馬たちは、その背からフードをかぶった騎手たちのようにそそりたつ霧の塔を根元で切り離そうとするように、街の中央の道を踏み荒らしながら走っていった。街の黒い石でできた川は絶望的に枯れ果てて、アメリカを残りの平野に縫いつけていた。彼女は丘のふもとに着くと、東へ向かった。そして光の小川を渡って南へ歩いた。そのうち彼女は祭りの跡に行きあたった。誰もいない移動遊園地の乗り物がシルエットになって浮かんでいた。彼女はテントに入って眠り、遠くで白馬の群れがクーンと鳴くのを聞いた。

彼女は一週間近くテントで寝泊まりし、毎日危険を冒して他人の家の木から果物をもぎとった。ときどき、木の持ち主がコソ泥を見かけて家から飛びだしたが姿はなく、裏口に立ちつくして気のせいだったかと納得するのだった。ついに彼女は、最後の妥当な行為としてアメリカの国境にもどることにした。真夜中に彼女は、ハンコックパークの草原の端へ行った。それから霧の壁に沿って歩き、広い所に出た。谷間には巨大な邸宅が物憂げに見えた。彼女は谷を下り、坂を上り、再び谷を下った。頭の上に浮いているバルコニーは船のようで、彼女は湖の底からそれを見上げている気がした。芝生は青く、冷ややかだった。あたりにはワインと時計のにおいが漂っていた。その頃、彼女は誰も知らない迷路の何処かで眠った。

彼女は彼の家を探していた。彼にも最後のカタをつけるためだった。彼女はハンコックパークの草原をあちこち歩き回りながら呟いた。彼を見つけるのなんて時間の問題だわ。邸宅の窓の中では、人びとがオルゴールのマンガの主人公たちのように踊っていた。何度か彼女は窓をのぞきこんでは、見つかった。彼女はあてもなく彼の家を探しつづけた。一度、これだ、と思う家を見つけた。白いふちどりがある赤レンガの家だったが全く違っていた。窓もドアも位置がズレていた。彼女は探しつづけ、だんだん前に通り過ぎた家がわかるようになってきた。そして一〇日後くらいに赤レンガの家に戻ったとき、ますます様子が変わっていた。彼女はそれぞれの家の顔は常に変化しているのだと気づいた。誰もが自分の顔を知っているここアメリカでは人びとに与えられたカメレオンのような特性は、家の顔にも与えられていたのだ。彼女は呟いた。アメリカを出る前に、私の裏切りの顔を運命の顔に取り換えておこう。ところが、ある晩、別の家の窓に映る自分の顔を見て、どちらの顔も同じだと悟った。そのとき石を投げて割ったのがあの窓だった。ついでに映った顔、心の平和、地方警察の忍耐など全てを粉砕したものの、彼女の虚しさだけは残った。

そして彼女は夢を見た。彼女は月夜に浜辺を歩いていた。何処となく奇妙な街では地面が寸断されていた。どうやら両手にナイフを握っているらしい。コーバが船で果物をむくのに使ったナイフだった。リュウリンが波打際にひざまずいていた。近づいて行っても彼は彼女を見ようとしなかった。彼女が彼の目の前に立っても、彼は相変わらず彼女を気にも留めなかった。もし彼が顔を上げて彼女を見たら、成り行きはガラリと変わっただろう。彼は顔をそらしていたおかげで助かったのだ。彼女は呟いた。あなたのそっぽを向いた顔は、私を見たどの顔よりいやらしいのよ。そっぽを向いた顔は、結局私をものにできない諦めなのよ。何かを救えるという思い上がり、自分を決して裏切っていないという信仰だわ。私は金輪際、アメリカの夢が不滅だなんてふりをさせてあげない。私のナイフは月の光に鳴り響くわ。

彼女は彼の頭が宙を飛ぶのを見ていた。そのとき船が漂ってきて、甲板から男が見ているのに気づいた。彼はどことなく、彼女の足元に倒れている男に似ていた。彼女は目覚めの境で呟いた。私の人生には、船乗りばかり出てくるのね。

彼女は夜のハンコックの草原を二カ月もさまよった。アメリカを出ようと決心した夕方、目覚めた彼女は赤い空に何千もの肉厚のクモがうごめいているのを見た。クモたちは地平線から地平線にかけて銀色の糸を吐き、クモの巣は痛みにふるえていた。そんな奇妙な空の下、彼女は草原をあとにし、国境めざして東へ歩きだした。彼女はウェスタン大通りを横切ってすぐ、空に渦巻く地図にアンバサダーホテルと描いてある所に着いた。彼女はそこでリチャードに会った朝を思い出した。その晩、ホテルはふだんよりずっと賑わっており、せわしなかった。北側の壁にはリムジーンがズラッと並び、ロビーの近くは、白い穴のようなテレビ局のライトとカメラ、立入禁止を示す黄色《クロムイエロー》と黒でいっぱいだった。客たちはホテルの対応に右往左往し、ガードマンが走り回っていた。キャサリンは通りとホテルをつなぐ長い道を上り、決然と人ごみを抜けて、前に通ったドアの向こうへ入っていった。

彼女は人込みにまぎれてチケット・エージェンシー、床屋、ブティック、郵便局、レンタル・サーヴィスや雑誌のスタンドなどがあるアーケードを通り、端の階段を上ってロビーに出た。二つのエレベーター、レストラン、ラウンジが噴水を囲み、その上にシャンデリアがこうこうと輝いていた。フロントはチェックインする人で混雑し、あわただしかった。左手がくぼんでダンス・ホールになっていた。ダンス・ホールには踊っている人影もなく、どんよりした闇にロウソクの明かりが傷のように光っていた。窓がない壁全体には天井からカーテンがぶらさがっていた。隅っこのバーは目立たなかった。キャサリンが入口に立っていると、人気はあまりないのに、何人も前を横切っていった。部屋が込んできても静かな顔が増えるだけで笑い声も話し声も聞こえなかった。みんな、極めて行儀がよかった。ロウソクは腐食のにおいを消すように絶えず燃やされていた。火が消えるとすぐつけ直すことに専念している制服の係がいるようだった。

キャサリンは入口からロビーに戻った。大勢の人が気づいて彼女を見ていた。フロントのマネージャーも気がついて、彼女がロビーを堂々と横切ってエレベーターの方に行くのを見た。マダム、と彼はついに声をかけた。ホテルの格式ばったお世辞だった。質素なワンピースを着た裸足のキャサリンはどう見てもマダムではなかった。彼女は独特の目つきで彼をにらみ返し、エレベーターに飛び乗った。ドアが滑るように閉まるあいだに彼が机の陰から出てくるのが見えた。彼女はドアの片側に埋め込まれたライトがいっぱいあるパネルを見つめていた。リチャードが彼女を部屋に連れていった日もそのライトは明滅していた。何回明滅してから止まってどの地図が光ったかを思い出そうとした。エレベーターには他にもカップルが乗っていて、彼らは反対側に体を動かした。キャサリンは三階で降りた。

彼女はリチャードのスイートルームがあったはずの場所へ行き、開いているドアを見つけた。中ではメイドがタオルをとりかえ、ベッドをひっくり返していた。彼女は肩ごしにキャサリンをにらんだ。すぐにここは探している部屋ではないと見てとった。彼女はエレベーターを待った。スーツ姿の男がいて、何とはなしに口笛を吹いていた。彼はしょっちゅうキャサリンに目を向けては口笛を止めた。彼は壁のボタンを何度も押していた。とうとう下行きのエレベーターが来て彼がいなくなると、キャサリンは彼がしたようにボタンを押した。からっぽのエレベーターが来たので乗り込んで、次に止まった階――六階で降りた。彼女はリチャードのスイートルームがあったはずの場所へ行って、ノックした。バスローブ姿の知らない男が出てきたので、あとずさりしてエレベーターにもどった。

彼女は一時間もエレベーターを上下して、あちこちのドアをノックした。ようやく階についた番号の意味がわかるようになり、それまでは止まれば飛び出していたのを、しらみつぶしに一階ずつ調べるようになった。ほとんど全部点検して、残るは四階だけになり、再びリチャードのスイートルームがあったはずの場所へ行った。そこでは赤ん坊の泣き声に似た音が聞こえた。ドアをノックしたが返事はない。もう一度ノックしたが、赤ん坊の泣き声のような音が聞こえてくるだけだった。彼女がドンドンたたく音で他の部屋の客が廊下に顔を出した。しばらくしてボーイが苦情の報告を調べに来た。彼が廊下に着くと、客たちはまだドアから顔をのぞかせていた。ボーイは戸惑っていた。彼はキャサリンに何かいった。キャサリンはドアのノブをつかんで揺さぶった。

ボーイはキャサリンを無理やり離そうかと思ったが、彼にも泣き声が聞こえてきた。彼女はボーイにつかまれた腕をふり払い、ドアを指さした。彼は廊下の客たちを見まわした。彼女は二〇分もこうして騒いでいるのよ、と老婦人がいった。ボーイはうなずいて、部屋の音を聞き、ため息をついた。そして鍵の輪から一つ取り出して鍵穴にさしこみ、ドアを開けた。

スイートルームの中は、リチャードの潔癖症を物語っていた。きちんとしていない唯一のものはリチャード本人で、下着のまま居間の床で寝ていた。空になったボトルがテーブルに置かれ、こぼれた酒の水溜りにグラスがひっくりかえっていた。ソファーの上に薬のビンがあった。キャサリンはボーイの後ろに立っていた。ボーイはリチャードに丁重に話しかけ、かがんで優しく体を揺すったが、冷たいのに驚いて飛び上がった。なんてことだ、と彼はいった。

彼は部屋から逃げ出そうとして彼女を踏み倒しそうになった。キャサリンは死体をじっと見つめていた。赤ん坊のような声が別の部屋から聞こえたので、彼女はリチャードに目を固定させたまま彼のまわりを歩きまわった。別の部屋で彼女は発見した。窓に捕われていたのは彼女が飼っていた白い子猫だった。子猫は窓から逃げようとしていた。活発に動いてはいたが、本当は息も絶え絶えだった。頭を切られても神経だけが反応し、数秒は動き続ける生き物と同じだった。子猫がはさまれた窓には細長いガラスが水平に数本並んでいて、横のラッチをつかって開く角度が調節できた。子猫はある程度ラッチをいじって、ガラスの間にはまりこみ、網の割れ目に体を押しつけていた。あまりに頑丈に閉まっている窓にかんしゃくを起こし、なにがなんでも脱出しようと躍起になっていたのだ。キャサリンはガラスに押しつけて平らになった子猫の頭と窓の間でねじれてすっかりやつれたその体を見て、いったいいつからそうしているのかしら、と思った。リチャードが死ぬ前から、子猫は窓ガラスの間にはさまれたまま大人になったのかも知れない。ソファーに座ったリチャードが、酒と毒薬を飲みながら子猫が泣きわめくのを聞いていたのかも知れない。ちょうどそのとき、六月の夕陽が窓ガラスに差しこんで、それぞれ新しい角度になったガラスがいろいろな色合いで輝いていた。遠くではハンコックの草原の木々が恐ろしい叫び声をあげていた。猫はさまざまな色を呈するガラスと木々のざわめきの中で溺れていた。猫が動くとガラスも揺れて色が変化した。捕われの身をヒステリックによじればよじるほど、光は激しくきらめいた。猫は、窓に捕われていた無数のクモが集まってできた空の赤みの中で身悶えた。キャサリンが手をかけると猫は光とざわめきの中でぐしゃっとつぶれた。娘と動物は低い、かすかな声をあげた。安心できる場所に身を置いたときの、低いシューッという声は前にキャサリンがその動物の目に見た、安心できる場所に出合ったときの輝きに似ていなくもなかった。

彼女は両手に子猫を抱いて放心状態のままリチャードの死体がある部屋にもどった。客が数人、通路に出て、様子を見ていた。キャサリンは子猫を抱いたままドアに歩み寄ると、みんなは場所を空けた。彼女は廊下で一瞬方向感覚を失い、反対方向へ行ってから引き返した。誰もいない下りのエレベーターに飛び乗った瞬間、隣りのエレベーターが開き、ボーイがガードマンと二人の医者を連れてやってきた。

キャサリンはエレベーターを飛び出し、ロビーに出た。まだ子猫を抱いていた。フロントのマネージャーは、すぐに彼女を見つけ、部屋の向こうの男に合図した。キャサリンはロビーを横切ってロウソクの火が影をつくり、静まり返ったダンスホールへ入った。両側から寄ってきた二人の男に腕を取られ、彼女はたじろいだ。男たちは彼女の腕をしっかりつかんだまま、少し迷って、ロビーの反対側へ彼女を連れてゆこうとダンスホールの壁沿いに裏口の方へ行った。

後になって、この件に関する警察の調べで、一連の出来事にまつわるさまざまな意見が飛び交ったが、三〇代の男に関してだけ一致していた。その男は茶色い髪で口ひげをはやし、やたらにあたりを歩きまわっていた。目撃者によると、三〇分ほど前に現われて、誰の目にも不審に映る様相だったという。彼は妙なことを口走った。彼は酔っぱらいのようにまくしたてたり、よろめいたりはしなかったが、かなり取り乱している様子だった。ともかく黒髪の不思議な娘は彼を見た瞬間にその場で動かなくなり、彼も娘を見て棒立ちになった。ガードマンの一人が彼を立ち退かせようとした。別のガードマンは、男が娘に知り合いのような口調で話しかけた、と主張した。挨拶や前置きこそなかったが、「頭ん中で詩ができている」と彼がいうのを聞いたそうだ。

「この女を知っているのか?」ガードマンが男に尋ねた。

「頭ん中に詩ができている」と見知らぬ男はまたいった。

「二〇年前の今夜、俺は詩を書くより引用する男だった。そいつが殺されたまさにこの場所でね」

ガードマンは見知らぬ男の胸を指先で軽く押しやり、いった。「ちょっと失礼していいかな?」

次に起こったことに関してはさまざまな意見があるが、娘は腕にかかえていたものを落とし、両脇の二人の男を振り払って、壁から燃えるロウソクを一つ摑んだという。彼女は見知らぬ男の頭をダンスホールの垂木まで飛ばすような勢いで、彼ののどにそのロウソクを突きつけた。男は自分の首に触って、手についたロウの固まりを見た。ロウソクは二つにわれ、後ろに飛んだ先端がカーテンの下に落ち、しばらくおとなしく燃えていた。

ガードマンや娘、口ひげの男や黒いコートの男たち、ガウン姿の女たちは身動きもせずにその火を見ていた。そして、水平線のはるかかなたの波が思ったよりずっと速く押しよせてくるがごとく、カーテンは一瞬のあいだにダンスホール一面に燃えあがった。悲鳴があがるより先に、煙であっという間にもやがかかった次の瞬間、火と同じように惨事が部屋中に広がった。反対側のドアが大きく開き、床は青い炎の沼になった。一分もしないうちに天井は液体のように揺らめき、熱くなり、天井の梁は崩れ落ち始めた。

彼女はドアをめがけて駆けだした。人にぶつかりながら、背後でダンスホールが崩れる音を聞いた。ロビーに着くとじゅうたんから煙が出て、シャンデリアは洞窟の色つき氷のようにしたたり落ちていた。まわりでは狂乱した人の列が、小さくプスプスいう煙に振り回され、パニックになり、散りぢりになっていた。少し前まで人影があったところは暗く輝いていた。逃げ出そうとする人びとはほとんど悲鳴をあげる間もなく、うねる火に飲まれてしまうのか、ホールは邪悪な墓場のように静かだった。ぞっとするにおいもした。通りに出るとようやく、キャサリンの耳に足音、人の声、サイレン、車など外の音が聞こえ始めた。彼女は群衆とともにホテルの前の芝生に倒れ、起き上がって走ってはまた倒れた。群衆からは逃れられなかった。サイレンの音がどんどん近づいてきたが、そのわりには何も現われないように思えた。最初の消防車がロビー前についたとき、キャサリンは芝生を横切って西の丘に達していた。ホテルの西側の入口付近で、夜の配達に訪れたミルクのトラックがガシャンとぶつかる音が聞こえた。トラックのフードが建物の角に突っ込んでいた。建物とトラックのあいだでだれかが捕まった。ミルクが芝生の上に流れ出し、人びとがミルクの水たまりを踏んで行ったので、白い足跡が火の明かりの下に点々とついていた。消防車からホースが持ち出された。キャサリンにはその水しぶきが蒸気に変わるのが見えた。

その頃、ホテルの上階にも火がまわっていた。炎は建物のわきをツタのように勢いよく駆けのぼった。ナイトガウンやパジャマ姿の客たちが非常口に押し寄せていた。女たちは毛皮を抱え、男たちはブリーフケースを手にしていた。ホテルの下の方は金色に光っていた。キャサリンはロビーで何かが砕ける凄まじい音を聞いた。ガラスのドア越しに中をのぞくと、シャンデリアが床に崩れ落ちていた。向こうの角では何かが裂ける鋭く乾いた音が響き、閃光がほとばしった。群衆の中から初めて集団的な叫び声が聞こえた。もやが晴れると、ホテルの半分は焼け落ちているのがわかった。まだ走る力のある者はやたら走っていた。キャサリンはパニックの輪から逃れようとした。みんなは互いにぶつかりあったり、リムジーンや消防車にぶつかったりしながら走りまわっていた。両手を顔にあて、どっちへ行ったらいいかと叫んでいた。消防士たちはホースの水を闇に激しく噴射しだした。消防車がロビー前にたくさん集まってきた。両手を目にあて、爆発の閃光で泣き叫んでいる人びとにホーンを鳴らしていた。ホテルから続々と人が流れ出て、ウィルシャー大通りの方へさまよっていた。白いローブに黒いすすが雪のように降りかかっていた。高い部屋の窓から大勢の客が飛び降りようとしていた。彼らは下の消防士たちにどこをめがけて飛びおりるのかと叫んでいた。消防士たちはマットをもって上からの叫びを聞きながらホテルの下に立っていた。とうとうみんなは窓から落ちだした。すべてが静かだった。消防士たちはおし黙り、みんな窓から静かに落下してきた。六階の窓に女がしがみついていた。グレーの髪が風にうたれ、見えなくなった目が氷のように光っていた。キャサリンは女が鳥のように両腕を広げて飛び立つのを見ていた。

丘のふもと、ウィルシャー大通りでは赤と青のライトをチカチカさせて、パトカーが集結していた。警官が大勢で侵略するように丘を這い上がっていた。通りに降りる道のまん中でキャサリンはパジャマ姿で泣き叫んでいる子どもたちを見かけた。髪をたばねたやせぎすの女が彼らをなだめていた。彼らは手探りで前にもがきつづけた。グループで闇雲に進んでいくうち、小さな金髪の女の子が置きざりにされた。キャサリンはエドガー家の娘を思い出した。彼女はその子を抱き上げ、グループの方に連れていった。女の子が尋ねた。「だれなの？　どこへ行くの？」キャサリンが自分の言葉でなにかいうと女の子はキャサリンの目に手を伸ばし、「見えるのね」といって、そこら中の人に聞こえるように大声で叫んだ、「この人は見えるわ！」キャサリンはその子がまた手を伸ばして目をえぐりとろうとするのを感じた。「この人は見えるわ！」と女の子は叫びつづけ、別の誰かもキャサリンの顔に手を伸ばしてきた。「こいつは見えるんだ！」と男が黒い歯ぐきをギシギシいわせて叫んだ。キャサリンは彼を押しのけた。

また誰かがキャサリンの目に爪をたて、誰かが彼女をひっぱった。彼女の肩からひじにかけて痛みが走った。もはや、カメレオンのように変化するキャサリンの顔は無防備だった。彼女の顔が防御できたのは、さっきの目つぶし爆発だけだった。「彼女は見える、彼女は見えるんだ！」とみんなは彼女に向かって叫び、彼女をつかまえようとして互いにぶつかりあった。キャサリンは子どもを前にほうり投げ、攻撃を打ち返した。彼女は今まで長いこと軽んじていた自分の顔がひきはがされる危機に直面していた。誰かが彼女の首を両手でつかみ、誰かが彼女の胸に両腕を回した。彼女はなにか堅くて冷たいものを背中に感じふりかえってそれによじ登った。みんなは下でわめき叫んだ。「彼女はどこにいった！」あちこちでわめき声。彼女は長くはここにしがみついていられないと思った。手足が震え、いまにもずり落ちそうだった。彼女のまわりは押しあいへしあい、踏みつけあっていた。その中で子どもたちは笑ったりおしゃべりをしたりしていて、指は血でべっとり濡れていた。束髪のひょろっとした女が遠くでヒステリックに叫びながら立っていた。子どもたちが彼女のいうことを全然きこうとしなかったのだ。そのときキャサリンは、自分が身を守るために腹ばいになってしがみついているものはパトカーだと気づいた。ハンコックの草原にいたときの夜の経験からパトカーのことを思い出した。

その車のドアが開いた。

勢いよく開いたので、大勢の人が地面に倒された。発狂して笑いだす者もいた。車から出てきたのは黒山がそびえるような大男だった。彼はふりかえって車の屋根に乗っているキャサリンを見た。「おいで、そこの娘さん」と彼は優しくいって彼女のわきに手をまわし、屋根から降ろしてやった。それから彼女を前の座席に座らせ、ドアをロックした。まるで浜辺へピクニックにでも行くような様子だった。彼女は座席に身を沈めて外の人たちの顔を見た。たいていは彼女が車の中にいることに気づかないか、意識は別のところに行っていた。その黒い男は無線をとって誰かにいった。「こちらロウリー、ホテルの前で群衆に巻き込まれた」

「応援に行きます」と返事がきた。

「いや、群衆は消耗しきっている。それより大変な惨事だ。もっと救急車と研修医たちをよこしてくれ。群衆はひどいショック状態で、ほとんどがホテルのジェネレーターの爆発で目をやられた。消防士も高い階から飛び降りた者もやられている。娘を一人保護してある。群衆がその娘の目をえぐり出そうとしていたんだ」ロウリーは彼女の目の前で指をならしてみた。彼女はまばたきをした。

「どうしてその娘だけそんなに運がよかったんでしょう」と向こうの声がした。

「いい質問だ。たぶん彼女が爆発を見なかったか、爆発が彼女を見なかったのだ。ともかくこの娘には他にも思い当るふしがあるんだ」

「それは？」

「ほら、数週間前のハンコックパークの一件があるだろう？」とロウリーがいった。

「まさか」

「まあ推測だがな」と彼はいって無線を切った。それからキャサリンを見ると思わず座りなおした。キャサリンの目が開いたままクルクル回っていたのだ。彼はもう一度彼女の目の前で指をならしてみたが今度は反応しなかった。「俺を怒らせるなよ、おまえに聞きたいことがあるんだ」と彼はいった。彼女が急に目が見えなくなったとは思わなかった。なにか他の原因だとは感づいていた。彼女が目を開けたまま眠ることは知らなかったが、目の動きから夢をみていると見抜いたかもしれない。彼はきれる刑事だったけれど、夢の中の彼女がどこに行ったかまでは調べようがなかった。彼女は夢の中で黒い殻のようなホテルの裏口から天井が裂けて星が見える大きなトンネルを通っていた。遠くの、ロウソクが一つだけともったラウンジでは、背の高い中年の俳優が自分の失敗を取り返す最後のチャンスを待っていた。もう一人は詩人の化身のように現われて、暗闇から彼女に近づいてきた。「あなた……なの？」R・O・ロウリーは彼女がぎこちない英語でそう言うのを聞いた。
「俺だよ」と彼はいいながらまた彼女の目の前で指をならし、手をふってみた。だが彼女は彼に話しかけたのではなかった。

キャサリンは総合病院の急患室でショック治療を受けた。それから数日後、マリブのサナトリウムに連れていかれた。彼女は窓のすぐそばの二階のベッドに横になり、海を見ていた。彼女の目はいつも開いていて、夢をみている時、クルクルと動いた。だれが呼びかけても答えなかった。医師たちは、肉体的に全く異常はないと診断した。精神科医たちは、いろいろな可能性を考えてみたが、彼女にはお手あげだった。警察は彼女の名前も身元も割り出せず困っていた。調べがついているのは、アンバサダーホテルの火事の二カ月前、彼女が夜中にハンコックパークを歩きまわって人の家を窓からのぞいていたと届け出があったことだけだった。目撃者たちは、彼女がホテルのダンスホールにいた見知らぬ男と口論でもしているうちに火をつけたと語った。そしてまた何人か、火事の少し前に彼女をホテルの四階で目撃した者もいた。彼女のいた部屋には、原因不明だがおそらく服毒自殺した男が見つかった。事件は新聞で「ウィルシャーホロコースト」と報道されたが（アンバサダーホテルに近接する建物も幾つか焼けた）街の歴史の中でも大惨事の一つだった。キャサリンは最初、警察にジャネット・ドウという女性と見なされ、放火と一六七名の第二級殺人罪を負わされた。

ロウリーのヤマは始める前から行きづまっていた。推理の出発点は、アンバサダーホテルの四階の自室で発見された、酒と薬で死んでいた男だった。その階の泊まり客とボーイの供述によれば、娘は火事が起こる一〇分前まで彼の部屋にいたことになる。彼女は動物の死骸のようなものを抱えていた。だが男の死体も身元も、ホテルの記録と一緒に灰になってしまった。客たちの話から、メイドの二人がその男はホテルの長期滞在者らしいといった。背が高く、五〇がらみで、礼儀正しいが最近は籠りがちだったという。ホテルのマネージャーも、火事が起こる数分前に医者二人が四階へ呼ばれて行くのに気づいたとき、例のリチャード・デイルというホテル代をため過ぎた長期滞在者ではないかと思ったと話した。マネージャーが彼の名前を覚えていたのも未納のホテル代のためだった。一週間たっても、ロウリーの部下の刑事たちはロスアンジェルスでただの一人も、リチャード・デイルのことを知っている者を見つけられなかった。

次の一週間も事件に進展はなく、新聞は捜査の行きづまりを熱心に書きたてた。ロウリーはマリブへ車を走らせて、医師たちに反対されながらも容疑者に毎日会った。だが一度も報われなかった。ある午後、彼はマリブからむなしく戻り、机の前で、人生の景色の中で記憶を失うあらゆる場合について、頭のドアが開いて記憶が手まねきしたときにどうすれば記憶を追いかけられるかについて、考えていた。その時、「やりましたよ。警部補」と部下の一人がいった。

ロウリーは机にのせていた足を下ろした。刑事はオフィスに入ってきて机に雑誌を開いた。ロウリーは、シーツを巻きつけたジャネット・ドウの写真を見た。それから数分間、彼はその写真とカメラマンの名前をじっと見ていた。そして雑誌を閉じて部下にいった。ではクロウ氏を捜しだして話を聞こう。

それから話はある程度の筋がとおった。ラリー・クロウは警察をすぐリュウリン・エドガーの家にまわした。その家は壁が何カ所かなくなっていた。地面から二メートル近く高い所にドアが二つあり、外の縁石に窓が一つあった。エドガーは家の中で唯一まともな場所にいた。彼は裏の女中部屋で何百ものピンクのガラスの破片をジグソーパズルのピースが全部とれて穴があいたような黒い写真の上でつなぎあわせようとしていた。その後の二四時間で、警察はマデライン・エドガー、アイリーン・レイダー、三カ月前にアイリーン・レイダーの家で催されたパーティーの客たち、同じ頃エドガー氏のために変わった仕事をさせられた地元の建設会社の大工たちの話も集め、結論は確固たるものになった。告発しないという約束のもとにエドガー氏も供述を行なった。ロウリー警部補はリュウリン・エドガーとキャサリン両人の検査を求め、翌日、電話で医師からの仮報告をうけた。「警部補のお役に立つかどうかわかりませんが、娘の精神状態はご存知ですね。エドガーもあまり正常とはいえません。この点から暴行容疑をかけるのは難しいでしょう。それにいたずらの痕跡はありません」

「そうか?」とロウリーがいった。

「娘は処女です。もちろん他の性的接触の可能性もありますが、どうもその可能性もない感じがします」

その頃にはもう、マスコミは写真を手に入れて頻繁に発表していた。話の詳細が明らかになると、その地区の司法局はエドガーを奴隷所有罪で告訴することにし、キャサリンの第二級殺人罪は軽くして一六七名の殺人罪にした。明るい青空の広がる六月の終わり、ロウリーは彼女に会うためマリブへ車を走らせた。彼はベッドのそばに座って、夢をみている彼女を眺めながらいった。「おまえは今いったいどこにいるんだ。どこでもいいが帰ってくるなよ。ここへもどってきても、ろくなことはないからな」

彼女が独房のドアを開けたとき、彼は床に丸くなって眠っていた。彼女はかたわらで、彼が起きるのを待った。彼は寝返りをうって目を開けた。そこに彼女がいるのなんて信じられない様子だった。

彼女はひざまずいて彼の手を見た。彼は両手を広げてみせ、それを下ろすと話しかけてきた。彼女は意味がわからなかった。後ろでドアが閉まる音が聞こえ、おりの外にたくましそうな赤毛の小男が現われた。彼は彼女を見てひどく驚いた様子だった。何かいってドアまできたが、後ろを向いて行ってしまった。

彼女は囚人を見た。紫色の夕陽が彼の顔に当っていた。彼はゆっくり近づいてきた。

私が怖がるのを心配しているみたい、と彼女は思った。私は臆病者じゃないわ。彼はすぐそばまで来た。紫の光があたる顔に格子の影が映った。彼女はその顔をじっくり見ながら、もう一人の男とはそれほど似てないわ、と思った。彼はくたびれて白髪混じりだったし、目は悲しみに澱んでいた。男からそんなふうに見られるのは初めてだった。彼の目は彼女の顔に釘づけになっているわけではなかった。自分に備わった眼力をむやみに消耗したことがない、遠い昔から特別の宿命を背負い続けた詩人の目だった。彼の目は語っていた、俺はアメリカで生まれたんだ、自分の信念が正しければ、罪はないと信じている。裏切りの行為は裏切りという言葉を知らない者には不可能だと思っていたんだ。裏切りが顔のようなものだとは考えなかった。裏切りは人がそれを知っていようといまいと、自分でかぶっているものだとは知らなかった。

そのほうがましよ、と彼女はいいたかった。信念に裏切られるほうが、信念を裏切るよりましだわ。

彼は彼女の腕をしばらくつかんでいた。その手が離れると、そういえばさっきから部屋に吹き込む海風が寒い、と彼女は思った。それから、独房のドアを押し開け、廊下の暗い隅までゆき、もう一度ふりかえって彼を見た。独房のドアは前後に揺れていたが彼はそこから動こうとしなかった。彼女は足音をきいた。「警部補！」誰かが呼ぶ声がした。「警部補？」

「警部補だって?」イスに座っていたロウリーはギクッとして目を開いた。キャサリンは目の前のベッドの上で目を動かしていた。当番の看護士が彼の肩を軽くたたいていた。「うたたねなさったのでしょう、警部補」ロウリーは額をぬぐってつぶやいた。きれる刑事ならどこでも望む所を調査できると思っていた。なのに俺が行ったのはサナトリウムの窓から吹くマリブの海風が寒い所だけだった。

ロウリーは二日後にもマリブへ行った。相も変わらずだった。一週間して新聞がとうとうこの件を見限ってからも出向いた。キャサリンは相変わらずベッドの中だった。医者の一人がいった、「いわば、彼女は急いで進んでいるんですよ」「夢のことかい?」とロウリーはたずねた。「彼女の目は一分間に一〇〇マイルは進んでいます」と医者がいった。彼は憑かれているようだった。

ロウリーはまた彼女のそばに座った。えりをゆるめ、彼女を長いこと観察して顔つきから手がかりを引き出そうとした。太陽は海に沈み、彼は前のようにまどろんだ。目を覚ますと外は暗く、目の前のベッドはからっぽだった。

彼は飛び上がって看護士を呼んだ。看護士は部屋に駆けこんできた。ロウリーがなにもいわないうちに看護士は空のベッドを一目見て消えた。二〇秒で彼は他の看護士二人と看護婦、医者を連れてもどって来た。「一五分ほど眠ってしまったんだ、起きるといなくなっていた」とロウリーは説明した。

あとからきた二人の看護士たちは立ち去った。廊下に明かりがつき、他の看護婦たちも現われた。最初の看護士がベッドのそばの窓から見下ろしていった。「高さ三メートルですよ、ここからは逃げようがないはずです」

ロウリーはそんなに自信をもっていえなかった。彼は窓辺へ行き、マリブの海風にあたりながらマリブの崖を見ていた。しばらくして彼は目を細めていった。「あそこにだれかいる」

あそこにだれかいる、彼女はだれかがそうささやくのを聞いた。彼女は崖を駆け下りて船を見に行った。彼女が子どもの頃に暗礁で難破した船ではなく、過去へ向かう天国の盲人でいっぱいの船だった。砂浜にはだれもいなかった。だが彼女には海から岸をめざして泳いでくる彼の姿が見えた。波が夜を打ち砕いていた。もし彼が浜辺に這い上がり、うつぶせに倒れたら、彼女は駆けよっていってやっただろう、でも砂の中にはなにも泳いでないわ。しかし彼は這い上がってもこなかったし、倒れもしなかった。彼はまっすぐ彼女のもとへ泳いできた。彼は水の流れを知っていた。彼は海から大股であがってきた。彼女はスカートのひだにナイフを隠して、彼を出迎えに行った。

第三部

あらゆるものに数がある。正義に数があり、欲望に数がある。貪欲にも裏切りにもそれぞれの数がある。だが貪欲や裏切りがたくらまれた瞬間、そこにはもう数がなくなってしまうが、私たちが手にし、失う、その量を示す数は残る。ただし、それは夢みる人びとの国での話だ。この国で夢みる人びとは、正義と欲望が数と同じくらい確かだという夢をみる。不眠症の国では正義も欲望も単なる夢にすぎず、捨て去られるのがオチだ。私は最初の国で生まれ、二番目の国に帰った。両方とも同じ一つの国なのだ。その名はいうまでもない。

第一次世界大戦勃発の前年、彼は故国の北にある〝ふるさと〟で生まれた。父からとった彼の名は、ジャック・ミック・レイクだった。ピストルの三連発のような名だが、シカゴのはずれでミニコミの新聞を発行していた父にはぴったりだった。その名が息子にとってふさわしい点は、破裂音であることより左右対称になっていることだった。終戦の翌年、六歳の彼は、父ジャック・ミック方の家系図を見つけた。それはイギリス人の曾祖父にまで遡って、ウィスコンシンの州境沿いに住んでいた二人の伯父のことも記してあった。ジャック・ミック・ジュニアは、ビクトリア朝の末期、早朝五時半に先祖の貴族に連れられてロンドンのある通りへ行った。そのときはジェーン・シアーという行商人の娘に感じたスリルを理解するには若すぎたものの、そんな不義の瞬間の方程式は計算できた。午後、家系のスクラップブックに眺め入っているうちに、彼の七度めの秋はいつのまにか七度めの冬になり、彼の数学的才能にも初めて表現法が見つかった。そして彼はスクラップブックを閉じ、秋と冬それぞれの方程式を計算しはじめた。

彼の母の経歴は白紙になっていた。彼女を産んだのはポタワトミ族の女だった。部族は火の国の民とも、火のある所の人びととも呼ばれていた。もともと先祖は国の北東にいたが、後に南西に移り住んだ。聞けば、ジャック・ミック・シニアの母方の祖父は、白人の罠猟師か船乗りだったという。つまり、父方、母方双方の家系に弱い者いじめがいたわけだ。もっともポタワトミの祖母を含む組合せには、ジェーン・シアーを含む組合せに感じた、例のスリルが欠けていた。未だ童貞だった頃の彼は性的スリルの度合を計算できるほど早熟だったとはいえ、屈辱、征服はもちろん、レイプをめぐる数を発見するのにはあと数年かかった。貪欲と裏切りに関しては、たくらみが見え始めたとたんそれは完全に破綻してしまって、頭から数を無視する羽目になった。だから彼の母は、英語では発音不可能なポタワトミ語の名前のかわりにレイといっていたが、彼が二二、三歳のときに四一、二歳で亡くなるまで、彼を深く、強くとらえる、謎の女性であり続けた。

母は四一か二歳、私は二二か二三だった。あの夜、彼女が小道に立っているのをこの目で見た。満月の光の下では、見紛うはずはなかった。もしなにか痕跡、たとえば死体などがその場に残っていたらまだ救われた。しかし私たちが見つけられなかったことを特に残念がる人もいなかった。あの夜までの一〇年、もしくは一二年間は、父には受難の日々だった。私たちは、もうこれ以上なにも起こらないという気がしていた。

まず最初に彼の伯父が死んだ。そのときジャック・ミック・ジュニアは一〇歳だった。ジャック・ミック・シニアは三人兄弟の末っ子だった。次兄のダーク（家族の名前はピストルの連発音だったというわけだ）は、一九一五年に西へ行き、翌年思い立って一度帰ってきたが、それから永久に姿を消してしまった。八年後のある夜、ジャック・ミック・シニアと長兄のバートはシカゴのトランプ賭博場からジャックの家に戻って、電報を受け取った。バートは翌日ミルウォーキーに発つはずだったが、バーボンが回ってそこで眠りこんでしまった。ジャック・ジュニアは、その夜のバーボンの効きめが、のちの一連の出来事の特別な前ぶれだったと後になってから気づき、驚いた。バートは翌日ミルウォーキーに行くかわりにいやに蒼い顔をしてジャック・シニアを車に乗せ、もう一人の兄弟を葬るか、連れ戻すかするために西へ向かった。それから三週間、気をもみながら待っていたが、彼らから何の音沙汰もなかった。レイク家にも新聞社にも連絡はなかった。一〇歳のジャック・ジュニアは、線路に沿った砂利道のわきで、自分の影が朝は前に縮み、午後になると後ろにスライドするのを見ながら何時間も待っていた。そしてある朝ようやく、ベッドから出て居間へゆくと、父と伯父が空の暖炉の前に座っていた。母はキッチンの戸口に立っていた。母も同じように二人の男を見つけたのだ。彼女はコーヒーを飲むかとたずね、お湯をわかした。彼女は西はどうだったか、もう一人の兄弟はどうだったのかとたずねた。彼らは口を少し開けたまま、虚空を見つめていた。ジャックは母に目をやり、母もジャックを見た。窓の外の泥だらけの車を見ながら、二人の男が、ずっと車に乗ったままこんな状態で口もきかずに遠くから帰ってくる光景が頭をかすめた。夕方にはようやくジャック・シニアもイスから立ち上がって炉辺で火をおこし、炎が消えるまで見つめていた。彼はもう幽霊ではなくなっていたが、西の話はしなかった。ダークのことも話さなかった。バートはミルウォーキーへ去って行った。

少年は、父や伯父に比べると少し小さかった。二人は厚い胸をして、部屋をふさがんばかりに大きかった。彼の体格は母方のインディアンから来ているように思われた。髪は母のように剛毛だったが、父ゆずりの金髪だった。気質は母に似ていた。石のように動揺しないその謎めいたところを、言葉の石を投げてもパシャッとはねかえる音は何日もたってからでないと聞こえないと父は表現していた。ジャック・ジュニアが七歳になったとき、学校の先生が指摘したように彼は目が悪いと父にも気がついた。土曜日に両親は息子を車でシカゴへ連れて行き、メガネをつくってやった。シカゴから帰るとき、行きにぼんやり漂うように見えた景色は、露出過多のパノラマに変わっていた。遠くの湖を吹き抜ける風、新しく批准された憲法改正案のために大騒ぎになっている通りの様子など……。女たちがガヤガヤ騒ぎ立て、男たちは店のドアや窓から静かに見ていた。幼いジャックは母が一人で微笑むのを見た。父に目を向けると父は母を見、母の初めての民主主義への貢献がハーディングの投票にならなければいいのだが、というようなことをいった。彼女は独特のやり方で窓から目をそらし、抜けめない微笑みでこたえた。彼女がまた窓に目をうつすと、彼も独特のやり方で微笑んだ。そんなこと全てをジャックは重たいメガネを通して見ていた。何千もの鮮明さ、はっきりした色のためなら、そんな重さは何ともなかった。

彼の瞳の青は、幼児期に一度消えてしまい、一生かけて老年期にまた戻ってくる類のものだった。その間の年月、青は見知らぬ土地を旅し、死んだと思われて帰還し、ある種の憤りとともに迎えられる。瞳には決して知ることができない光景の宝を、青が一人占めするからだ。少年の瞳が青いままだったからといって、青が旅をしなかったとはいえないし、彼がその宝に対してもっと気の利いた解釈ができたともかぎらない。だが数の説明にはなったかもしれない。大きな分厚いメガネを通して、彼の青は二重の球形をつくった。だから彼の瞳はいつも空にある二つの月のようだった。けれど月は青空と同じ色だったので見えなかったし、ポロッと落ちて少年の目の前を漂った。彼は耳も悪かった。それはあの音楽が聞こえる理由の説明にはなったかもしれない。

私は家の裏にある草原でその音楽を聞いた。いくつだったか、一二歳かそこらだろう。父とバートが西から帰ってきた後だった。草原の一部は私たちの土地だったが、ほとんどは誰のものでもなく、国はそこに住む少数のインディアンを追い払おうとしていた。父は新聞でそれに反対する論陣を張って阻止した。いずれにせよ母の身内のためというわけではなかった。あれは夕暮れ直後の、沈んだ太陽の冷たい光がまだ残っている頃だった。地面から音楽が聞こえてきた。冷たく、ぼんやりしていて、空虚で、光のようだった。その音楽の中には何百もの数があった。無数の六や七や三が光の音の中で大きく手をふっていた。それは音楽の光であり人の眠りの光だった。朝方見た夢は背景以外すべてが鮮明だった。ほとんど見えなくなりそうな光景の中で人びとの顔は極く鮮明だった。山脈から二マイルほど離れた小川のほとりにたくましい粉ひきの黒人がいて、私の夢の中で彼が笑うと黒い顔ははっきりと鮮明に見え、彼の後ろに見えていた部屋は視界からきれいに遠のいていった。彼は五を笑った。深く、たっぷりした五だった。そのとき草原の光はそんな眠りで、音楽はそんな光だった。だが五はなかった。六と七と三だった。私は夢の中で音楽を聞いたわけではないと本気で思っている。だが正直に打ち明ければ、ほかに音楽を聞いた人はいなかった。少なくとも聞いたと認めなかった。母も父も聞かなかった。バートにも一度たずねたが、やはり聞いていなかった。そういっても彼らは笑わなかった。私はつくり話などしない子どもだったから。彼らは私の数については知っていた。

彼は確かにつくり話はしなかった。子どものときから空想癖はなく、暗闇を怖がったこともなかった。それに彼の数に関する才能ははっきりしていた。六歳になるまでに演繹法の基礎を、八歳で幾何学原理をマスターしていた。「一二歳かそこら」になると彼は、開校間もないシカゴ大学に注意深く見守られながら計算理論の領域に入った。彼の他の知能は、人並み以上だったが特に秀でてもいなかった。たまには読書もしたが熱に浮かされたようにはならなかったし、地理には興味を持っても歴史はそうでもなかった。つまり数学だけが彼の天賦の才だったので、彼が音楽に数を聞き、その音楽が土の中から出てきたと聞いても両親は驚かなかった。両親は、彼の才能のせいで、すでに開いた親子のあいだの溝がこれ以上深くならないようにと願った。だから両親は彼に音楽が聞こえた草原に連れていってくれとは頼まなかったし、彼も両親に来てくれとは頼まなかった。もし一緒に出かけて彼が音楽を聞き、彼らには聞こえなかったら、溝がますます深まるだけだろう。互いの距離を直視する必要などなかった。息子の天才に充分気づいていたジャック・シニアは、なにかと励ましたが、ついその有用性について考えてしまい、妻に話した。「あいつがちょくちょく現実世界に戻るならよしとしよう」彼女は、シカゴで参政権を得た日に車の中で見せた例の目つきをした。二人とも数の才能が彼女の血筋からだと知っていた。彼女が生まれた土地の遥かかなたから彼女を通して息子に受け継がれたのだ。まるで彼女自身が水中のほら穴、火の国の民ことポタワトミ族の埋葬地であるかのように。

そんな気質を継いだジャック・ジュニアの現実世界の全てが、「一二歳かそこら」、「一二、三歳」のときに起こったのは興味深いことだった。父は後からそのことに少し腹を立てた。息子の能力が外国産の無用の長物の完璧な一例のように思えたからだ。父は自分の新聞の全てのページの日付が正確かどうか毎日かかさず点検し、そんな日付、解決不能の重要問題の数で登録した一つ一つの記憶によって自分の業績数を数えるような男だった。一九二九年一〇月三〇日付の新聞で彼は一億人を揺るがした大恐慌を伝えた。ジャック・ジュニアは後になって思い出したものだ。そうそう、あれは一六歳の頃だった。

彼と私はいろいろな点で違っていた、年をとるにつれ、彼はますます彼らしくなり、私の個性も強くなっていった。彼はいつもまわりに人がいなければ駄目で、人を自分の勢力圏に引き止めておこうとし、そでを肘までたくしあげて新聞と取り組み、両手を黒インクや青い金属の磨きくずで肉の奥深くまで染め、印刷機や誰彼と格闘していた。彼は血筋である短気を抑えるように努めていた。時々私は思った。彼は愛する者より雇い人に対しての方が辛抱強いと。私自身は二〇歳になる頃、誰に対しても気が短いと思った。

もし彼を革新家とかリベラリストと呼んだら、まさかという目つきでまじまじと見返されただろう。もし彼を十字軍と呼んだら、げんなりするだろう。後になって、母が亡くなり第二次世界大戦が始まる頃、人びとが酒場で彼のことを十字軍気取りと呼ぶのを耳にした。もちろんほめているわけではなかった。しかし草原の音楽が聞こえだした幼少の頃のある夜、山脈際の小川のほとりが赤く輝いて目が覚めた。黒人の家が燃えていた。白昼にゲーリーの女が黒人にレイプされたという知らせを受けてインディアナからK・K・Kがやってきた。白昼だったのだから、犯人の手がかりがもう少しあってもよさそうなものだったが、たぶんどうでもよかったのだろう。最初に見つかった黒人が捕まえられた。彼が違う州に属していたために告発できず、事態はいっそう都合悪くなってしまった。黒人は手荒な扱いを受けたが一命はとりとめて逃げ出した。父はこの話を七つか一〇くらいの記事にまとめゲーリーにも送った。彼は二つの州をこきおろし、州外の犯罪者を引き渡させた。彼はしばしばインディアンに関する記事も載せていた。だが彼は十字軍と呼ばれようが誰にも相手にされなかった。

実際、ジャック・シニアは保守派を気取っていた。彼の価値観は伝統的で恥じることもなく、政治について聞かれれば簡単に「愛国者」を自ら認じていた。東の世界の動乱をめぐり催眠術をかけられたような時代で、前衛たちは国と関係ない希望をもっていた。父は国際協調主義を「ざれごとだ」とくさした。

さらにジャック・シニアは内向的な息子を、驕慢で無責任だと思った。それが口論にまで発展した。午後遅く、ミルウォーキーのバートと新しい婚約者を訪ね、シカゴでジャック・ジュニアの大学入学許可を申し込んだ帰りの車の中でのことだった。行く手の道は青い蒸気のように曲がっていた。黄昏に濡れて錆びたような谷を横切ってゆくと、さっきまで燃えるように輝いていた農場の小麦サイロは銀色に落ち着いていた。谷は暗くなり、空も川のように黒くなる中、まわりの家や納屋は金色と鮮やかな赤を呈し、炎が燃えているようだった。父と息子はムスッとし、車は暗闇を抜けていった。とうとう父がため息をついた。「おまえがみんなとちがうのはわかっているよ。おまえが他人には聞こえないものを聞いたり、妙な音楽を聞いたりしてるというのも信じるさ。でもな、だからといって、おまえはそっけなさすぎやしないか。ぶっきらぼう過ぎるんだよ。ときには他人のことも考えてやらなければいけない」

「他人のことなんて知るもんか」と少年はいった。年長者はがっかりしてしまった。彼らは家に着き、車をおりる。少年は自己嫌悪で胸をつまらせて、玄関まで歩きながら父にいった。「そういうつもりじゃなかったんだ」彼はみんな誤解だといいたかったのだ。人とたやすくなじんでしまう父の隣りで孤独を感じると告げたかったのだ。どんなにがんばっても父のようにはなれないと、わかってもらいたかったのだ。父は個性を強くする一方だった。父は彼の言葉なんてまるで聞いていなかった。「そういうつもりじゃなかったんだよ、父さん」と少年は弁解した。ドアのところでジャック・シニアはうなずいた。

大学の入学許可が出たのは一億人を揺るがした大恐慌の一カ月前だった、ジャック・ジュニアはジュニア抜きのジョン・マイケル・レイクという名で書類をまとめた。

この虚構は父親のピストル連発音を避けるより息子のシンメトリーをはずすためだった。

バートが結婚したのはジャック・シニアがまだ子供の頃の一九世紀の末だった。まあ、そういうことに関しては、バートもまだ二〇歳になりかけの青二才だった。彼が三〇歳になる頃にはその結婚も破局を迎えていた。若妻は酒場の主人とねんごろになり、恋の炎を隠そうともしなかった。後でジャック・シニアは、バートが飲みだしたのはそのころだといい張った。バートは野性的なマダム・レイクを横盗りした男を探して酒場から酒場をさまよった。ある夜、彼はその酒場を見つけた。男がいて、マダム・レイクもいた。その対面の折、新しいカップルは寝取られ亭主の目の前で情熱の火を十二分に見せつけた。バートがいざ思い描こうとしても遠く及ばない、激しいキスだった。バートはもう一杯注文し、主人が再び彼女の脇に戻るとすぐ出て行った。マダム・レイクのことは諦めた。バートと妻の間には娘がいて、彼が二人めの妻に出会った頃には、すでに結婚しており、母親になっていた。娘は継母になる女より二つ年上だった。

そんなことより、この夫婦はひどく変わっていた。バートはすでに四〇代の終わりで、一〇年のうちに男っぷりもだいぶそがれたが、昇り調子の資産家のツキを示すべく背が高くて恰幅がよかった。ブロンド美女のメロディーはユーモアたっぷりで、前妻のような野蛮さはなかった。激しいものと無縁でいられた。子供時代恵まれていたので、愛してくれる男さえいれば満足だった。情熱的な愛より安らぎの愛をとるタイプだった。彼らはウィスコンシンに住む、ウィスコンシンの夫婦だった。バートは彼女に出逢ったとき、よもや自分にチャンスがあるとは思わなかった。チャンスを摑んだときも、実際にそれが続くなんて期待していなかった。二人は一九二一年にひっそりと結婚した。ジャック・ジュニアは結婚が済むまで全く知らなかった。父が新郎の付き添い役をしていた結婚式のことも思い出せなかった。一、二カ月に一度、ジャック・ミック大と小、レイの親子三人はミルウォーキーを訪れた。ときどきダーク関係の電報を受けた夜など、バートは一人で下りてきた。結婚してから酒は減るどころか酒に飲まれていた。ブロンド美人の新妻が野性的になって最初の妻のように去ってしまいやしないかビクビクしていた。彼女が逃げなかったこと、少なくとも、そんな生活に耐えがたくなり、バートへの愛が虚しいとはっきり気づくまで逃げずにいたことで、彼はいっそう苦しんだ。

伯父と二番めの妻の仲は当然しばらく続いた。私は育ち盛りだった。うまくいっていないなんて思いもしなかった。寝室での反乱や交渉など、私にわかるはずもない。記憶にあるのは、いつも笑顔のメロディーの姿くらいだった。それに私は大学にいた。しかも父がしょっちゅう嘆いていたように私は自分の世界にひきこもりがちで、ドロドロした部分、暗黒街の夜の酔った琥珀の煌めきなどとは無縁だった。国中がどうもおかしくなってきているとは、簡易宿泊所のドアの所に金を預けている銀行の男が立っていた晩までは全く気づかなかった。その男は一〇カ月ほど前は誰に投資しようかと机に座って決めていたのだ。それから私は、キャンパスの外の道という道が野外の寝床になっているのを発見した。簡易宿泊所の明かりがぼんやりしていたのは、家が閉まっているためではなく、超満員で人が窓に体を押しつけ、重なりあって眠っていたせいだった。電球の光が彼らの指の間からかすかに漏れていたのだ。ある日私は、世の中が変だ、と呟いた。いつの間にか私の家族も離散した。一九歳かそこらの大学三年のとき、二つのことが起こった。私はリーに逢い、数を見つけた。

ある夜、皆が寝静まっているあいだ、私は部屋の机に向かい方程式を計算していた。そして答えが出た。別に驚くことではなかった。すでに二〇世紀は始まっていたのだから。数学は新しかった。今までだれも見つけなかった新しい数を発見したが、驚くまでもなかった。それは九と一〇の間にあった。九・五でも九・九でもない、一〇の小惑星でも、九の行方不明の月でもなく、自己完結した数の世界だった。翌年はその数の道徳的特質について計算しようとした。それは正義や欲望、貪欲や裏切りの数ではなかった。全然別のところからつくられた、全然別の約束に基づいた数だった。どんな草原や平野もそれを唄ったことはなかった。夢も記憶もそれを知らなかった。私はそのことをだれにも話さなかった。未だに話していない。

若いジョン・マイケルは、二度めにリーに会ったその時、恋をした。彼は最初からそんな決定的な反応などできなかった。彼が現実生活の出来事をそんな統計的正確さで覚えているまれな例の一つだった。ジャック・ミック／ジョン・マイケルは女の子とデートしたことがなかった。この針金のように細い体、四分の一の黒いインディアンの血がシカゴのお嬢さんたちに敬遠されているのではないかという不安、まるで自信がなかったのだ。実のところリーは彼のインディアンの部分に魅かれたのだった。彼女は地方判事のお嬢さんだったが、共産主義に走って家庭争議を巻き起こした。彼女の組織はボロ小屋から抜け出して、ミシガン湖での船つくりに失敗したばかりだった。ジャック／ジョンはある朝、彼女が三人分の求人のために並んでいる八〇〇人の労働者にビラを配っているのを見た。彼らは口を開けて彼女を眺めていた。彼女の金髪を眺めているだけで彼女がいっていることなどどうでもよかった。それは前にも聞いたことがある。彼らは風に吹かれた彼女の髪の輝きの中に自分たちの幸運のはかなさ、未来の飛躍を見出そうとしていた。歴史を持たない西のかなたで何かが誕生する、そんな幻想を彼女の髪に見ようとしていたのかもしれない。彼女がビラを渡したとき、「ああ、ユートピア」と少年は呼びかけ、わけ知り顔にうなずいた。「本に目をもどしなさい、大学生の坊や」と彼女は答え、ビラを取り返した。しかしそのセリフはつまるところ、彼女が彼を誰だか知っていたということだった。

彼は彼女を二回誘って、二回とも断られた。三回めに彼女はいった。「今夜はウィスキーが飲みたい気分なの、来たければ来れば」「違法だろう」と彼がいうと彼女は笑って歩き去った。彼はあとを追い、階段を降り切った裏にあるブルース・ピーク・イージー《もぐりさかば》に案内された。そこではルイ・アームストロングやアール・ハインズの演奏する「ウェストエンド・ブルース」に合わせて、パトロンたちが飲みながら踊っていた。彼女は彼にほとんど関心を示さなかった。彼女は少し酔い、二人して警官に睨まれながら通りをよろよろ歩き、彼女の両親のブラウンストーンの家の正面に着いた。彼女はてっきり一人暮らしだと思っていた。「君は両親とうまくやっていられないだろうと思っていたよ、政治のせいで」とジャックがいうと彼女はまた笑った。「私が独立したらもっとひどくなるだろうって。それにパパは自分の王女さまに甘いから」と彼女はいい、ガス灯の明かりの下、身をかがめて玄関に入った。通りの向こうでは氷屋がトラックの荷台から白いガラスのような塊を出していた。彼女は熱い沈黙で童貞のインディアンを見た。「なんだい？」彼は何とか渇いた口を開いた。「ユートピアよ」と彼女は答え、ドアを開けて彼をひっぱり込んだ。「でも君の両親が」と彼がいうと彼女は口を曲げてせせら笑った。「大学生の坊や」誘惑は彼女の父の部屋に通ずる階段の下で行われた。彼女の爪が略奪するように食い込み、挑発的になっていた。終わると彼女は笑った、「ブルジョワのようにするのよ、優しくね」

列車の他にはなにもなかった。私は外側の寄宿舎の端に移り、自分の窓から線路の切り換えを見つめていた。リーと一緒に政治集会へ行き、彼女の仲間に会った。「大学生の坊や」と紹介された。友愛を信奉するユートピアンたちは、みごとに軽蔑を抑えていた。後で彼らのことをどう思うかと彼女が聞いたので、私は政治的な人間ではないと説明した。「いいえ、みんな政治的人間よ」と彼女はいった。私はもぐりの酒場に通う新しい破壊活動家になってしまっていた。リーはときに私と寝ることもあれば、寝ないこともあった。彼女が私の望みに合わせてはくれなかったといっていい。いつも自分が欲しいときにモノにしていた。彼女は私の中のインディアンを欲した。母の水中のほら穴から受けた私の四分の一のジュースを飲み干すまで略奪した。私は彼女に溺れていった。一人で眠っていると、私はリーまみれになってまどろんでいた。ある夜、列車の黒い叫びと私の熱い新しい数だったこの愛が欲望を超越していると気づいて目を覚ました。正義も超越していた。私の最も情熱的な夢と触れてはならない私の誠実さの聖域は私の過去の母性欠如と関わりがあった。私が彼女に感じたのは九の向うの新しい場所で、彼女の中に入った私は可能世界へ遠い旅をしていた。私は情熱が国だった時代の情熱のアナーキストだった。

父と私はある夜、街で気まずくなってしまった。私たちはクラーク通りからはずれた所にあるジーン・ザ・ウォップスで夕食の約束をしていた。私は遅れてしまい、着いたころには彼は夕食を済ませてしまっていた。彼は入ってきた私を睨みつけた。しかも私はバーボン臭かった。「もぐり酒場にいたんだろう」と彼は小声でいった。「父さんも禁酒法に対する見方を変えたと思っていたんだけどな」と私は答えたが、「法律はやっぱり法律だ」ときっぱりいわれてしまった。そして私が持っていたリーの宣伝ビラを見て、「ほう、おまえもボルシェビキになったのか」といった。「ちがうよ」といいながら私は孤独の痛みに襲われた。彼女のことが頭に浮かび、私もボルシェビキだったらよかったのにと思った。もしそれでリーが自分のものになるなら自らすすんでなっただろうとまで考えたが、実際は、そう思いつめる理由を私自身わかっていなかった。父さんと私はテーブルごしにののしりあいを始めた。リーのことを考えれば考えるほど事態は悪化した。とうとう彼は私を押しのけて立ち上がり、コートを着ると黙って出ていった。それから伯父が死ぬまでしばらく、私たちは話をしなかった。

自分の新聞が不況を乗り切るよう彼が奮闘を続け、息子とよそよそしくなりながらも家族を守るために頑張っていた頃のある日、ジャック・ミック・シニアはバートの妻メロディーから手紙を受けとった。バートは六〇近くになっていた。結婚初期の性的失望は、一〇年後妻が更年期を迎え、破局が近づいていた。「そんなことはいままで全くかまいませんでした。けれど彼がそれを信じてくれないのです」と書くメロディーは血迷っていた。バートは酒を離さなかった。「決して救われない魂の禁酒法がある」とジャックは辛そうな顔でレイにいった。「これ以上やっていけそうにありません。途方にくれています」と、メロディーの手紙は続いていた。二カ月後、彼女は彼を捨てた。

五月にしては寒い黄昏の川辺だった、リーとジャックが最後に抱き合ったのは。彼女は彼のジッパーを下ろして脚を広げさせ、自分のコートを首に巻きつけていた。彼女の指の間から革命にまつわる文句が疾風のように吹き抜けた。「ろくでなし」と彼女は終わってから彼の耳にうなった。彼女が帰るときに投げつけた視線から、彼はもう二度と彼女を抱けない予感がしていた。それから彼は夜ごと、列車の黒い叫びと二度と取り戻せない彼女との関係を嘆き目を覚ましては、シーツを投げ捨て、勃起した裸の体を窓に押しつけ、血管の黒い叫びを凍らせようとした。心の火を消そうとした。彼は下の線路とその先の大地に向かって彼女の名を呼んだ。堅くなったものが股間で爆発し、白く濡れたものが遠くの土地へ流れていった。彼はまた彼女の名を呼んだ。どのくらいそこに立っていたか、何度そういったか？

ジョン・マイケルの卒業式の日にバートが死んだ。メロディーが去ってから六カ月ほど経っていた。父と息子はミルウォーキーへ旅するあいだ、しばし休戦することにした。そこで彼らとレイは、バートの娘とその子どもたちと一緒に午後を過ごし、ほとんどずっとバートの悲しい晩年と彼の二番めの悪妻について漠然と家族で話しあっていた。バートの最初の悪妻、つまり彼の娘の母親についてはみんな口を閉ざしていた。ジャック・ミック・シニアは、普段そういうものいいはしなかったが、一度だけ遠回しの分析をさえぎった。「腎臓の医学的合併症にかきまわされたんだ。この男は酒で死んだんだよ」それからみんなは、メロディー・レイクを激しく非難し続けながら霊安室へ赴いた。小ぢんまりとした霊安室は光に満ちていた。前方に開いたままの棺があった。一列になって中へ入っていくと、部屋の隅のからっぽのベンチに、メロディーが座ってすすり泣いていた。あまりにひきつって嘆いているのでジョン・マイケルは彼女が一生泣きやまないのではないかと思った。彼女の顔は両手に隠れて見えなかったが、悲しみにあえいでいた。家族は冷たい屈辱を感じながら立ちつくして眺めていた。

そして私は彼女を見ていた。こんなふうに泣く人は永遠に泣き続けるのではないかと思った。そのとき父が彼女に歩み寄り、手を優しく肩にかけ、腕を何度も何度もさすってやった。親戚はひどく驚いたと思う。母の瞳は例の、かなたを見やるような表情になった。父は長いことそこで彼女の肩をさすってやっていた。彼はなにもいわず、彼女は彼のコートのすそをギュッとにぎりしめていた。人が誰かにしてやれる行為で、あんなに素晴らしいものは初めて見た。彼は家族がどう思うかなど気にしていなかった。最後の兄弟が亡くなってしまってもさほどショックではなかったようだ。いやもちろんショックでなかったはずはない、彼の少年時代が全て失われてしまったのだから。だがからっぽのベンチで一人ぼっちで打ちひしがれている女性を前にしては、ショックを感じているどころではなかったのだ。彼女は死者の判決から生き残るために、生命ある者の慈悲が必要だった。そして父はそこに彼女と二人きりで立っていた。いつか自分も生きているうちにこんな素晴らしいことができるだろうか?「彼女は彼を一番苦しめたんだよ」と後でだれかが父にいった。「彼女は彼に一番しあわせな時も与えてやったんだ」と父は答えた。その夜、私たちは暖炉を囲んだ。何年も前の朝、西から帰った父たち兄弟二人が呆然と座っていた所だった。父は自分たちが座っていた幾晩ものことを全て思い出した。まだ幼かった私は火のそばのベッドに眠り、彼らは戦争に加わるべきか否か、ジャック・ジョンソンが世界ヘビー級チャンピオンのベルトを失った様子などについて話していた。その夜、彼は私に優しくいった。「好きに飲んでいいんだよ」たぶんジーン・ザ・ウォップスでの口論や私がバーボン臭かったことを思い出していたのだろう。私は照れ臭く、赤面していった。「そうするよ、父さん」私たちは衝突する運命だったのだ。互いに違いすぎた。だがその夜は特別だった。

リーは、最後の日の朝、ジャックと彼の父のことで口論した。彼女はジャック・シニアが自分の新聞紙上で発表したK・K・Kとインディアンについての記事を単なるブルジョワの革新主義、復活しようとあがきながら亡びゆく社会の最後の苦闘だと片づけた。息子はいい返した。「父さんは君三人分の価値はあるんだ」彼女は捨てゼリフを残して去った。「あっちで一人でやっていなさいよ、大学生の坊や」いつもの陽気な意地悪ではなかった。彼女の軽蔑は底知れないものになっていた。

いずれにせよ彼はもう大学に通わず、街で仕事に就こうと考えていた。みんなが失業している時期だったので彼にもあまり希望はなかった。二日前に市場で暴動があり、警官に殺されそうになった人びともいたのだが、その朝は失業中の労働者たちが通りに面したブラウンストーンからブロックをほじくり出して、バリケードをつくっているという噂だった。クラーク通りの正面は、全て穴だらけのブラウンストーンになってしまった。ストーンの列を通りすぎると、道のまん中で人びとがモルタルを固めて壁をつくっていた。つるはしの音が、その区画一帯で鐘のように鳴り響いていた。その午後、壁は高さが人間の背くらい、幅三メートルになっていた。彼は他の通行人たちと一緒にそのへんの階段に腰かけて、様子を眺めていた。

ふと見上げるとそこには警官しかいなかった。

太陽は燃え、警官たちは警棒を手の中でパンパンたたきながら列をなして立っていた。道路のまん中で壁をつくっている男たちは顔をあげ、警察を見上げて腕をたれはじめた。見物人も大勢いた。子どもたちは歩道の脇にあるフェンスの柵の間から顔を出し、黄色い腰巻きの老婆たちが歩く足を休めていた。ジャックは自分のように非政治的な連中には警察が手を出さない地帯があるように思っていた。だがそんな地帯などなかった。警察は道路を包囲した。全てが止まり、空気さえも静止した。そして中央からリーが突然現われた。彼女の金色のフラッシュは、あたかも全てのものに動きだせと命じる合図のように見えた。

何年も経ってから、彼は幻影を見た。彼女が警棒で頭を打たれる寸前に彼の方へふりかえり、呼びかけるのだ。「愛してるわ」そして彼女の髪は地面に飛び散り、彼女の顔の中の深い井戸から血が噴き出した。

すべてのものに数がある。反抗にも数がある。強打され脳の中身が内耳に溢れるときに感じる致命的なめまいにも数がある。かつて私は一つ一つの死亡の数は九かと思っていた、新世界の死亡も考えに入れての話だ。しかし年をとって、そうではないと気づいた。

そして彼女は四一か四二歳、私は二二、三だった。私はあの夜、彼女が線路に立っているのを見た、月の光はとても明るかったので、見まちがえるはずはなかった。一瞬、彼は大学の寮に戻り、窓から街の列車を見ているのかと思った。彼はリーの死によるショックで六カ月も熱にうなされ、よくそんなふうに夜中に目を覚ましたからだ。家に帰っても熱は下がらなかった。彼は朦朧として額に手をやり、四カ月前にははずされてそこにない包帯を探った。そして朦朧としたまま鼻と口をしっかり手でふさぎ、騒ぎの煙を嗅いだり呑み込んだりしないようにした。それからやっと父の家にいることを思い出したとたん、窓の外の、何年も前にバートとジャック・シニアが西から帰ってきたあの道沿いの線路に母が立っているのを見た。彼女はただ線路の上に立って草原を見つめていた。そして東の赤い月の中から、それこそトンネルから出てきたような突然の勢いで、列車がずるそうに静かに現われた。ジョン・マイケルは窓ガラスに向かって悲鳴をあげた。列車も悲鳴を叫び返した。

彼女は聞いたにちがいない、と彼は後で思った。聞かなかったかもしれない、とも。あれから三日間、人びとは彼女の跡を探してみんなで線路を行ったり来たりした。彼の父はそこで髪の毛をかきむしり、打ちのめされて立っていた。息子は線路を渡って母が憑かれたその草原を見すえようとした。その静けさに、ぞっとして全身の身の毛がよだった。静まり返っているのだ。音楽はどこへ行ったのだろう？　彼は一人で考えていた。音楽は消えてしまった。あの夜、彼女は音楽を聞こうとしてここへ来たのではないか？　あらゆるものが解体していく中で、彼女は夢の音楽を聞きたかったのだろうか、もはやだれも夢みることができないのに？　息子の罪悪感は果てしないものだった。秘密にさえしていたら、と彼は自分を責めた。もし話してさえいなければ……。それに彼女は聞いたのだろうか？　どこへ行ってしまったにせよ、彼女は自身の水中のほら穴を通って、音楽を持ち去ってしまったのかも知れない、と彼は考えた。

それから毎日草原に出たが、音楽は永遠に消え去っていた。父はしばらく沈んでいたが、少しずつ自分の新聞の仕事に戻っていった。過去の情熱は永遠に消えてしまっていた。しかしジョン・マイケルは全てが昔通りにいくことは望んでいなかった。なにか少しでも昔と似ていれば満足だった。名前をジャック・ミック・ジュニアに戻そうかとも考えたが、かえって事態は悪くなるだけのような気がしてやめた。バートの一件で放蕩妻のメロディーを慰めたときのように、彼の父は自ら犠牲者と称して自分の悲劇を辱めたり卑しめたりしなかった。父にとって「犠牲」とは、もっと測り知れない悲劇を被った人たちにとってこそふさわしいものだった。ジャック・ミック・シニアは直観的に、最大の悲劇はレイを失ったことではなく、地上から音楽が消えたことだと悟っていた。たとえそれが一度も聞いたことのない、それがあることを信じてもいない音楽だとしても。ある日、ジョン・マイケルは考えた。自分の母はその音楽を聞いた最後の人だから最後のアメリカ人だと。そしてその音楽を一生聞かずに過ごす父こそ最後のアメリカ人だとも考えた。

一九三七年のある日、彼は家から線路まで一マイル歩いて列車に乗った。リーに狂ったとき寮の窓から見たあの列車、母を連れ去っていったまさにあの列車だった。その列車で一〇〇マイルほど州を横切り、つまり生まれて初めてそれまでより九九マイル西へ進んだ。左手に大きな川が流れていた。もう一〇年早くこの川に来るべきだったと強い予感がした。彼は川の向こう岸を見ながら川べりを下った。
彼は太陽の最後の光を浴びながら土手で眠りこみ、夜中に聞いたこともない音で目覚めた。音が頭の下の砂から聞こえるのか、川からか、川の向こう岸からか、空気そのものから聞こえるのか、わからなかった。夜は冷たく、彼は手のひらを砂の中へうずめながら頭を音の方にゆっくり振り、起きながら呟いた。いや、たぶん誰かが彼にいったのだ。砂の中にはなにも泳いでいない、と。

いや、たぶん誰かが私にいったのだ、顔を上げると男たちがたいまつをかかげ、河川敷には雑多な破片が散り、川のまん中になにかの黒い影があった。その帆は浜をおおい、船の残骸が少しずつ岸に打ち上げられていた。「難破があったのだろう」と彼は呟いた。そのとき頭のそばに誰か立っていた。小さな女の子が熱心に彼を見つめていた。そばに保護者がいないようだった。彼女は裸足で、もつれた黒髪が顔にかかっていた。真剣な面持ちの小さな女の子で、見たところ三つか四つ。笑わない子だった。インディアンのようでもあった。暗闇から私が見ているのを彼女が気づいたかどうかはっきりしない、目がほとんど開けられなかった。「僕に話しかけたかい」と、なんとか声を出してみたが、もう一度目を開けたときには彼女の姿は消えていた。私は長旅の疲れを感じ、また少し眠った。

再び目をさますと、あたりには何もなかった。たいまつを手にした男たちも、川の船も、河川敷にあった帆もみんな消えていた。疲れはまだ抜けなかった。早朝にやっと意識をふるい起こし、父のことを一瞬心配した。こんなふうに彼を心配してばかりもいられない、と私は思った。彼にはもう、私以外に失うものはなにもない。赤い月が出ていて、月のトンネルの入口は川の向こう岸に位置を換えていた。その赤い光の中で、小さい足跡が岸から水辺へ続いているのを見つけて驚いた。小さな女の子も、他の全てと同じく夢だと思っていたのに、足跡は確かにあり、川までその足跡を追っていくと、川べりでそれまで聞いたこともない音楽を聞いた。私はそれも夢の一部と見なしていたのだ。音楽はちょうど向こう岸から聞こえてきた。そして、私は立ちつくして線路を見つめていた。母が行ってしまったあの朝と同じ悪寒を感じながら、あのときと同じように髪の毛を逆立て、あることに気がついた。特にこの音楽が「数」の音楽であり、欲望を越え、正義を越えた私の黒く遠い部分の音楽だという気がしたのだ。その数は、決して妄想でもなければ理論的うぬぼれでもなく、そこに存在していた。アメリカの父たちや伯父たちを驚愕させて、会話不可能な沈黙に陥らせた川を越え、そしてまた私はインディアンの子どもの小さい足跡が消えている所に立っていた。母も消え去った夜にこの音楽を聞いたのだ、と思った瞬間、母を連れ去ったものの間近にいるのだという気がし、意気沮喪した。逃げ出す前にもう一度、赤いトンネルが夜の端へと走っていく最果ての川岸に耳をかたむけた。それは私に向かって唄っていた。唄っていた。

国が宣戦布告したとき、彼は三〇近かった。彼は視力と聴力が弱かったので、前線送りの登録はされなかったが、技師として、しばらく働いていた。そして数と数学理論に対する能力が評価されてワシントン勤務になった。彼は国の秘密組織で陰気な日々を捧げた。秘密組織はその一員である彼にも秘密を守っていた。特殊プロジェクトのために三カ月働いてから、彼はプロジェクトのディレクターとの会見を要求した。その要求が通ったのは七週間後だった。彼が言うことは他の誰でもない、ディレクターの耳にしか入れられない、といいはって現場主任たちをかんかんに怒らせたあげくのことだった。暑さにうだる九月末の金曜日、彼はディレクターの部屋に通された。彼はディレクターの机の前のイスに座らされた。机の脇の窓からは水たまりと記念碑の影に沈んでいく太陽が見えた。そこで一〇分ほど一人で待っていると、見たことのない男が部屋に入ってきて机につき、机の上で手を組んだ。「ミスター・レイク」とその男はいった。「本当にディレクターですか？」とジョン・マイケルは尋ねた。「いかにも私がそうだ」とその男はいった。間があった。ジョン・マイケルはせきばらいをして重たいメガネを見えない月の瞳とともに鼻柱に押し上げた。彼はゆっくり話し始め、できるだけまともに聞こえるよう努力し、ディレクターにこう告げた。「他のみんなと同じように、私もこのプロジェクトの正確な意味は知りません。けれど、もしかしたら私の知っていることがお役にたつかと思ったのです」ディレクターはジョン・マイケルが先を続けるのを待った。「今までに発見されていないある数がありますす」と彼はゆっくりいった。「それは九と一〇の間の数で、九・五でも九・九でもなく、一〇の小惑星でも、九の見失った月でもない、数の世界そのものなのです。私はしばらく前にこの数を発見し、以来この数の発見に至った最初の方程式を超越して、証明可能な方程式の計算を長年試みてきました。残念ながら今のところ、証明に漕ぎつけていません。とはいえ、この数に対する反証も出なかったことは強調させてくださいい。しかもそんな数が存在するという仮説をうちたてれば、そこから測り知れない可能性がつかめるようになります」彼は話すのをやめてディレクターの反応をうかがった。ディレクターは動じていなかった。ジョン・マイケルはため息をつき、紙の束を出して差し出すと、ディレクターは受けとった。ディレクターは束の最初の数枚にざっと目を通し、机に置いた。彼はしばらく自分の両手を眺めていたが、やがて顔を上げ、ジョン・マイケルに、いったいどうして他のだれもこの数を発見したことがないのか尋ねた。ジョン・マイケルは、「あそこで発見される数ではないからです」といって東をさした。「むしろ、向こうで発見されるものなのです」と窓の外の水たまりと記念碑の影に沈んでいく太陽の方をさした。「あそこにあることはわかっています」と若者は続けた。「川の向こう岸から聞こえましたから」「ポトマック川のことかい？」とディレクターは尋ねた。ジョン・マイケルは首をふった。「ハドソン川か？」「もちろんちがいます」と若者は信じられないというふうに答えた。「あの川、あの川の向こう岸だったのです」ディレクターはしばらく彼を見つめてから他にもだれかにこの数について話したのかと尋ね、ジョン・マイケルがノーと答えるといった。「当然そんな数などないとも、ミスター・レイク。すでに数はすべて揃っている、人類は何百年も前に発見したんだ」机の向こうの若者はいい返した。「もしそうなら、なぜ旧世界は新しくなったのですか」するとディレクターはいぶかしげに少し微笑んで若者を下がらせた。「興味あるものをありがとう」と彼は形式的にいった。ジョン・マイケルの紙の束は返してくれなかった。ジョン・マイケルはまた一カ月そのプロジェクトのために働いた後、ペンタゴンの会計局に移され、そこで戦車の数を足し、小隊の数で割った。一九四五年八月の七番めの日、彼は軍務から解放されてシカゴにもどった。そこでは父が死にかけていた。

戦時中、父は新聞を売り、戦争が終わると自分の家を売った。家は彼には大きすぎ、彼の思い出には小さすぎた。彼は街に一部屋を買った。私は彼と一緒に住むことにした。持ち物もあまりなかったし、彼も私がそばにいればうれしかろうと思った。私はクラーク通りでとある事業の経理課の職を得た。父が、おまえはいつ女を見つけて結婚するつもりかと聞いたので予定はないと答えた。リーが死んでから一〇年経っていた。父は私が帰りに酒場へ寄っただろうと非難した。私はそんなに飲まなかったが、彼にとってはいつでも多すぎた。「またもぐりの酒場に通っているんだろう」と彼がいった。「今は合法なんだよ、父さん。法律で認められるようになってからずいぶん経つ。もうもぐりじゃないんだ」と私は指摘した。彼は傷ついたような目をしていったものだ。「まあ気楽にやるんだな、おまえ」医者たちは、彼の命はせいぜいあと、一年か二年、といっていた。

当然、彼は医者たちをかついで、五年も生きのびた。だがその後半は無駄に過ごしていた。ますます意気消沈し、ただその傲慢を生きる糧にしていた。「もう自分がどこにいるのかわからない」と彼は新聞を読みながらいっていた。父の最期が間近だったある日、政府の役人たちが私を訪ねて来た。あれやこれやをほじくり返しながら、遠回しの質問をした。私が戦争のプロジェクトに関係していたことにいくらか興味があるようだった。リーや私たちが知っていた人びとについても質問されたので私はいった。「彼女が彼らを知っていて、私は彼女を知っていた。それがいったいなんだっていうのか?」しまいに私は、自分に関して彼らが知りたいことはなんでも説明するが、他の人に関することはダメだといってやった。彼らは私が国の助けになることを知っている、といい、私は「リーに関することで国の助けになるようなことはなにも知らない」と答えた。「君は知らないんだ」と彼らはいった。知っているといったばかりじゃないか、と私は答えた。「私は知っているのか、知らないのか?」彼らはいった。「私たちは君がなにを知っていてなにを知らないのかわかっている」私が、自分は政治的人間ではない、というと、「だれでも政治的人間さ」と彼らはいった。最後にこういった。「逮捕したいなら逮捕しろ、私は一〇年前に死んだ娘に恋しただけだ、それが罪だっていうのか?」彼らはいった。「あるいはね」

彼らは私を逮捕しなかった。私は仕事を続け、金を少し貯めた。夜にはときどき酒場へ行って野球のラジオ放送を聞いていた。父はどんどん小さくなり、しまいには私より小さくなってしまった。彼は新聞の議会委員会とニセの自白、委員会と自白に関する記事ばかり幾度も読みかえしていた。「なにかまちがっている」と、彼は困惑して首をふった。「これはちがう」「新聞なんか気にするなよ」と私はいった。ある夜、父を起こそうとしても起きないので、医者を呼んだ。二日間付き添って、二日めの終わりに彼は目を覚ました。小さな白い顔の目が必死に天井を探していた。「父さん」と私は呼びかけた。「なにかまちがっている」と、彼はささやいた。「こんなはずじゃなかったんだろ。父さん」と私はいった。彼は私の腕をギュッとつかみ、最後の息をいっぱいに吸い込んで叫んだ、「神よ、私の夢はどこへ行ったのですか?」

一九五一年の秋、ジョン・レイクと名のる小柄で色黒のアメリカ人が、遠くイングランド南西端にあるペンザンスの港に現われた。第二次世界大戦で長いあいだ引き潮になっていたところへGIの波が島に押しよせている頃だった。観光客たちの波も引いてしまった夏だった。レイクは上陸後、公民遊歩道を通って、町の北端のブルー・プレイト・インに部屋を借りた。イーストン夫人という人が宿を営んでいた。週二ポンドで、レイクは部屋と食事をあてがわれた。この国の食事はひどいという評判にもかかわらず、イーストン夫人の料理は充分うまかった。数週間後、レイクは波止場で木枠を積む仕事を申し込んだ。彼に不向きなことは明らかだった。沖仲仕はそのことをアメリカ人にやんわり説明してやった。それまで肉体労働の経験がないのにその仕事を始めるなんて無茶だ。レイクはあと一、二年で四〇歳になる。それに教養はこの仕事には邪魔だ。それは沖仲仕の男がレイクのことをなにも知らなくても、経験で推測できることだった。レイクは結局、会社の帳簿つけに携わることになった。彼はこの不可抗力を恐ろしく感じた、数と係わりたくなかったのに、数の方が彼を放っておかなかったのだ。

イーストン夫人の娘アン・ブラッドショウは、毎日台所仕事をするためにやってきた。彼女は町の反対側、歩いて二〇分ほど離れた小さな田舎家で七歳になる自分の娘と暮らしていた。彼女は一二年前、一九歳のとき、夫とその小さな田舎家へ移り住んだ。夫はトーマス・ブラッドショウというロンドンからビーチへ休暇に来ていた男だったが、戦争に行ったまま戻らなかった。そしてアンは宿の食事の用意をしたり、町の人たちの使いをしたりして食扶持《くいぶち》をつないでいた。彼女はそれまで幾度か田舎家を売ることも考えたが、過去の生活にすがっていられるうちはそのままにしておいた。三〇歳そこそこで「過去」の生活というのも変だが、もろもろの意味においてイギリスをはじめ旧世界においては当りまえのことだった。アンは濁った黄色の髪で、けだるく優しげに微笑んだ。彼女は地域に残ったもう一人のアメリカ人、湿原に離れて住む老人にその週の食料品を届けに行くとき、宿の階段にいる町の新入りアメリカ人に気づいた。

宿の三階の北向き窓は、左手のランズエンドから右手の二時間の距離にあるボドミン湿原まで一帯を見渡せるようになっていた。レイクはそこに至る道もよく見ることができた。最初、彼は建物の反対側の海が見える部屋の方がいいと思った。だが下の客室からも海景色は見えたし、一、二週間もすると湿原の荒涼たる寂しさ、ヒースにしたたるクローム色の光の方に強く魅かれるようになった。嵐がくるや、土地は視界からきれいに消えてしまい、窓は雨だけの四角い景色になった。海岸線を二カ月も散歩し続けていると、湾や船、セント・ミッシェルの丘の上の城の魅力はレイクにとって色あせてしまったが、それに比べて見るものがずっと少ない湿原には飽きることはなかった。彼は確かに長い間、彼がそのものの音だと思った音を聞きに湿原や野生の雑木林、自らの生命で騒然とする隠れた沼へ分け入っていた。彼は確かにある種の音楽をそこで聞けるのではないかと期待していた。何も聞こえずに落胆したが、やがて落胆と勘違いしたのは大きな安堵感だったと気づいた。そんな諦めや嘆きなど、安い代償のようだった。

曾祖父と曾祖母が、かつて一度ここへ来たことは知っている。ビクトリア女王が即位する一年ほど前だった。曾祖父のエドウィン・レイクは別の女性と結婚していた。曾祖母のジェーン・シアーは行商人の娘だった。二人の秘め事は、キングスロードからはずれた搾取工場の陰の小路で三分間行なわれたが、それで彼女が満足するはずはなく、サウサンプトンで家族と共に休暇中の彼を追いかけていった。その後の話によると、ある朝、彼は食堂の窓から泊っているホテルの前の通りを歩いている彼女を見た。彼はティー・カップを置き、ナプキンで口をぬぐうと、朝食の席を中座しようとした。「気分は?」と尋ねる妻に、彼は「良好さ」と答えた。彼は数分で戻ると約束し、食堂を通ってホテルの裏口から外に出ると駅へ向かい、エクセター行きの列車に乗った。当然、そのときすべてが終わったことを彼は覚悟した。戻るに戻れなくなる地点はすでに通過してしまっていた。情熱とは境界線ではっきり分けられた国と同じだということがわかっていない娘を、彼はうっかり弄んでしまった。彼女には境界線が見えなかった。彼女は夜中にだれもいない大通りを横切るように、境界線を越えて来てしまったのだ。彼は数日間、エクセターで自分の破滅についてよく考えたが、ジェーン・シアーはそこにも現われた。彼はまた汽車に乗った。そのときデボンからタマル川をコーンウォールへ渡った。つまり旧世界の最後の無人地帯、すなわち旧世界の果てまで行き着いたのだ。彼女はためらいもせずに後を追った。惨めな不運にあったものだ。世界の果てまで、いやそこを越えてまで情熱を追いかけようとする女を抱くなんて、と曾祖父は悔やんだ。ランズエンドで彼は海に身を投げた。彼女も後を追ってもよさそうだった。しかし彼女の情熱は境界線や世界を越えたが、彼女の母性本能は踏みとどまった。彼女はランズエンドの岩から、意味深長に彼の死を見届け、くるりと背をむけるとロンドンへ戻って息子を産み、父親の名をつけた。そして今度は息子が、アメリカに渡って三人の息子をつくることになる。息子たちのバート、ダーク、ジャック・ミックという名は、気分的にはエドウィンのアンチテーゼだった。このように、曾祖父と曾祖母は、互いに情熱と呼ぶ国に住んでいたのだが、実際は二つの別々の国だった。二人は互いの国に知らず知らずのうちに紛れ込んでしまった。彼らは互いの境界線に敬意を払わなかったので、互いに裏切りを犯したと思った。それぞれにとって、法律は別々でも裏切りは同じ罪だったからだ。

レイクは、いつも何げなくアンのことを気にしていたが、あるとき、彼女がリーと見かけが似ているのに気がついた。実のところ、彼にはイギリス女性のほうがたいてい優しく見えたのだが、のちにそれは顔より性格のせいだと結論をつけた。丘の斜面を転がり落ちるように連なる町の通りを彼女が歩いて来るのを見ていると、湾から吹く風になびく彼女の髪は、ミシガン湖から吹く風になびく判事の娘の髪のようだった。とはいえ遠い昔の話で、新しい女性がリーに似ているという記憶も、にわかに信用できなかった。他のすべての点でアンはアンであった。たまに彼女に話しかけられてもレイクが気づかない時など、彼女は仄かに顔を赤らめ、顔の端ばしにはにかみを見せて微笑んだ。彼女のハートはちがっていた。止血帯で縛られ、生きるために戦っていた。彼はやや鈍くて、彼女が自分に興味があると気づくのにはもっと長い時間がかかった。彼女は気持ちをダイレクトに表すタイプではなかったからだ。彼が二〇年ほど前に陥った長い性的な死ももはや鋼鉄の意志ではなく、故意のあきらめとなっていた。しばらく彼はそんなことを考えもしなかった。リーが死んでから一年は、女を抱かなかったことに気がつきさえしなかった。だがこの節制の決意が明らかになったのは、リーの死でも母の死でも他の誰の死のせいでもなく、川の土手で彼自身の数の音を聞き水際まで小さな足跡を辿っていった夜からだった。彼は後退りしながら永遠に自分のなにかを置きざりにしてしまった。コーンウォールで自分の世界から完全に撤退してしまったのだ。

彼女が自分になにを見いだしたのか彼にはわからなかった。単に分厚いメガネをかけた小柄で色黒の男だ。彼の撤退の痛み……これ以上何も失わないために自分を封じ込めてしまったこと……それ以外は、たぶん彼女にもはっきりしていなかっただろう。なにかの真っ只中に身を投じるような男は要らなかった。想像力のない者なら受動性と呼ぶだろうものは、実は傷ついたストイシズムであり、止血帯で縛られて生きるために戦う生命のことだ。彼女の洞察力なら、それくらいは理解できる。やはり、彼女はリーに少し似ていたのかもしれない。ただし彼女が魅かれた彼の中のインディアンは、エキゾチズムなどではなく、その根ざしている深さだった。ともかく彼女は男と戯れるような女性ではなかった。それでも、どこへ行くのにもなにかと理由をつけて宿の前を通るようにしたし、ある日など、自発的に彼のいる波止場の事務所までお昼を届けに行った。中身はローストビーフとポテト、フルーツコブラー、そして一パイントのエールだった。「とてもイギリス的だね」と彼は彼女に微笑みかけ、机に広げた。「なるほどそうね」と彼女も笑った。

私は週四日働いて後の三日は休んだ。ときどき土曜日には、ケール老人に一週間分の食料品を届ける彼女と一緒に湿原へ行った。彼女の娘はおばあさんと宿で留守番をしていた。その小さい女の子はアンそっくりだった。私は努めて彼女をリーの分身として見ないようにし、二人を時期のちがうリーと考えないようにした。だが小さい方は無邪気で新鮮なリー、アンは年をとった惨めなリーだった。もちろん本当はアンが惨めに老けたリーになるはずはなかった。もしリーがまだ生きていたらアンより八歳から一〇歳は年上だったろう。私はそれもわかっていたし、二人が全然ちがうのもわかっていた。確かめたわけではないが、一〇〇通り考えてみても、リーに較べたら、アンは善人だった。彼女は計算なしに笑った。彼女は町の年寄りに親切だった。リーの一〇〇の革命より、ずっと多くの人に多くの役立つことをしていた。彼女は湿原の一部に見えた。あるいは湿原そのもののようだった。沈黙を吐きだし、内面から光を放っていた。老人の家に行く途中、私たちはいつのまにか嵐の国に入っていた。どうも空に雨を降らしているのは土地の方で、その反対ではないようだった。

　老人が住んでいた石の家は、一〇〇年前に湿原の野生の草で放牧をしていた農夫が建てたものだという。ペンザンスのある人びとは、老人も湿原の野生の草で放牧していたのだろうと推測した。彼は七〇歳になるところだったが、八五歳に見えた。腰は曲がり、完全に白髪で、長い口髭をはやした姿は、橋の下に住む小人族のようだった。食料品を運んでいっても彼はあまり口をきかず、アンにうなずくだけだったが、私たちが帰ると、彼が嵐のような大声で話すのが聞こえた。明らかに彼は自分の言葉がわかる唯一の人間は自分だと決めつけているようだった。異を唱える人はいなかったろう。彼はそこで三〇年近く一人暮らしを続けていた。たぶん一九二三年の私がジャリ道に立って父とバートが西のかなたから帰ってくるのを待っていたあの日以来だ。そしてそのとき今の私くらいの年だった老人は、今ではほとんど砂浜が消えてしまったランズエンド付近の浜に打ち上げられていた。波打ち際で揺れる木の茂みに彼がからまっていたところを村人が発見した。木は二、三本ではなく、森全体のようで、まるでだれかが船を一番高い場所から操縦して森林の中を海岸へやってきたようだった。彼は一人きりで発見されたが、熱にうなされ、夜通し、不死の顔をもつ名なしの少女を呼びつづけていたという。

レイクとアンは、ある土曜日に車を借り、彼女の提案でイングランドの端までドライブに出かけた。彼女は老人を乗せていくことも提案した。「なんといっても、彼はアメリカ人の仲間でしょう、話がはずむはずよ」と彼女はいった。レイクが「老人はとっておきの話は自分自身にしているようだ」と答えると、「なら、それぞれ勝手に話を続ければいいわ」とアン。

一時間互いに黙りこくったまま走って、車を降り、青い海を見渡す岩の先の方、三〇年前に老人が浜で木にからまっているところを発見された場所へ、ゆっくり歩きだした。そしてようやく二人の興味深い話が始まった。レイクはせきばらいをし、なにも期待せず老人に話しかけた。「私もアメリカで生まれたんですよ」彼はしばらく老人には聞こえなかったのかと思った。

しかし老人は静かに振り返って彼を見上げ、目に野性的でおどけた色を浮かべ、懐疑と期待を混じえながら口をわずかに開いた。そしてレイクの好奇心をそそることを尋ねた。「アメリカ1か、アメリカ2か?」

「なんですって?」

「アメリカ1かアメリカ2か?」老人はもう一度尋ねた。

レイクは当惑して肩をすくめた。「え……ただのアメリカです」彼は微笑もうとしたが、肩をすくめた。

「私も結局はっきりしていないんだ」と老人はこっそりとうなずき、つけたした。「私もただのアメリカで生まれたんだ」

レイクは老人の向こうで笑いをこらえているアンを見た。「詳しくはアメリカのどこですか、あなたの出身は？」と彼は聞いた。

老人は空に手をふっていった。「あの向こう、併合された領土が終わるところだ」彼はレイクの方にふりかえった。「あそこまで行ったことがあるかね？」

レイクは首をふった。「いや、ないと思います」とゆっくり答えてからちょっと考え、あんまり意味がないな、と沈んだ気分になった。「イリノイ出身なんです」老人は一瞬イリノイが記憶にない他国の名前かのように目を細めていたが、うなずいて海を見た。遠くにさびれた灯台があり、三人はしばらくそれをじっと見つめていた。アンはその灯台が長年見離されていて、人もいなければ明かりもともらないと教えてくれた。老人は長くは立っていられないようで、海から突風がしばしば吹くたびにレイクとアンは老人の腕をとってまっすぐ支えてやった。そろそろ行こうというとき、レイクはほんの気まぐれにいってみた、「それならここは旧世界の終わる所ですね、新世界の終わりはどんなふうでしょうね？」すると隣りの年老いた男は、白い顔をあげて若い男にささやいた。「私はどんなだか知っているよ。そこにいたことがある。そこにいたことがあるんだ」

私は秋が過ぎゆくのを眺めていた。ペンザンスの冬は驚くほど穏やかだった。豪雨が絶えなかったが、シカゴのように骨の髄まで凍える寒さではなかった。潮は四季を通じてほとんどいつも満ちていたので、セント・ミッシェルは町の他の地域から隔離され、船は波止場に係留しっ放しだった。私は帳簿つけのため、週二、三回は海へ下りていき、残った日は客間の暖炉のそばに座って海峡を見ていた。ときにはアンも一緒に座っていた。彼女は私のなにかを待っていた。決して責めるような目つきで見ることなどなかったが、明らかになにかを期待していた。

私はよく午睡をした。自分の部屋に上がり、アンの母からもらったキルトをかけ、テーブルのロウソクをつけて眠った。私はどんどん自分自身から流れ去っていった。閉じたまぶたの裏から窓の向こうの湿原の黒い煙や燃えるような緑の葉、ぼうっとした雨のバリケードなどが見えた。ある日、私が物音にほとんど気づかないうちに彼女が入ってきて、ベッドの足元に立っていた。私はリーの名前を叫ばないぎりぎりのところで何とか理性をとどめた。アンは震えながら激しい息をしていた。私が眠っていると思ったのだ。彼女はセーターをゆっくり脱ぎ、両手にもってしばらく眺めてから置き、残りの服も脱いだ。そしてふと思いついたかのようにドアを閉め、鍵をかけた。少しもあわてている感じはなかった、なにか邪魔が入るとは夢にも思っていないようだった。宿全体が静まりかえっていた。階下の台所から物音ひとつしなかったし、外からも、壁を打つ雨音以外なに一つ聞こえなかった。やがて彼女は裸になった。彼女の体は私がイメージするイギリス女性より豊満で色黒だった。長い間こんなふうに女性を見たことがなかったが、それほど長くは感じなかった。むしろ短いくらいだった。どこか遠くに行った意識の中の私が彼女を求めていたが、これまでの状態に慣れ過ぎた心は、彼女を招き入れるドアを見つけられなかった。彼女がこんな真似をするには想像を絶する勇気が必要だとわかっていた。彼女は一生懸命私を見つめ、目をそらさなかった。目をそらせば自分の裸を直視しなければならない、それはそれで別の勇気が必要だった。私は彼女を招き入れるドアを見つけられなかった。そして上半身を起こし、そのことを彼女に説明しようとした。

「私は三八か九だ」彼女は、個人的統計をあえて曖昧にする数学者のいつもの声を聞いた。彼は部屋の暗がりに彼の中の暗いインディアンを紛れさすようにテーブルの上のロウソクの光から身を引いて、いった。「私はときどき鏡を見て、自分が五〇か五五歳のように見えると思う」彼は首をふった。「どうしてこんなにひどくくたびれてしまったのかわからない。まだ若い頃は諦めの早い人を軽蔑していた。だがそれは世界が私に唄っていた頃のこと、すべてのものに数があった頃のことだ。自分がこんなにも年老いて、こんなにもくたびれたと感じることがあろうとは、想像だにしなかった」彼はそこで身をかがめ、ロウソクの光の中に入った。「君のせいじゃない。君が美しくないからとか、望みに値しないからじゃないんだ。恥をかくのは私のほうで、君ではない。数なき世界のはずれの音楽のないこの湿原で、私には嘆くことしかできない。かつて感じたこともどんなふうに感じていたかも知る由はない。どうして私はこんなに老けてしまったのか、もう音楽は聞こえないのか、数は見つからないのか?」彼はいった。「頼む」彼女は彼が体に巻いていたキルトを差しだすのを見ていた。彼女は涙をこらえながら服を拾い、身につけた。彼が座って見ている中で、彼女は永遠に終わらないかと思うほど長い時間をかけて服を拾い、身につけた。そして部屋を出ていくときに、ドアをピシャッと閉めないよう奇妙に注意をはらった。彼女は他者が彼女に対して閉ざしているドアでさえ決してピシャッと閉めないタイプの女性だった。彼女は下の客間の炉辺で待たせておいた娘を連れて、こぬか雨の中を町の反対側の田舎家へ帰っていった。それから何週間、何カ月かの間に彼女はときどき彼と会ったが、もう互いに話したり、一緒に湿原を歩いたりしなかった。春になると彼女は田舎家を売ってデボンの町へ引っ越して行った。

その後、それまで遠くをさまよっていた彼方の自分が見えなくなってしまった。まるで凧のヒモをつかむ男のように彼はそれを必死で離すまいとした。凧は高く飛び過ぎて視界から消え、今にもヒモが切れそうだったが、切れたとわかる唯一の伝手は、突然ヒモが小さな波をうちながら、地面へゆっくり舞い落ちてくることだった。目の前を細い白いヒモが国を横切ってうねるのを見つめて立ちつくし、その先は水たまりに落ちたのだろうかやぶに落ちたのだろうかと考えるのだった。遠く離れてしまったかつて彼だった部分を引き戻す方法はなさそうだった。彼は凧の流れに裏をかかれるのを怖れた。引き寄せると先端になにもないかもしれないという恐怖もあった。それより突然ヒモが勝手に落ちてくる危険を覚悟したほうがよさそうだった。当然ながらアン・ブラッドショウが去ってから、ペンザンスの人たちの温かさは、どことなく変わった。彼を真っ向から責める者はいなかったが、町の人たちはこの色黒ヤンキーが町の現在の生活を、未来の生活から引き離してしまったという侵害感を持たずにはいられなかった。すでにイングランドとあれこれのできごとによって、現在の生活は昔の生活から引き離されていた。イーストン夫人は彼の前で取り乱してしまった。レイクはブルー・プレート・インを立ち去ろうかと考え、それがいっそうの侮辱になりはしないかと躊躇した。アンのことが頭に浮かび、もし彼女と妥協していたら皆からもそれなりに好かれていただろう、と皮肉混じりに憤慨しながらつぶやいた。だが憤慨はおろか皮肉すら偽りで、お門違いだとわかっていた。

春になると私は毎週、湿原に年老いたアメリカ人を訪ねるようになった。アンがいなくなったので、誰かが彼に食料品を届けてやらなければならなかった。彼の食料品はパン、ミートパイ二つ、じゃがいも少しで町が負担していた。彼は石の家の正面で園芸もいくらかしていた。弱っているわりには一人でよくやっていた。私が最初に訪れたとき、彼はほとんど口をきかなかったが、ゆっくりしているうちにだんだん口を開くようになった。春の日に家の正面に腰かけて、夕刻九時、一〇時まで寒いとも思わずに、子ども用の小さな安楽イスを揺らしながら過ごすのが楽しみになっていった。湿原の向こうに教会の尖塔の光が見え、普段は湿原の銀の光沢の中にすら見えない教会は地下に埋まっていて、日が暮れると地中から光を放つようだった。彼は光をとても熱心に見つめ、頭の中で数えていた。二八だ、と彼は報告した。二八見つけたよ。君にはいくつ見える？　私は数えてみた。二八、と彼に言うと彼はがっかりしてうなずいた。

彼が全く正気だったという保証はない。確かに彼は何かと混乱していた。時間、年月日、場所など。私は、時間や年月日にもっと注意しておかないと自分も年をとってから彼のように混乱をきたす、と肝に命じておいた。ある夜、彼に今は何年かと尋ねられ、私は実際ちょっと考えてしまった。「一九五二年です」というと彼は奇妙な首のふり方をした。その数そのものがわかっていないようだった。彼はいった。「いや、いや、そんなはずはない」彼には教会の数は理解できても年の数は理解できなかったのだ。彼は率直に答えることもなかった。シカゴに行ったことがあるかと尋ねると、シカゴがまるでアジアか南極かとでもいうようにまた変な目つきをして首を振る。ニューヨークには行ったことがあるかと尋ねると、ぼんやりなにか憶い出したようだった。「一度行ったように思う」と彼はうなずきながらいった。「遠い昔のことだ。刑務所に入る前だ」「刑務所？」と私が驚くと、彼は答えた。かなたの併合地だ。モンタナ。サスカッチェワン。それから街に行った。何百もの運河や、遠くで泣く商店街があって、珊瑚礁に眠る娼婦たちがいた。何か憶い出そうとする彼の小さな白い顔は苦しげだった。彼はいった。「地下から恐ろしい音楽が聞こえた。船が来る日も来る日もぐるぐる回って、彼女はそれに乗っていたんだ」彼は続けた。「その街で私は死んだ。何度も何度も死んだんだ」「音楽が地下から聞こえたって?」私はいった。

「あれは君だったんだな」と彼はいった。私の目の前でそういったのだが、私にいっているのではなかった。――あなたなの、と呼びかける声がゾンビの街の唄を越えて聞こえてきた。私は自分の罪悪感とおさらばしようと身を投げ出した。かつて死んだ場所で生きるために。一時は死んだとみなした私の情熱、誠実、勇気を自分の墓から蘇らせるために。私は精神錯乱という簡単な方法によって、まわりで様ざまな形をなす障害物を爆破するだろう――「ミスター・ケール」と私は彼に呼びかけた。単に影と呼ばれているものへ向けて船を出す。「ミスター・ケール?」君のもとへ泳いでいく。私は手を伸ばして彼の肩を激しくゆすった。水の流れは知っている。「ミスター・ケール」もう一度私は声をかけてゆさぶった。

彼はふりむいて私を見、私は手をひいた。「海から上がると彼女は私を待っていた」と彼はいった。「半島に着いたとき、暗くてまわりになにもないと思ったが、一つだけ見逃していた。光だ。湾を横切って私を呼んでいた光だ。それは彼女がスカートのひだの下に隠しているものかと思った（まるでそのとき彼女が私をだませるかのように）。実は、彼女の瞳だったんだ。何百人もの船乗りたちに警告を与えた火の瞳だったんだ。おそらく私にも警告していたのだろう。私は砂浜へよろよろ歩き、片膝をついて倒れたがまた起き上がった。そして彼女は私に近づいてきた。同じドレスを着て、いつものようにはだしで、黒い髪と血のように赤い唇をしていた。彼女はスカートの下で手を組んだままだった。私たちは間近に立ち、私が見つめあった目をそらそうとしないので彼女はかすかにあえいだ。目をそらそうものなら、顔をそむけようものなら、彼女はやっていただろう。前にやったと思いこんでいたように、他の場所で、他の砂浜で」

「やっていた？」

「他の浜で、他の場所でね。だが私は彼女を見つめ、とうとう彼女はおかしな英語でいった。あんただ、でもあんたではない。それで私はいった。私だよ、でも私じゃないんだ」

私たちは浜で眠った。それぞれ勝手に。暖をとるための火も焚かなかった。火を焚くとFBIの連中に見つかるとわかっていたからだ。夜中に幾度か目をさまして、真上にもたれかかって顔を私の顔にうずめている彼女に気づいた。首に何かあてがわれている感触があった。彼女の瞳をずっとのぞきこんでいるとやがて彼女は手をひっこめた。彼女は幾度か思い切ってやってしまおうとしたのだと思う。私は別にかまわなかった。私はそれまでに街で何度も死んでいたのだ。私を脅かすものはなにもなかった。私の良心や名誉に全く影響していないもので、私の生命を脅かせるものはなかった。最終的に、刑務所、苦行、自分の夢の窃盗罪など全て経験したあとでは、彼女を失う怖れ以外はなにも怖れるものはない。私は、アメリカ1やアメリカ2はおろか、彼らが創造できると思っていた多くのアメリカをも越えた場所にいたのだった。彼女なら知っているはずだった。彼女は私の目にそれを見て、今まで会ったどの男ともちがうと察しただろうと思っていた。彼女の顔がかつて夢みたもの、そしてかなえられなかったもの全てを破壊してしまう彼女の夢、その前では誰もがすくんでしまうはずだ。だが私は違う。彼女はとうとう私を放っておいてくれるようになった。目をさましたとき、彼女は砂の上に座り、両手を膝に置いて私を見張っているようだった。だが彼女は眠っているのだった、目を開けたまま。

沖合いから、船が何艘か来るのが見えた。船の脇に奴の姿もあった。奴の黒い巨体は縮こまっていた。開いた目がまばたきしてこっちを見上げるまで私は彼女をゆさぶり、一緒にここから逃げなければならないと告げた。私たちは丘を登り、上から見下ろすと、警官たちが船を砂浜に引き上げていた。奴は落ち着いて浜を歩きながら私を見上げていた。丘の上からでも奴が私を見ているのがわかった。奴の名前はもうずいぶん前に忘れてしまっていた。悪い男ではなかった。なりゆきで私たちは敵対関係になってしまったが、悪い男だったとは思えない。奴は自分の価値判断の基準にしがみついていたのだ。奴は馬鹿げた時代に暮らしていた。私たちは丘陵を進みつづけ、ほら穴に行きついた。

明らかに人間が掘ったと見えるそのほら穴に私たちは足を踏み入れた。最初はこのあたりの遊牧民の隠れ家か、あるいは坑道だろうと思った。一〇メートルほど進むと古い線路が通っていたので、それに沿ってしばらく進んだ。トンネルの先は見えなかったが、警官たちが追ってくるので気にはしていられなかった。前進あるのみ。どんどん弱くなってゆくわずかな光の中で、行く手の線路は上がったり下がったりしていた。遠く風がかすかにうなる音がした。私たちは線路や石につまずきながら何とか進むと、左右両側に平行に走るトンネルを見つけた。数秒おきに開口部から両側の線路をのぞくことができた。そこを通ると、両側の線路からの風を感じた。三つの流れの中を二人で走ってゆくうちに、私はある感覚を失ってしまった。どの感覚かはわからない。ただなにかの感覚をなくし、まるでいずれかの流れに飛びこめば、どこか別の場所、別の時代へ流れていける気がした。初めての感覚ではなかった。それどころか、ずっとそんなふうに感じていたようだった。用心深い気分の高揚で、いつどこにでも現れ、全てを可能にする地理的な地点、一時的な経度に辿り着いたようだった。一方緯度の方は私の中にあった。私の移動する緯度はアメリカを越えた世界の涯の経度と交わっていた。どれほど歩いたか、時間の経過がわからなくなったと思ったら、私たちはトンネルの端に到着した。

半島の反対側に出た。あたりは灰色の黄昏がおおっていた。入江にはなにもなく、ただ水際に木が茂っているだけだった。線路は古い木製の柱に吊されて海にせりだしており、沖へと広がっていく霧の中に消えていた。私たちは線路を通って丘のふもとへ下り、入江を横切って木がある方へ向かった。そして木の茂みで休むことにした。警官たちが、いまにも丘のトンネルから現われると覚悟していたが、いつまでたっても出てこなかった。私と彼女は、昨晩と同じように長いこと互いに見つめあっていた。黒髪の陰の下、彼女の見開いた目は終始変わらず、そのうち私は休んでいた木の、二股に分かれた枝に抱かれて眠ってしまった。

朝になっていた。私は半島の北側の入江の木の茂みにいることをすぐ思い出し、しばらくうとうとしたが、ふとあることが頭をよぎった。警官たちは結局来なかったようだ。ホッとしたものの、少し驚き、今まで眠っていた場所を一瞥し、トンネルの出口を見た。そしてそのとき、トンネルの出口がないことに気づいた。いや、ないのはトンネルだけではなく、丘も半島さえもなかった。海にせり出した線路も見あたらなかった。私は木の中で体を起こし、あたりを見まわしたが入江もなかった。私が眠っていた木も、私たちが前の晩に野宿した小さな森も、もとのままだったが、浜は全く様相を変えていた。浜は真っ平らで、遠くの丘は緑だった。隣りの木のてっぺんを見上げると、少女が目を大きく見開いていた。私は何度も声をかけ、彼女を起こし、ここはどこだ、入江と半島はどうなっちまったんだ、と尋ねた。彼女はこっちのいいたいことをまるで理解していない様子だったが、景色を指さすと少女もかすかに微笑み、海のかなたを見つめた。しばらくして彼女は果物をとりに出かけた。私は一変した浜を少し歩いて、なにか見なれたものを探したが、もちろんなにもなかった。私はあきらめて引き返した。私たちの小さい森は船のように海に浮かび、一本の蔓で岸につながれていた。

毎朝、私が目を覚ますと居場所が変わっていた。あるときは荒れ果てた浜、またあるときは遠くに小さな漁村がある岩礁にいた。雪を頂いた山脈がそびえる場所にいるときもあれば、島にいるときもあった。森は私たちと一緒についてまわった。前の日のことなどは記憶から失せるほどいつも遠くにあり、ちがう時代の出来事のようだった。私は一晩のうちに老人になったのではないかと、時どき両手を見たりした。私自身は年をとっていなかった。年をとっていたのは私の記憶だった。私の記憶は私の夢になりつつあった。体で感じた唯一の相違は、軽い船酔いだけだった。

毎朝、彼女はあたりが見渡せる一番高い木に腰かけていた。彼女の髪はどんどん長くなり、時には髪の毛で体を木の幹に縛りつけている姿も見かけた。夜の船旅で疲れきっても、彼女は食べ物を探しに行った。そのあいだ、私たちの間にはなにもなかった。二人の間になにか起こるにせよ、行き先にたどり着いてからと暗黙の了解ができていたように思う。あるとき私は彼女が髪で自分をくりつけた木のてっぺんまで登り、彼女を見ながら座っていた。前に一度、遠い街の遠い刑務所の遠い独房で彼女に触れたように、彼女に触れようとして手をのばした。しかし触れなかった。私は手をひっこめ、森の船のマストに不安定な座り方をしたまま彼女の隣りでもう一時間眠った。起きると彼女は目を覚ましていて、私を凝視していた。

私は彼女を愛していた。ずっと前に恋に落ちたのだ。いつからかはわからない。初めて見たときか？　いや二度めからかも。同じ部屋にいて私を見ている彼女に気づいた夜だ。そこにいた他の二〇人は誰も彼女に気づかなかった。彼女が私のことをどう思っていたかは知らない。私を愛してはいなかっただろう、残念だが。しかし私たちはかなえられなかったものは全て破壊してしまう夢の中の絆で結ばれていた。最も親密な思い出は……私が土地の探検から帰ったある日の午後だった。彼女は大枝に乗りだして水面に映る自分の顔に見入っていた。彼女と水面に映った彼女がまるで互いに縛りつけられているかのようだった。彼女は身震いもせず、音もため息もたてず、悲しみも怒りも見せなかったが、涙が一筋、こぼれ、ツーッとすべり落ちて口を伝い、海に映る顔の口に落ちた。それは塩水の中に落ちる塩水だった。私が手をのばして頬の涙を拭ってやると彼女は哀しそうに私を見、私は顔をそらして自分の場所に登り、彼女は今夜どこへ私を導くのだろうと考えながら眠った。移動する前に枝の間からもう一度彼女を見下ろした。木々の大枝をすり抜ける黄昏の光の中で彼女は海を見ていた。それが彼女を見た最後だった。三〇年前のことだ。

気がつくと私は冷たい砂の上にいた。どこか堅い所にたたきつけられて、体中の骨が折れているような感じだった。顔を上げると、私たちの森の船は残酷な海辺の広がりに散乱していた。不思議なほど急激な変化だった。男たちが私を持ち上げて山脈の頂上に運ぼうとしていた。私は彼女のことを知らせようとした。もう一人いる。彼女は木の中にいて、一番高い木に自分の髪の毛で体をくくりつけている、と彼らに告げて気を失った。正気にかえると、私は山脈の上から森の残骸が海に沈んでいくのを見た。

私は町に連れていかれ、誰かの店の裏部屋に置かれた。それから宿に移って二カ月ほど過ごした。町の人たちはとてもよくしてくれた。それなのに感謝の態度はおくびにも出さず、私は彼女のことばかり尋ねていた。町の人たちになだめられても――なだめられていても、私は、無視するなんてひどいと彼らを非難した。生命を助けてもらっておいて……。私は狂人だと思われていた。当然だ。私は精神錯乱の中で夜の船旅と森について話していたが、やがて話さなくなった。約一年後、彼女のことも話さなくなった。町を立ち去り、自国に帰ってもよかったのだ。再会したければ、初めて彼女を見た街へ帰るべきだったのだろうが、私はそうするかわりに彼女の手がかりを待った。立ち去ったら、彼女に会う可能性を永遠に絶ち切ることになりかねないからだ。彼女が死体になって浜に打ちあげられたと信じられれば、少なくとも自分の夢は終わったと悟れたのだが。

私は二八の教会と共に湿原へ移り住んだ。時が過ぎ、私は老いぼれたが、彼女と出逢う期待をふくらませたり、しぼませたりしていた。ときどき誰かが訪れた。若い女が来ていたこともある。金髪の未亡人だった。少し前に戦争があったそうだ。彼女は食料を持ってきてくれ、かつて私が発見されたあたりまでドライブに連れていってもくれた。それから彼女は来なくなった。町を出てしまったらしい。町の人たちはまだ私を狂人だと思っているようだ。しかしあの人たちは懲りずに長い年月、世話をしてくれた。私は六八歳か六九歳だ。

それからアメリカ人が来るようになった。二、三回女と一緒に来ていたな。おかしなやつだが、向こうもこっちをおかしなやつだと思っているだろう。浅黒く、メガネが悲しそうな青い目を拡大していた。彼を見ていると自分を憶い出す。だが老人は皆、全ての若者に自分を見いだすものだ。私たちがアメリカについて話すとき、私たち……私は彼のいっていることがわからなかった。名前は……私には名前がわからなかった。ともかく私たちはアメリカの話をした。彼は無自覚に自分の話をしている。私がなに一つ理解していないと思っているようだった。私に話すとき、用心しようと思わないのだ。私は彼に私の知っている街について話した、夜の船旅の話もした。彼は老いぼれのたわごとにつきあっているという具合にうなずいてみせる。彼自身もたわごとをいう。線路の上の母親の話はともかく、いろいろと。彼は一度まちがいを犯した。彼がそれに気づいたかどうかは知らない。彼は川の土手に立って向こう岸からなにかの音を聞いていた、それまで聞いたこともない音だったがずっと知っていたとか何とか。そして彼は川を渡るかわりに耐えられるだけ聞いて、背を向けると来た道を引き返してしまった。以来彼は二度とその音を聞いていない。彼は川を渡るべきだったのだ。私に会いに来る夜、彼の人生の小さなかけらは現われる。かけらはときどき馬鹿みたいに鋭かった。私たちはかけらが湿原の空に飛び去り、消えていくのを眺めていた。今夜、湿原の空は雨と光に満ち、彼は町で借りたトラックでヒースの荒野を走り、トラックを降りて私の石の家に駆けこんできた。今夜、彼は初めて私が完全に意味を理解できる唯一のことをいった。彼がそれを口にしたとき、私は我を忘れてしまった。長年ずっとなにかが鼻の真下にあるのに見えないような非常にいやな感じがしていた。三〇年前のある夜、街のタワーの窓から見たような、私にだけ見えたなにかだった。今夜、若いアメリカ人は「数」について話してくれた。

ある夜、私は彼に「数」について話した。向こうに数がある、と私はいって西をさし、誰も発見していないもう一つの数だ、といった。しばらくのあいだ彼は私の話が聞こえないようだった。雨が屋根を激しくうち、空は音に満ちていた。それから彼は私がいったことを完璧に理解したような顔で私を見、私は答えに窮した。もはや自分でも信じておらず、一五年近くも考えていなかったからだ。「もう一つの数」と彼はいい続けた。もう一つの数、そして彼はいう度にどんどん興奮してきて、私は彼に話さなければよかった、と後悔した。よもや彼がそんなに興奮するとは思いもよらなかった。彼は何度も何度もいい続けた。「もう一つの数!」私は説明しようとした。「旧世界は、ほんの数一つ離れているんですよ」「ああ、それだ!」彼はそういい、やがて教会の尖塔と光の話になった。「旧世界は、ほんの数一つ離れている」彼はそれをずっと繰り返した。「だから湿原にある教会は二八よりむしろ二七なんだ。教会の数は一つ引くんだ」私はうなずいて微笑んだ。私にはそれがどうちがうのかわからなかった。だが彼は全然ちがうといい張った。彼と私は二八の光を数えた。「あそこにもう一つ二八番目の光がある。あれは教会ではなく、しかもずっとあそこにあったのだ」

そして彼は私をせかしてトラックに乗せ、激しい嵐の中を地面が尽きる所へ運転させた。トラックの窓に雨があたり、暖房がないうえ、湿原には見えない湖沼が何千とあったので油断できなかった。よせばよかったと悔やまれる。後から町の人たちがいったものだ。あんな老人じゃないか。嵐の中を連れだすなんてどうかしているよ。町の女を追い出すだけでは物足りないのかね。しかし彼らは老人がどんな様子だったか知らないのだ。彼はもう一つの光がずっとあそこにあったことに初めて気づいたショックで狂わんばかりだった。私たちは光から光へ走っていった。光の元まで一〇〇ヤードという時、稲妻の光で地上が一瞬白く輝き、波打つ草からぼんやり浮かび上がる古い灰色の教会の形がとらえられた。それから私たちは秒読みしながら次の光をめざしていった。その夜は教会から教会へ行くように運命づけられていたようだ。ただし老人のいうとおり、一二か一三か一四番めから光は教会ではなく、ランズエンドの五〇〇メートルほど沖にあるものだった。アンと老人と私が初めてドライブに出たときに話に上った灯台、彼女が何十年も前から見離されているといっていた灯台だった。そのときは確かに誰かいたのだ。

岩礁に船頭が住んでいた。私はトラックを停めて、反対側から老人を外に出し、歩道を下り、船頭の家へ向かった。空の光が古い木製のドアに揺れ、猫の頭の形のノッカーがこっちに向かって歯ぎしりしていた様子を今でもはっきり覚えている。船頭は背の低い太った男で、耳の上にふくらんだ巻き毛がかかっていた。彼は起こされて不機嫌だったが、私たちが灯台へ行きたいと告げるとますます機嫌が悪くなった。おまえらいかれてるとなじった。そして、お気づきでないかもしれんが今はなかなか激しい嵐でね、と刺した。だが寒さで蒼い顔になってふるえている老人は、灯台へ行くことに固執していた。他のことはなに一つ聞こうとしなかった。船頭が、「あの灯台はずっと見離されている」というと、老人は彼のシャツをひっぱって雨の中に連れ出し、灯台を指さした。船頭はその光を目の錯覚だといって問題にしなかった。「いいかい、あそこには誰もいないんだぜ」と彼はいった。私は二〇ポンド出すと提案したが、彼はそれでもまだ乗り気でなかった。「ともかく夜明けまではダメだ」と彼はいった。「なら夜明けまで待とう」と老人がいった。三時間ほどトラックの中で待つつもりだったが、二〇ポンドの申し出が効を奏し、船頭は家の中で寝てもいいといってくれた。うとうとしかけるとすぐ窓から朝日がさしこんできた。老人は、「さあ出発の時間だ」といって私の腕をゆすっていた。

嵐は過ぎ去っていた。私はとっとと灯台へ行って帰りたかった。ペンザンスに仕事があるし、トラックも返さなければならなかったからだ。モーターボートで海を渡りながら船頭は何度も、時間と二〇ポンドの無駄だと忠告していた。「むこうになにもなくても俺に八ツ当りすんなよ」と彼はいった。個人的には私も彼の言葉を疑わなかった。甲板の上の老人は恐ろしい様子で陽差しを受けた崖を見つめていた。岩のように白く、発作的にべらべらしゃべった。私は繰り返し彼をなだめて風のあたらないキャビンへ入れようとしたが、彼は前方の長くて白いタワーに催眠術をかけられたようだった。なにかにとりつかれた彼の目をさましてやろうと揺さぶると、彼は狂ったようにに私を見た。一五分で到着した。老人は島の岩場にボートをつけるのも待たずに、はや灯台のふもとのドアをめざしてはい登っていった。

ドアは穴だらけだった。長年波に洗われて朽ちていたのだ。私たちはドアを開けるというより無理矢理こじ開けた。船頭は海辺でボートを引き上げていた。タワーの一番下に着くと、老人は頂上へ続くらせん階段を見上げてたじろいだ。彼はわかっていた。上になにがあるのか。彼は痙攣していた。私にはそれが風邪の熱なのかそれともなにか全然別の熱なのかわからなかった。彼は私の前から階段をゆっくり昇り始めた。手すりが手の中で揺れ、上の方から割れた窓に吹き込む風の鳴き声が聞こえてきた。彼は一度つまずいて私にもたれかかり、あやうく二人一緒に下まで転げ落ちるところだった。先に頂上を見た彼は、ハッと息を止めた。そのまま長いこと立ちつくしていたので、私は彼を上まで押し上げた。私たちの後ろから船頭も昇ってきた。私は展望台までよじ登り、板張りの床とペールブルーの壁のがらんとした部屋を見つけた。砕けたガラス窓から陽の光があふれ、屋根はところどころ飛んでなくなっていた。床を通して屋根まで柱があり、柱のまわりに階段が床から巻きついていた。そこで柱に黒髪でくくりつけられていたのは、少女だった。

彼女のような顔を見るのは初めてだった。唖然として立ちつくし、少女を見、老人を見、そしてまた少女へと目を移した。老人は凍え、よもやと思っていた彼女が見つかり、目を細めていた。床下からのぞいた船頭は、口をあんぐり開けていた。レイクは衝動的に彼女の顔から目をそらした。その美しさは野蛮だった。ふと我に帰り、うなだれている彼女を柱から離してやろうとした。彼女のぬれた髪の結び目はどうしようもなかった。彼は船頭からナイフを借り、バッサリ断ち切らねばならなかった。ドレスは嵐でボロボロ、そのうえ彼女は裸足だった。老人と同様、体の芯まで冷えきっていた。彼女は目を開けていたが、何が始まったか気づいていないようだった。レイクは彼女を介抱した。彼女はゆっくりまばたきし、彼の方を向き、一瞬見つめると、目をとじて、彼の腕の中で再び気を失った。

レイクは少女をらせん階段から下ろし、ボートに乗せることに専念し、老人の面倒は船頭がみた。彼らはランズエンドに向かった。その間ずっと少女は眠っていた。彼女は船頭が金属の箱からひっぱりだしてきた毛布にくるまっていた。老人はただ座って少女を見ていた。ときどき頭をそり返らせ、目を固く閉じ、少女が消えていることを期待しては座り直すのだった。まだ熱で痙攣してはいたが、彼は覚めた目で凝視していた。ボートはランズエンドに到着し、レイクは老人と少女をトラックに乗せ、湿原の石の家へ連れていった。そこでは町の男がトラックを返してもらおうと、激怒して待っていた。

レイクに若い女と老人を看護する用意ができるとは思えなかった。彼は二人ともひきとって、老人を彼のベッドに、女を床にふとんを敷いて寝かせた。すぐにうわさがひろまり、イーストン夫人が医者を連れてやってきた。レイクはストーブの火でスープをつくろうとしているところだった。夫人も医者も帰る直前まで口をきかなかった。「ミスター・ケールがうまくやれるとは思えませんな」と医者は彼にいった。医者は女はだれかと尋ねた。レイクは知らないと答え、「彼女は老人の知り合いだ」といった。「親戚ですか？」医者が聞いた。「いや、親戚じゃない」とレイクはいった。「あなたの、ということですが」と医者がいった。「彼女のことは知らないといっただろう」とアメリカ人は答えた。

老人は譫妄状態を行ったり来たりして、うわ言を呟いていた。ときどき彼は彼女のことを話した。娘の回復力はずば抜けていた。二日目になると彼女は起きてきちんと座っていた。レイクは何時間も眠っている彼女を見ていた。目が合い話しかけたが、彼女は返事をしなかった。こちらのいっていることがわからないようだったが、彼は彼女がわかっているものと確信していた。彼は「君は誰だい」と尋ね、彼女は答えなかった。「老人を知っているか」と尋ねると、彼女は老人が寝ている部屋の隅に目をやった。しばらくして彼女は老人のベッドの脇に座り、またしばらくすると今度は老人の頭に触れ、手を握るようになった。もちろんレイクにはわかっていた。彼女は決して老人が話していた例の少女ではない、と。その少女が彼の妄想ではなくどこかに実在するとしても、あれから三〇年以上経っている。この少女は二〇歳にもなっていなかった。ともかく老人は誰かが灯台にいると知っていた。光に惑わされ、レイクにはわからなかったのに。しかも少女は老人が描いたイメージそのものだった。乗客が眠っている間に海を旅する森のマストに縛られていたように、真っ黒な髪でタワーにくくりつけられていた。その夜、レイクはたくさんの夢をみた。彼はその夢のさなかに目をさまし、かつて愛した金髪娘の顔と名前を必死で思い出そうとした。そしてなぜ愛したのかも思い出そうとした。

それから彼の目には彼女の姿、老人の妄想の中の黒髪しか映らないようだった。彼は深い悲哀にとらわれた、中年になりかけの男が人生で一人しか女を知らず、それも人生の半ばより昔のことで、たまたま彼女以外には知ることなく、彼が過ごしてきた〝ふるさと〟に情熱を深く埋めてしまったのだ。そして今度はかつての情熱を埋葬したときに生まれた娘によって火がつけられた。彼が彼女に近づくチャンスはあまりなさそうだった。彼は情熱とともに信念も葬ってしまったのだ。そのうえ老人がいた。レイクは老人が寝ても醒めても憑かれている最後の夢を奪うことはできなかった。

ときどき、彼女は自分を見るレイクを見返した。

老人は衰弱していった。それでも彼はしゃべり続け、ベッドサイドの窓枠に置かれたロウソクの炎を震わせた。部屋は彼の話し声で満たされていた。彼は目を大きく見開き、死に向かってのたうっていた。昏睡状態の間隔が短くなった。少女は絶えずベッドの横で彼の手をにぎり、顔をふきながらその様子を無表情に見ていた。老人は彼女を見ると燃えた、彼は彼女の顔に触れ、過去をなくした彼女の額の赤い輝きに重なった自分の老いた手の白い肉を見た。彼の目は当惑を隠さなかった。レイクと少女はどちらがいい出すでもなく、交代で看護した。一方が眠っているときはもう一方が世話をした。

三日めの朝、イーストン夫人が食べ物をもって来た。老人は前よりはよく休んでいた。レイクは午後になると眠った。彼は暗くなって春の雨がまた屋根にパラパラ落ちる頃目をさました。ちょうど、犬が地震を予感して目をさますように。彼は一分ほどそのまま横になり、ベッド脇のイスに座ってうとうとしている娘と向きあっていた。彼女は目を閉じていた。そのとき老人がゼーゼーいいだした。彼女は目を開けて老人を見つめ、初めて驚きの表情をレイクに見せた。レイクは跳ね起きてベッドに駆け寄った。老人は腕に指を食い込ませた。全く異なった人生ではあったが、わずか一年前に別の老人がしたのと同じだった。「おまえは一度まちがいを犯した」と彼はしわがれ声で若いアメリカ人にいった。

「わかっています」とレイクはいった。

「川を渡るべきだった」と老人がいった。

「わかっていますよ」老人が彼の答えを強く求めたので、彼は説明しようとした。「私はあんなに遠くへ行ったことがなかったんです。道路や尾根や川まで行きついて、もうこれ以上先へは進めない、と思うときが誰にでもあるでしょう」老人はうなって首をふった。彼は片手をにぎっている少女の方をゆっくりふり向き、一瞬、二人の間の天井を見すえていた。空に抜けるトンネルをのぞいているようだった。死にかけている男のためか、生きている証人のためか、レイクは夢中で叫んだ。「私はあのビーチまでが精一杯だったんです」

「いや、もっと行ける」と老人はいった。

彼女は泣かなかった。それでも彼は彼女が老人の死を嘆いているのはわかった。ちょうど、ありきたりの夜明けを前にクライマックスで立ち往生した夢が、夢見る本人のために嘆くように。彼女はレイクが湿原に墓穴を掘るのを手伝った。その朝は雨のにおいがあたりに充満していた。彼らは墓に土をかぶせると、互いに見上げて顔を合わせた。二人ともひざまずき、背の高い草にうずもれ、雨のにおいにむせ返っていた。彼女の目の色は完全に消えてしまった。老人の死によって、彼女の顔の中の何かが回りだしたようだった。長いあいだ止まっていた彼女の内なる時計が、やっとまたカチカチいいだしたのだ。彼が墓にかぶせる最後の土を両手ですくおうと手を伸ばすと、重いメガネが鼻梁からすべって膝に落ちた。それを拾いあげ、シャツで拭いてかけなおしたとき、彼女はいなくなっていた。

彼女は消えた。一瞬、彼は果てしない空の下に広がる草原に彼女を見たような気がした。だが彼女の髪と思ったものは、白い風が荒あらしく吹き抜けたあとに残った暗闇のシミだった。彼女の唇かと思ったものは、薄暗い平野の凝固した混乱だった。彼女の瞳だと思ったものは、ただの追憶、魂の思い出、距離の魔除け、土手を横切る音色、野心の赤い月、水辺まで続き、そこで永遠に消える小さな足跡だった。「ハロー」と彼は叫んだ。まるで呼べば彼女が目の前に現われるかのように。だが彼女は、彼と目を合わせていたあいだも返事などしなかった。「ハロー」と彼はもう一度、希望なくいってみた。

彼は彼女を探しに町へ行った。彼女は町にいなかった。彼は波止場へ行って彼女に似た誰かが船の切符を買いに来なかったか尋ねた。誰も彼女のような姿を見かけていなかった。彼は彼女のことを聞いてまわり、至るところで顰蹙を買い、湿原に追い返された。彼は日暮れに間にあうよう、歩いたりヒッチハイクしたりしながらランズエンドへ向かった。彼は夜通し崖に座って、彼女のいわくつきの瞳を求めて灯台を眺めていた。灯台は暗かった。彼は家に戻り、その場をひっくりかえした。あちこちのイスや死の床など、ひっくりかえせるもの全てを探してみた。彼女がイスやベッドの下で見つかるわけはなかった。壁の陰にも床の下にもいるはずはなかった。彼は湿原をなめるように探し、一週間が一カ月になり、そして何カ月も探しつづけた。彼女は見つからなかった。誰も彼女のことを知らなかった。彼はまた石の家に戻ってそこで夜ごと彼女を待ち、彼女を自分の夢から追放しようとした。ふと、もし長い眠りのあとなら彼女に会えるだろうと思ったりした。また、長いこと眠らずにいたらどこかで耐えている彼女の無意識の中にもぐりこめるのではないかと思ったりした。かつて彼を川辺へ導いた足跡も気になってならなかった。彼は、夢をもって生まれた全ての人間と同じように、勇気がくじけて見ることができなかった未来を愛していた。彼はアメリカに生まれた全ての人間と同じように、決して忘れえぬ取り返しのつかない失敗を憎んでいた。

家の石壁で、彼はたしたりひいたり、かけたりわったりした。チョークや石炭で部屋を一周する方程式を書きちらしていた。二、三週間もすると、家の内側は計算で埋めつくされた。そこで彼は家の外側に移った。家の外側も埋めつくされると、彼は地面に方程式を書きだした。船舶会社に働きに行けば、会社の帳簿でもこの計算を続け、やがて机の上もはみ出した。やがて彼が住む湿原は計算でいっぱいになった。彼はそれからペンザンスを出ていく道路の上でたし算ひき算をするようになった。膝をつき、背中を島の端に向けてコーンウォールの端まで、たしたりひいたりしていった。町の人たちはこの行動を怪しんだ。彼らは内輪で集まって、いったいなぜ我が国の特にこの地方に、ろくでもないアメリカ人たちは魅きつけられるのだろう、もっとひどいのまで現われやがって、と話し合った。何カ月も経ち、春が夏になり、夏が秋、冬と移り変わって年が改まっても、レイクはまだ方程式を書いていた。古い方程式の隙間には新しいのもびっしり書き込まれていた。

土地の人にどう見られていたとしても、彼のたし算ひき算はあてどないものではなかった。彼は「数」の問題をきっぱり片づけようと決意していたのだ。結局一〇は九に続くことを証明しようと決意した。つまり二つの間に存在するのは分数の破片とパーセンテージだけで、「数」はただの恐ろしい妄想、彼の個人的つくり話にすぎない。何年も前の夜、川を渡って音楽を追いかける理由もなかったのだ。音楽なんてなかったのだから、「数」は存在せず、「数」の音楽も存在せず、音楽の情熱も存在しなかったのだ。このように彼は個人的挫折を正当化しようとしていた。いったん反証しようとはしたものの、心の一方では成功しないことを望んでいた。彼はただそれを確証するために反証を試みたわけだ。ともかく彼はこれに熱中した。

結局、失敗した。彼は数も音楽も情熱も反証できなかった。彼は他のことなら全て反証した。彼は自分で方程式を書いた家の壁そのものの存在を反証し、自分が働く会社の帳簿と机の存在も反証した。雇い主の当惑した視線の中で、雇い主の存在さえ反証した。ペンザンスの存在も反証した。海の存在も、その上に浮かぶ船の存在も、湾中央の城の存在も反証した。湿原も空の太陽の存在も反証し、空まで反証した。彼は数学的、経験的に思い出を一つ一つ反証していき、ずっと遡って彼がかつて愛し、もう顔も名前も思いだせない金髪娘にまでたどりついた。ただし彼は愛そのものと愛も含むあらゆる飢餓感の巨大なタンクは、反証できなかった。最終的に彼は自分自身の存在と、自分が一部であり自分の一部でもある巨大な飢餓の空間を反証することを望んだが、できなかった。彼が一、二、三を反証し、四、五、六を絶対的に除外して、七、八、九とそれらのあらゆる反指数を、考えられる全ての理由から追放してみたが、それでもまだ彼の恐ろしい数が残っていた。世界で最後の数、「帰還不能の数」だった。新しい年が次の年に移り、次の年がまたその次の年になった。五が一〇に移り変わり、彼は中年を急速に駆け抜けて、自分の半世紀の目印も過ぎた。人びとがそばを通り過ぎていった。そのころには彼が働いていた会社は衰退の一途を辿ったあげく破産してしまい、新しい会社が繁栄し、消えていった。ブルー・プレート・インは他の宿に変わってしまったが、彼にはどうでもいいことだった。そんな宿は存在しない、と保証つきで証明してあったのだ。彼が自ら非在を証明したものは、決して存在しないものと同じように過ぎ去っていった。

一五年の月日が経ち、経験的に反証された旧世界が数学的に反証され、彼の数にいかれてしまうと、彼は一生費やして信じまいとしてきたものを信じるしかなくなった。彼はある朝起きると石の家のドアを閉めて永遠の別れを告げ、港へ下り、故郷に帰る切符を買った。

かつて、すべてのものに数があった。正義にも数があり、そのために半狂乱になった人たちを覚えている。彼らは眠りながらそれを数えていたが、高くへは行かなかった。高いものはなかったからだ。その数は、他のどの数もみな約数なのに、その数以外ではわれなかった。数学的にそんなことは不可能だが、そういう種類の数だったのだ。そしてそういう場所があった。夢が数の精度をもち、情熱そのものが国だった。その国の呼び名は……。

どうでもよかった。それがなんと呼ばれていようとどうでもよかった。一度忘れたジョークのおちを、一生かけて必死に思いだそうとするようなものだ。それは末期に、何死の瀬戸際になって頭に浮かんでくるが、何処か違っている。忘れていたうちに、何か別のものに変わってしまうのだ。なにが最悪か決めるのは難しい。正義がもう数をもたないことか、情熱の国に住んでいた人びとが夢を忘れ、眠れない連中の記憶、貪欲と裏切りのほかは数えないケチな算数をあわてててでっちあげることか。

私はもどっていく。決心するまでにこんなに時間がかかって残念だ。勇ましいふりをしてもしょうがない。かつて私の夢の中にあった情熱をまだ隠しているふりもしない。かつて聞いた音楽が聞こえるだろうとか、いつか聞いた場所にたどりつけるだろうなどと、自分をごまかしもしない。私は人生の後半になって疲れたと感じたが、人生最後の四分の一で屈服感を味わっている。私はあらゆる方法を尽くし、心の底では認めているものを反証しようとしてきた。一生かけてこんな努力をする本性が人には備わっているのではないか。私は旧世界の海岸に座り、最後の三回めに私の国のさざ波がひいていくのを見られない。それより、誠実が私を裏切ったのであって、私が誠実を裏切ったのではない、と死ぬときに確かめたい。

朝、レイクはひげをそっているとき、白くてまるい洗面台からよく顔をあげ、壁のまるく青い穴を見た。それは海だった、船はゆっくり滑るようにアメリカへ向かってゆく。ときどき、彼は夜中に目をさますと、自分の船室の壁も天井も床も方程式で埋めつくしてしまいたい衝動にかられ、それをこらえた。もう残っている方程式はなかったし、船員ともめたくなかった。彼はコンパスと共に小さいボートに乗せられ、船長がイングランドへもどる方向を漠然と指さす光景を想像した。したがって彼は大人しく西向きの甲板に座って、島影が見えてくるのを待ちながらいつも聞こえてくるものを逃すまいと耳をすませていた。

彼はニューヨークにはとどまらなかった。街を素通りしてペンステーションから西へ向かう列車に乗った。列車は一時間でニューアークを過ぎ、夜のうちにピッツバーグへ着いた。列車はさらに大地を横切って走りつづけ、三日めの朝、レイクはシカゴに到着した。シカゴでは、人体の一部が描かれている建物を幾つも見かけた。店の側面に開いた手があったり、ガソリンスタンドの後ろに開いた目があったりした。虹や海の波、砂漠や銀河宇宙の背景に様ざまな人体の部分が描かれていた。レイクは列車の線路と大学の間にある昔の部屋に向かって、あせた色で描かれた口の通りを歩いていった。それぞれの口からは点滅する電気のような言葉が漏れてくる。聞こえてくるどの音も、彼が探していた音楽ではなかった。見覚えのあるものも、何もかも彼にとってはね上げドアみたいなものだった。古い店の看板、見なれたアーチの通り、どこかの角で止まるバスの変わらない音、風に漂うビールのにおい、ときには、長いこと見ないうちにいつのまにか何年も年をとった顔、そんなもの全部がはね上げドア式に足元から彼を一九三四、一九三五年へと滑り落とそうとしていた。私は時間と日付にもっと注意しておくべきだった。古い橋を渡りながら彼は落ちていく黒いラッシュを感じ、三〇年前に立った所に立っていることに気づいた。ルイ・アームストロングとアール・ハインズが「ウェストエンド・ブルース」を演奏し、足元に死んだ金髪娘が横たわっていた。

彼は駅にもどって西へ向かう列車について尋ねた。彼はまずロックフォード行きの時刻表を渡された。次にピオリア行きの時刻表を渡された。さらにせがむとセントルイス行きの時刻表が出てきた。西といっているだろう、といって、ようやくウェスト行きの時刻表をもらった。それによれば、ある列車は不特定の時刻に発車する。乗りたければ駅で待っていなければならないという。その列車の横には進行方向が書かれていないので、自分で察知しなければならない。彼は五日めの晩にその列車を見た。暗闇の中を、ミシガン湖の北あたりから白い目をうならせてやってきたのだ。最初ははるかかなたをうねうねと走っているように見えたが、リズミカルに風を切る音が急にのみこまれそうなごう音に変わり、止まらずに走り去りそうだった。彼は飛び乗る直前に、片隅でクラクラと妙な感じを覚えた。

列車は飛ぶように西へ走ってゆく。レイクは暗い、からっぽの車両の通路に立って、開いた窓から吹き込む冷たい風に当りながら、過ぎ去ってゆく小さい町々を見ていた。星の洪水の中、彼がかつて馴れ親しんだ野原があった。野原の向こうには見覚えのある家があった。列車はそれらすべてから飛び去っていった。しばらく下から犬の声が聞こえていた。犬は吠えながら走ってついてきたが、列車が道路わきの木製フェンスを通り過ぎると置きざりにされた。やがて川に出た。彼はその川も知っていた。列車が過ぎ去るとき、彼は進行方向を見た。彼は唇を開いた。なにか言おうとするような、叫びだしそうな表情だった。あるいはただ少し息をついたのか……。列車はうねりながら月の開いた赤い口の中へ進んでいった。

彼はコンパートメント下方に黒い川が見える窓際の席で眠りに落ちた。数時間後に起きると朝だったが川はまだ見えた。きっと列車が夜の間しばらく停車していたのだろうと彼は考えた。彼は来た方向をふりかえり、それから背後の川の土手を何とか見ようとした。結局、見えたのかどうか……。列車は走りつづけた。動くトンネルがくっついているように。西の空間は前方で逃げ、後方で崩壊していった。レイクはまた眠った。ときどきビクッと起きたが、あいかわらず列車は動いていて、まだ向こう側に着いていないことを確認するだけだった。黄昏どきに再び目をさました彼は、突然座りなおして窓の外に目を凝らした、川はまだ下にあった。列車は何処かに停車していた様子はなかった。地平線がけさ見たときとは全く感じがちがっていて、レイクは後ろの土手はもう絶対に遠く見えなくなっただろうと思った。列車は速く走っているように思えたが、定かではなかった。なにかを目安にしようにも見えるのはただ川と空だけだったからだ。

彼はぐったりとして昏迷状態を行ったり来たりしていた。単に何週間、何カ月の長旅に疲れたのではなかった。一五年間、湿原に暮らし、人生のすべてを反証してきたのに、ずっと昔に今まさに渡っている川の向こうから聞いた音だけは反証できなかったからだった。彼はうとうとしながら川を夢見、自分が目をさましたとき向こう岸の白い土手にいる様子を夢見るのだった。彼はまどろみながら思った。人はいつも西へ行ったが、不思議なことではない。西へ行くのが時代の性質だったからだ。しかし次の朝に彼が起きてみても列車はまだ走っていて、向こう岸の白い土手はまだ視界に入ってさえいなかった。レイクは、これは世界有数の川だな、とつぶやいた。

ときどき、小島やできたばかりの沼地が姿を現した。二日めの終わりごろには、小島の数は増えていた。川は紫紅色だった。低い所でゴロゴロ鳴る雲は頭上ほんの三〇メートルほどを地球の端に向かって早瀬のように流れていった。彼はある小島で空に赤い風車が回っているのに気づき、すぐに別の小島にもまた風車を見つけた。一時間のうちに見渡すかぎり風車の波が押し寄せた。川に点在する何千もの小島に赤い風車が空でゆっくり回っているのだ。雲はゴロゴロ鳴りつづけた。川の向こう岸に近づいている、とレイクは幾分ほっとした。しかし、それから一時間のうちに、完全に暗くなる少し前、小島の数は減り、風車も見えなくなってきたかと思うと、はずれの方に二、三個だけ見え、しまいには前と同じ川だけの景色になってしまった。

彼は夜どおし起きていた。意識の中に不安が繭をつくり、夜明けには疲労困憊し、崩折れた。午後になって彼が目をさますと、不安の幼虫は恐怖の成虫になって飛び出していった。川はまだ下にあり、空がいっそう低く垂れこめていた。西に白い太陽があった。彼は座って眺めていたが、自動給湯器が中で破裂し、小さな黒い泡が立ち、表面にゆっくり細く流れ出してきた。大変だ、と彼はよろよろ列車の窓際に寄り、そこで身を支えた。何年も前に大学の寮で窓にもたれていた時のことを憶い出す。あのとき、彼は彼女のことを考えながら、今まさに辿っている線路をじっと見つめていたのだ。彼は他の車両に行って人を探す気にならなかった。他にだれもいないことをはっきりさせたくなかったからだ。だれかを探し歩き、先頭まで行きついたら運転手すらいなかったなんて光景を見たくなかった。そんなことを発見する必要はなかった。この線路に立っていた母が、まさしくこの列車に乗ってアメリカの夢のかなたへ失踪したことだって少しも不思議には思わない。不思議なのは、父と伯父が帰ってきたことだ。からっぽの暖炉を放心して見つめるために帰ってきたことの方が不思議だ。彼がこれらすべてに思いを巡らせながら太陽の黒い自動給湯器を見ていると、後ろでコンパートメントのドアが開く音がした。

彼は後ろをふりかえった。車掌が立っていた。列車の中で車掌に会うのは当り前のことだが、レイクはびっくりして見つめた。しばらく目を閉じてから開けてみた。車掌はまだそこにいて彼をいぶかしげに見ていた。「大丈夫ですか?」と車掌が尋ねた。彼は白い口ひげをはやし、赤いカフス付きの青い車掌の制服を着ていた。

レイクはもう一度目を閉じ、開いてみてから力なく微笑みを浮かべた。「ええ、大丈夫だと思います」

車掌はうなずいて、コンパートメントから出た。「暗くなる前に駅に着きますよ」と彼はいった。

「え？」

「駅はアンジェロークです」

「アンジェローク？」

「暗くなる前に」と車掌はもう一度いうと帽子の先を軽く上げた。

私にはまだ川の向こう岸が見えない。列車の両側から見つけようとしたが虚しかった。それにしても太陽が急いで海に沈んでいくのに、自動給湯器はますます高く噴出しつづけ、黒い渦を巻き、星の輪郭を越え、枝を広げて空一面に満ちている。太陽が沈んでしまっても、噴出は激しく、大きくなっていくばかりだ。そして自動給湯器などではないことがわかった。それは太陽から出ているのではなく、川からだった。巨大な樫の木があらゆる方向に広がって、雲が渦巻く天井につかえていた。川の波がそのどっしりした黒と白の幹を強くたたいていた。近づくにつれ、その木はどんどん巨大になっていった。てっぺんは風のせいでほとんど葉がなかった。葉やはがれた木の皮が下の川に流れていくのが見えた。太陽に染まった西の空のはかないピンクの輝きの中で、この木一本だけが地平線にクモの巣をはり、そこへ空がグレーの屋根を傾けていた。その様子は真ん中へ渦を巻く貝のようだった。そしてあのうなり声、海の鋭い響きが聞こえてきた。

「私が子供の頃……」

やがて列車は速度をゆるめていった。川に青い霧がかかっていた。列車が徐行するころには、巨大な木に辿り着いていた。幹は直径一二メートルから一五メートルはあった。レイクは車両の両側からその木を見ることができた。真ん中にトンネルがうがたれ、通り道のアーチにはあちこちランタンが吊されていた。列車は木の中で完全に停車した。プラットフォームに降り立った乗客はレイクだけだったが、彼は少しも驚かなかった。あたりには濡れた木のにおいが漂い、川からの突風が幹を通る音が聞こえた。足元のプラットフォームはまだリズミカルに揺れていたが、列車の響きを足に感じているのか、絶え間なくぶつかる波に木が振動しているのかはよくわからなかった。ポーターがレイクに近づき、荷物を運びましょうかと尋ねた。「荷物はない」とレイクは彼にいった。ポーターはうなずいて帽子のへりを触り、斜視気味にレイクを見た。ランタンの明かりで、レイクは木彫りの標識を読んだ。アンジェローク。レイクはトンネルから列車の前方に目を凝らした。線路が、エンジンの煙と川からの霧にかすみ、川のずっと先方で闇へ消えていた。「またすぐに発車するのかい?」と、レイクはポーターに尋ねた。

「しばらく出ませんよ、だんな」とポーターはいった。あいかわらずまっすぐ彼を見ていなかった。「上で温かい食事をとる時間が充分ありますよ」

レイクはちょっと咳ばらいしていった。「川の向こう側まであとどのくらいある?」

ポーターは口をキュッとつぐみ、判然としない調子で答えた。「ああ、まだしばらくですね」

レイクはうなずいた。「すごい川だね」

ポーターの顔には邪悪な喜びをたたえた表情が浮かんだ。彼は笑いだした。「まったくすごい川ですよ」彼は笑いつづけた。「本当に大した川ですよ」彼は笑いを浮かべたままレイクから顔をそらし、プラットフォームを歩いて行った。

レイクはひとつづきのらせん階段を昇り、線路の上の階に出た。樫の木のえぐられた芯の所は小さなバーと宿だった。薄暗く明かりのともった穴ぐらにテーブル数点とカウンターがあり、幹に開けられたゆがんだ隙間から夜空がのぞいていた。内側の壁におかしな絵が幾つかかかっていて、すべて同じ絵だった。カウンターの後ろにはカレンダーがかかっていた。宿は非常に小さい部屋六つからなり、上方の最も頑丈な枝の各段に止まっていた。段は幹から枝に伸びる四本の長いロープでつながっていた。宿の主人は愛想のいい太った男で、赤ら顔に澄んだ目をしていたが、ポーターと同じように、焦点が合わないような目つきでレイクを見た。彼はレイクに部屋をとるかたずねた。レイクは「いや」と答え、「列車ですぐ発つがなにか食べたい」といった。彼は主人に「客は多いのかい」と尋ね、主人は「以前ほどじゃないよ」と答えた。主人はレイクに「どこへ行くのか」と尋ね、「西だ」と答えると、快くうなずいた。だが彼はなんにでも快くうなずくようだった。そこでレイクは、川が見渡せるバーの端の節穴のところに座ってもいいかと尋ねた。主人は「結構ですとも」といいながら「部屋はとらなくてもいいんですか」と持ちかけた。レイクは木の窓脇に座ってしばらく壁のおかしな絵の一つをじっくり観察していた。それはフレームつきのただの黒い点で、そばのランタンに照らされていた。壁の他の絵もこれとまったく同様で、形と大きさが違うだけだった。レイクは早いところ旅を続けたいと思った。彼は目を閉じ、脈打ちながらあたりに響きわたる貝殻のうなり声を聞いていた。彼はうたたねをしかけたが、突然なにかにガツンと打たれたような衝撃を感じてはね起きた。そして貝殻のうなり声だと思ったのは列車の音で、今しがたアンジェロークを発車して霧の中に吸い込まれてゆくところだと気づいた。

私は信じられない思いで列車が私を置きざりにして出ていくのを見ていた。そして悪態をつきながらカウンターにもどり、主人に文句をぶちまけた。私は階段を駆け下り、プラットフォームに立ちつくした。ひょっとしたら列車が引き返してくれるかと思ったのだ。私にはどうにも列車に乗りそびれたことが納得できなかった。ポーターがまだそこにいたので彼もどやしつけた。乗客が大勢いたとは思えない。私がたった一人の乗客で宿の主人もポーターも私がその列車に乗ることを知っていたのだ。主人は次の列車が来るまでの部屋を請け合った。私は「部屋なんて要らない。あの列車に乗りたい」といい、次の列車はいつ来るか尋ねた。彼はわからない、あれが時刻表どおりに来ない列車だと承知の上で乗ったはずだ、といった。ますます頭にきたのは、宿の主人もポーターも話しかけてもこっちをちゃんと見ないことだった。私は頭にきて、主人の目の前で指をパチンと鳴らしてみた。そして彼には私が見えていないことに気づいた。それからポーターにも私が見えないことがわかった。二人ともなにも見えないのだった。

私は樫の木の中で一番高い段にある部屋をあてがわれた。鍵はなかった。ポーターが三番めの橋へ案内してくれ、私がついてくるのを確かめ、にっこり微笑んだ。握っていた手すりがなくなったとき、私は木から暗闇へ転げ落ちるかと思った。枝にランタンが下がっていたので、手に持って歩いた。橋は確かに部屋へつづいていた。そこの方が夜の空気も暖かく、風もトンネルの中より穏やかだった。私の部屋にも、例の同じようなわけのわからない絵が二枚かかっていた。そしてシングルベッドと、スツール、その上に水の入った洗面器が置いてあった。川から水をくみ上げる珍妙な仕掛けもあったが、ずっと使われていなかった。私は落ち着かないまま眠った。

翌朝早く目がさめた。窓の外を見、思わず「何てこった」と繰り返しつぶやいていた。窓から窓へ部屋を一回りし、東西南北をじっくり見てみた。何マイル先まで見渡せたけれど、見えるものはなにもなかった。陸地が見える気配もなければ、丘も、川辺もなく、西の方は深く霧に包まれて、川にはただ線路が長いジッパーのように光っていた。五メートルも手を伸ばせば充分雲に触れそうだった。

私は揺れるロープの橋を伝って酒場へ下りた。宿の主人はほがらかに、おはようと声をかけてきたが、まだ愛想を返す気分にはなれなかった。次の列車はいつかと詰め寄ると、気を落ち着けて待たなければいけないと諭された。彼はぜひ朝食をとるようにと勧めた。私は用意された朝食をカウンターに放りっぱなしにしてプラットフォームへ下り、ポーターを見つけた。彼に次の列車はいつ来るのか教えてくれとしつこくせまった。「言えない」と彼は答えた。私は線路に降りてみた。枕木は幅が広くて堅かった。霧の中へ消えてゆく線路を眺め、残りは歩いて行ったっていいんだ、とヤケになっていると、プラットフォームからポーターが言った。「私だったら歩いて行こうなんて考えませんよ。列車が来たらどうします？　川に飛びこむしかないでしょう」なにも見えないわりに、彼は炯眼だった。

その週、列車は来なかった。次の週もその次の週も来なかった。カウンターの裏のカレンダーの四月がはがされた。何の変化もない。私は樫の木の窓に座って線路の先の霧を見つめていた。五月は来ても、列車は一緒に来なかった。ある日、私は長い異郷暮しにとうとう癇癪をおこして、主人にいったいなぜ高い木の上に住んでいるのかと尋ねた。彼は笑いながらいった。「まだ空の幹が見つからないからですよ」「見つけたいものが実際にあればの話だろ」といおうとしてやめた。彼は音のない銀色の目であらかじめ私に答えていた。

　六月初めのある夜、私は樫の木のてっぺんの部屋で何かが鳴る音を耳にして起きた。最初は高く鋭く、それから長く尾をひいた。だれかがピストルを撃ったような音だった。まるでその銃声がだんだん近づいてくるかのように、音は鳴りやまなかった。翌日も一日中、その響きを聞いていた。それは弱まるどころか、ごくごく少しずつだが、かえって大きくなっていった。

　翌日、まだ響きは耳の中でやまなかった。ジョン・レイクは頭を六でいっぱいにして起きた。数のことを考えるなんてずいぶん久しぶりだった。彼はベッドを出て、顔を洗い、酒場に下りていった。どういうわけか、彼は宿の主人にその日の日づけを尋ねた。主人は六月六日、そして少なくともカレンダーによれば一九六八年だと教えてくれた。つまり、一九一三年に生まれた自分は六〇代に向かって六年めの六カ月めの六日めを迎えた、とレイクは気づいた。レイクがこれほどはっきり日づけに興味を示すのは、非常に久しぶりで、こんなことはめったになかった。

音はまだ頭にガンガン響いていたが、これ以上大きくはならなかった。夜中のうちに大きくなるのは止まっていた。止まったかどうかはっきりいえないが、数時間後にもうこれ以上大きくなっていないと確信できた。大きくなるのは、彼が樫の木のふしくれだってねじ曲がった窓から、川面の霧の中に消えていく西へ伸びる線路を見下ろすときだけだった。そのとき彼はハッとした。しばらく列車の汽笛だと思っていたものが、そうではないと気づいたのだ。彼はカウンターの向うの主人に音を聞いたかと尋ねなかった。レイクはいつも他人には聞こえないものを聞いていたからだ。たとえば草原の音楽のように。そして……。

彼は今なにを聞いているのかも悟った。三〇年前にこれを聞いた夜のことを思いだした。一瞬、彼は自分に激怒したが、ともかくこの音を初めて聞いて以来半生をかけてその存在まで反証しようとむなしい努力をしてきたことを思いだした。そして数学的にも経験的にも反証できなかったにもかかわらず、自分の心に対しては確かに反証していたのだと気づいた。それを情熱的に追いかけていたくせに、信じていなかったのだ。

彼は川面の霧の中に消えていく西へ伸びる線路を見下ろしながら、耳をすませた。足跡の列車が行き着く先のビーチで、麻痺したまま、聞いていたように。彼は階段を下りていった。

彼は線路に降り立ち、ややたじろいだ。三〇年前に、来た道を余儀なく引き返した時と感じが似ていた。だが彼はふりかえらなかった。六〇代に向かって六年めの六カ月めの六日めの今日、夢がかなえられなかったものを滅ぼしてしまう日が来た。彼がこの夢を忘れていたことは不思議ではない。彼は結局、夢から生まれてその夢を忘れてしまう国に生まれたのだから。一度忘れて、再び思いだしたこと自体不思議だった。かつて彼は怖れを抱いたが、今は勇気を得た。それが不思議だった。ポーターが泡を食ってプラットフォームを駆けてきた。「そこに下りちゃだめだよ、だんな、列車がいつ来るかわからない。今日かもしれない。ずいぶん遅れているから一時間以内に来るかもしれない。列車は速度をゆるめちゃくれないってことは知ってるでしょう」レイクは線路を歩きつづけた。足元の枕木はしっかりしていたが湿った空気で曲がりやすくなっていた。線路を一〇メートルほど行くと、思わず後ろをふりむき、とぐろを巻きながら雲を突き抜けてそびえる巨大な樫の木を見上げた。ポーターの声が聞こえる。宿の主人も呼びかけているらしい。二人とも見えない黄昏にむかって叫んでいた。線路の上は生暖かかった。霧までたどり着いても、レイクは照り返す陽光と蒸気の中で顔に水煙と熱を受けながら、歩きつづけた。霧から外に出たかと思うと、線路がゆるやかにカーブして、また霧の中に入った。彼は歩き続ける。響きは耳の中ではなくどこか線路の向こうから聞こえるのだとわかっていた。それは近づくにつれ大きくなっていった。線路を三マイル進んだとき、彼は霧の長い帯から抜け、果てしない青い川だけの広がりに出た。線路はただ遠くの雲にむかって伸びていて、彼のはるか前方には、ひざまずく人影があった。音が急にやんだ。彼は彼女を目差して歩きつづけた。

彼女はあまり変わっていなかった。もちろん年をとっていた。もはや一五年前、湿原の中で蒸発してしまった少女ではなく、女になっていた。額にしわが一、二本でき、唇は前のように濃い赤ではなくて少し色あせていた。しかし彼女のきらめく瞳の、底なしの深さはそのままだった。そして彼女の髪はいっそう野性的に茂り、川の薄霧にぬれて輝いていた。彼女がいつから陽光の中で線路の枕木にひざまずいていたのかは見当もつかなかった。彼女は彼が近づいてくるのを見ていた。彼は目の前でひざまずき、両手を震わせながら彼女のドレスを引き裂いた。彼女は身を振り切って逃げようとしなかった。服は後ろの線路に落ち、彼女も倒れた。彼は両手で彼女の体をなで下ろしていった。腕から手首、わき、腰、そして脚から足首へ滑らせた。彼は彼女におおいかぶさった。彼女の髪は線路の端にかかって風になびいた。頭上にはかわいた鉛色の空、向こうに巨大な樫の木の黒く長い裂け目のような影があった。彼女の中で、くたびれた時計がまだカチカチ音をたてていた。彼女は音のしないチャイムの騒々しさの中で震えた。しばらくどちらも息を止めているようだった。そして彼女は彼が太もも越しに息を吐き、彼女の黒いカールの赤いリボンを味わっているのを感じた。彼女の中で新たな湿り気が爆発した。彼女の顔に線路の熱いレールが触れた。彼のメガネは目からずり落ちて木の間に落ちた。彼は彼女に焦点を合わせようとした。彼女は彼のシャツをつかんで自分の方に引き寄せた。彼は彼女の髪を両手にからませ背後の線路に広げ、彼女の瞳を見すえようとした。彼は目をそらしてはならないことを悟っていた。お互いの視線で築いた絆を自分から壊せないことに気づいていた。彼はこの運命を感じたのだ。そして自分自身をあざ笑った。彼女もたぶん誤解から笑った。彼女の笑い声は、彼女自身にとっても異質で、彼女が顔を崇拝する国であらゆることに感じた違和感と同じだった。その国では、顔が夢の奴隷ではなく、夢が顔の奴隷だった。そして彼女の異質さは異質の世界から解き放たれ、不思議の世界によく馴染む不思議さに結びついた。彼女は彼の下で燃えた。野蛮なほど放埒になり、怒りを含んで彼を自分の中へ何度も何度も引き寄せ、結びつけた視線を決して断たずに、彼を自分の異質さの中に溶解させようとした。ずっと以前から、彼女は、夢みる人に憧れながら夢の前ですくんでしまう人たちの奴隷にはなるまいと決めていた。彼女は彼の耳許でうなった。彼女は目を閉じなかった。処女膜を破られても、彼女は歯を食いしばり、いささかもたじろがなかった。彼女は彼の顔をにらみつけ、彼自身の姿を瞳に映して見せて彼を気落ちさせた。そして次の瞬間には彼女の姿はなかった。浅黒い肌の裸の彼女は消えてしまった。線路のはるか下の黒い川へ落ちたのか……彼女を両手の中に感じ、彼女の脚がからまってくるのを感じ、しかも彼女の中の自分を感じたのに。彼女の姿はなかった。目を閉じてしまったのだろう。いや、違う。目を閉じたせいではない。一瞬、目をそらさなければならなかったのだ。ほんの一瞬だ。あの光はとても見ていられなかった。まさに二つのブルームーンがクライマックスに達した瞬間に目をそらしたのだ。それは手に届かない線路の上の空の色を呈していた。そして私は考えていた。さて私は前にどこでこれらの月を見たのだろう？　私はそれをはっきりさせようとして目を細めていた。二つのブルームーン。私は自分自身を彼女の中にそそぎこみ、おそらく、ほんの一瞬、眠ってしまったのだろう。

「警部補。警部補？」

そして音が聞こえる。私がこの線路をはるばる追ってきた音だ。それはあまりに巨大で聞くことにも無視することにも耐えられない。巨大なもの、難破のあった夜とビーチの小さな女の子のようだ。巨大でしかも身近なもの。そして私は非常に奇妙な記憶を持っている。思い出すことはたくさんあるのに、霊安室ですすり泣いているメロディー・レイクをよく覚えている。何を考えているのだろう。なんということだ。そして呟いてみる。記憶とは、さまよう盲人の夢にすぎないのだろうか？　そして、それはそこにある。上の方に、巨大で、その音はあまりに鋭く白い光からもれてくるので、最初は太陽かと思うが、太陽は地平線にあることに気づき、それなら列車かと思うが、線路は動かない。私たちの死体を伏魔殿に運ぶ以外にはじっとしていることに気づく。それから湿原の老人が灯台の夜に見たのと同じような彼女の瞳かと思うが、やがてその光は彼女の手の中にあることに気づく。ギラギラと、白く、鋭く輝き、彼女の手の中で指に焼き印をつけるように燃え、それを消そうとでもするように、光はほとんど見えないほど速く私におそいかかってくる。

「あそこにだれかいる」

そしてそれは私に唄う。それは唄う。

訳者あとがき

聞けば、エリクソンはロスアンジェルスのダウンタウンで半ば隠遁生活を送っているという。ロスのダウンタウンは誰も好き好んでは住まない、それこそ町以外の何かである。ここを徒歩で歩くことができるのはホームレスか強盗か、ドラッグ中毒者か警官か、魔女かゾンビか、いずれにせよろくな奴はいない。ぼくの知り合いは五〇メートル歩いただけで殺されそうになった。

翻訳の底本のヴィンテージ版ペーパーバックにはエリクソンの唯一の顔写真があるが、もとは全身写真で、ボロボロのジーンズに裸足というでたちなのだ。その目つきもうつろで、白昼夢の真っ最中に撮影されたものと思われる。放っておけば、何も食べずに小説を書いているそうだ。時々、友人が彼を訪ねて生きているかどうか確かめるという話も聞いた。車もテレビも持たず、ラジオだけを妄想の友にして、ひたすら小説を書き続けるエリクソンという男は自分が書いた虚構をそのまま生きてしまおうとでもしているのだろうか？

『ルビコン・ビーチ』は全編が妄想の内部で展開される。ストーリーも論理も描写も異様なテンションに満ちた妄想の産物である。キャサリンと呼ばれる謎の女をめぐる三つの物語の体裁を取りながら、結局、謎の女の正体は明かされることなく、ただ謎だけが積み重ねられる。ハリウッド映画が得意とする冒険活劇を期待する読者は作者が仕掛けた無数の裏切りに泣き寝入りする羽目になるだろう。これをしも、物語と呼べるのだろうか？　結論からいってしまえば、『ルビコン・ビーチ』は物語を語ろうとする誘惑から逃げ続けようとする作者の不断の意志によって、小説と呼ぶ以外にない奇妙なテキストになってしまったのである。逆にこれを小説と見做せば、従来のアメリカ小説は単にイメージとモラルを弄ぶだけのお話ということになるだろう。つまり、イメージやモラルの彼岸に成立するテキストだけが小説と呼ばれることになるわけだ。もっとてっとり早くいえば、エリクソンはフォークナーやピンチョンの畸型の子孫なのである。フォークナーにとってのニュー・オリンズは、エリクソンにとってはロスアンジェルスのダウンタウンであり、ピンチョンが描くアメリカの偽史は、エリクソンにおいてパラレル・ワールドのアメリカになる。いずれにせよ、アメリカ人、特にサイレント・マジョリティと呼ばれる普通の絶対多数のアメリカ人が自明の理としているイメージやモラルや歴史に揺さぶりをかけ、あわよくば別のアメリカを現前させようとする不遜な意志を持った作家であることは間違いない。本来、そういう作家だけが小説を書き得るのではないだろうか。

『ルビコン・ビーチ』には、「アメリカ1」とか「アメリカ2」といった奇妙な用語がコンテクストを突き破って現われる。どうやら、今現にアメリカで暮らす人々の常識が全く通じないもう一つのアメリカがあるらしい。空間のよじれに迷い込んだ者だけが体験できる不思議なアメリカがあるのだ。まさに他者と素手で向き合わなければならないアメリカだ。キャサリンという謎の女は、恐怖の他者のメタファーであるのかも知れない。

現実にアメリカはヒスパニックやアジア人たちの生活圏でもあり、その半分は第三世界だといっていい。そもそも、イギリスのピューリタンたちが新大陸に渡ってくるはるか以前から新大陸はベーリング海を渡ってきたアジア系移民たちの生活圏だった。アメリカは少なくとも二度発見されているのだ。二度目に発見したコロンブスはヨーロッパで最初に新大陸を発見したものの、世界最初の発見者ではなかった。しかし、彼は新大陸に先住民がいることを発見した点では確かにパイオニアだった。彼はその先住民をインディアンと呼んだ。

その後もアメリカは移民たちの個々の体験を通じて、何度となく発見されている。フォークナーも、ピンチョンも、そしてエリクソンもアメリカを発見したのである。アメリカの発見とはすなわち他者の発見である。コロンブスにとっては先住民の発見がすなわちアメリカの発見であった。

『ルビコン・ビーチ』でも再三再四にわたって、登場人物たちがアメリカを発見する。ロスアンジェルスのダウンタウンをさまよう第一部の語り手を通じて発見されるアメリカは文明の廃墟の中で静かにざわめいている。冗談をいって友人を死刑台送りにしてしまった語り手は自分の身の回りで起こる奇怪な事件に謎の女がからんでいることを突きとめ、彼女を追う。しかし、他人からは彼の確信も妄想と見做されてしまう。語り手も「そんなはずはない」と思いながら、その確信はいやがうえにも強まってくる。語り手自身がいつの間にか他者の世界に紛れ込み、そこで右往左往している。何と語り手は自分の殺人現場を目撃してしまうのだ。しかも、自分が殺されたのは妄想ではなく、事実なのである⁉

共同体のアメリカと他者しかいないアメリカのあいだには境界なんてない。二つの世界は複雑にからみ合い、互いを侵食し合っている。第二部は謎の女キャサリンがいかにアメリカを発見したかが語られる。一人の他者の口から共同体のアメリカが異化され、解体されてゆくのだ。キャサリンは、共同体のアメリカからドロップアウトした一人の男（脚本家）によっても他者として発見される。恐怖の他者は共同体に騒動のタネを植えつけ、やがてカタストロフが訪れる。ホテルの火事のシーンは七〇年代にハリウッドで流行したパニック映画を思わせる。共同体のアメリカは一人の他者が巻き起こした火事によって、あえなく崩れ落ちるのである。

第三部。大恐慌と禁酒法の時代背景のもと、アメリカの一家族の歴史から語り出される。インディアンの血筋を引いた男は青春の終わりとともにイギリスの小さな港町へ流れてゆく。そこは旧世界のさいはてに位置する麻痺の中心のような町である。男は未亡人と出会い、別れ、奇妙なアメリカ人の老人と出会い、彼の妄想につき合う。その老人というのが第一部の語り手なのだ。ある夜、二人は岬で謎の女を発見する。老人はその直後に死に、男は老人の妄想を受け継ぎ、いつの間にか姿を消した謎の女を追い続け、ついにはこの世にないはずの世界へと迷い込んでしまう。第三部の主人公によって再び見出されたアメリカは語り手と登場人物の視点が錯綜するメタフィクションの構造そのものなのだとわかる。

アメリカをメタフィクションの世界として描き続けながら、エリクソン・ワールドは不気味な肉感に満ちている。ちょうど小説の空間の隅々にまで〝水〟が満ちているように。ロスアンジェルスの海と運河、アマゾンの奥地と思しき水域、そして旧大陸のさいはての地を洗う海、もう一つの文明の世界を流れる巨大な川……。統合失調症的な言葉の洪水には確かな水路が隠されている。読者は冒険する登場人物たちのように流れを読み誤まりさえしなければ、やがてエリクソンが最後に導こうとした場所に辿り着くことができるだろう。そこはかつてメタフィクションを支えていた自意識すらも消滅してしまう他者の世界だ。

最後に翻訳の初体験を終えての個人的な感想を述べさせていただきたい。谷口真理さんから渡された下訳をもとに第一部から作業を進めていったのだが、初めはただ目を白黒させていた。時にくどいくらいに繰り返され、時に強引な飛躍があり、時に意味不明の表現が飛び出し、船酔いにも似た感覚に襲われた。原文で読むのとそれを日本語に変えるのとでは全く違う頭を使わなければならないことは知っていたが、これほどとは思わなかった。しかし、下訳の苦労に較べれば、ぼくの作業はいかにも軽労働だったはずだ。いうまでもなく、この作品の翻訳は谷口さんとの共同作業であるが、作品に対するぼくの熱意と興味は主に谷口さんに鼓舞されたといっておきたい。ぼくはいい下訳に恵まれた。

翻訳の喜びはすぐれた作品との出会いによって生まれるものだ。逆にいえば、最も愛憎の振幅の大きい読書がとりもなおさず、翻訳なので、駄作につき合わされる方はたまったものではないだろう。「あんな作品を翻訳しやがって」といわれのない文句まで翻訳者はこうむることになるかも知れない。しかし、エリクソンはアメリカのみならず世界の中の現代文学の中でとても重要な作家であることは間違いない。その作品に日本語の文体を与える機会をもたらしてくれた編集者黒須仁氏と校正等で面倒をかけた長嶋さん、装幀で御世話になった横尾忠則氏にこの場を借りて感謝したい。そして、谷口さんにも感謝の念を表わすとともに、新進翻訳家としての成功を大いに期待したい。

一九九一年十一月二十五日
川崎市の自宅にて
島田雅彦

文庫版のためのごく短い訳者あとがき

『ルビコン・ビーチ』は我を失ったアメリカ人の夢の中の日常を描いている。精神分析医の需要の多いアメリカだが、このようなゴシック的な精神構造を理解できる分析医がいるとすれば、きっと小説を書いている。シンプルで、シンメトリックで、アクションシーンが多いエンターテインメント作りに徹しているハリウッドの影響もあり、多くのアメリカ人は自らの歪んだ精神構造を意図的に単純化しているようでもある。

エリクソンは自意識の迷宮で迷うことのない希有な観察者である。彼が見る夢の多くは悪夢であり、冬のアラスカのように常夜の底に沈んでいる。彼は静かにアメリカ人のダークサイドに懐中電灯の光を当て、見たままを淡々と記録する。

人間は自分が何を考えているのか、なぜそういう行動をとるのかよくわかっていない。あらゆる行動は無数の外部的要因によって引き起こされた脳神経の反応であり、その説明はできない。自分のことがわかっていないのにそれを他人に正確に伝えることなどできるはずもない。だから、伝達、翻訳、影響、共感などあらゆるコミュニケーションは「ロスト・イン・トランスレーション」に陥らざるを得ない。それでも誰も悲しまず、仲良くできるのは、互いに真に理解し合っていないことを理解しているからである。

翻訳者として、どれだけエリクソンの観察眼に接近できたか、いささか心もとないが、手探りの作業で三分の一まで辿り着くと、自分のダークサイドを覗く経験と重ね合わせればよいことに気づいたとたん、作業効率が上がった。他人の無意識も自分の無意識もわからないという点では同じだが、翻訳という作業には原作者に私自身の精神分析をしてもらえるという役得があり、そのお陰でこの後の私の創作にも大きな恩恵があった。

二〇一六年十月四日　島田雅彦

解説　もうひとつのエリクソン

谷崎由依

スティーヴ・エリクソンのテクストはこの上なく魅力的でありながら、それに対する言及や、まして要約を拒むところがある。そのもたらすもの、あるいは存在自体が陶酔または恍惚に似ているからだろうか。紙面を埋め尽くす膨大な量の文字群にもかかわらず、それは言葉やその拠って立つ理性からは遥か遠くを目指そうとする。そして読み手もまた読むという経験のうちにその境域へと運ばれる。この作家の数々の長編が、それぞれに独特な設定と物語を持っているのに、個々の作品を読んだというより「エリクソンを読んだ」という印象を与えるのも、ひとつにはそのせいに違いない。ヒトラーの私設ポルノグラファーを中心とする『黒い時計の旅』や、トマス・ジェファソンと彼の女奴隷の愛から出発する『Xのアーチ』など、大胆かつ歴史の禁忌にも触れる中期の作品などと較べると、『ルビコン・ビーチ』は一見してそうした指標となるべき物語を判別しにくいようでもある。しかしその分、そしておそらくは島田雅彦氏の訳の効果もあり、長編第二作である本作からは、それ以後のエリクソン作品よりもおおらかでのびやかな印象を受ける。

三部構成の物語の、冒頭は語り手ケールが刑務所から釈放されるところで幕をあける。彼の罪状は「アメリカ1」なるものに関わる（一種の結社か地下組織のように読めるが、どうやらそれだけではないらしい）。海伝いに辿り着くロサンゼルスは荒廃した近未来の幻想都市で、チャイナタウンからは音楽が鳴り響き、彼は図書館で仕事を与えられる。全編に満ちる水のイメージ同様、この図書館、文書館というモチーフもまたエリクソン作品に頻出するものだ。書かれた歴史とその書き換え、ひいては書くという作業――アメリカの上に二重写しにアメリカを、浮遊する実物大のそれを揺らぎを伴いながら描くという著者の試み全体にも繫がるだろう（〝アメリカの発見〟というテーマについては、すでに訳者の島田氏があとがきで的確に分析されている）。ケールの訪れるホテル――エリクソン作品においてはしばしば時空のひずむ場で、彼が出会う男はじつは死者であることが、第二部を読むとあきらかになる。そして物理法則を超えて偏在する美しい女。エリクソンの小説には恋愛という言葉ではとてもひと括りにできない男女の念が描かれるが、そこに登場する女というものにわたしは強く惹かれる。『真夜中に海がやってきた』の少女や『Xのアーチ』のサリーといった女性たちに変奏されていく資質を、キャサリンと呼ばれる謎の女にも見ることができる。ガルシア＝マルケスの『百年の孤独』には周囲を不幸にしていくレメディオスの美貌が描かれるが、キャサリンの美しさはそれにも増して不穏である。彼女自身が自分の顔をうまく認識できず、またカメラが捉えようとしても真っ黒な穴としか写らない。

顔とは自己同一性に繋がるものだが、アメリカというアイデンティティと同時に、それがここでは激しく揺らいでいる。南米の村に生まれ育ち、ひとりの船乗りの手により連れ出された彼女は、迷路のような川の流れを北へ伝い、メキシコの国境を越えてハリウッドへと辿り着く移民である（インディオの血を引くというエリクソンの個人史が反映されているかもしれない）。そこで彼女が出会うのは、栄光から取り残された者だ。『ルビコン・ビーチ』とはルビコン川の岸辺、カエサルの「賽は投げられた」の台詞通り、渡ってしまえばあとには引けない決断の、その間際の岸辺である。第三部は第一次世界大戦前夜に遡り、なぜか年老いて病床にあるケールが、レイクという名の青年に看取られている。レイクはケールのアナグラムであり、ルビコンの岸辺で何を選択するかは彼に委ねられるかのようである。ことほどさように三部にわかれた物語の連関は、時間軸には沿っていなくてまるでワームホールにより繋がれた三つの平行宇宙のようだ。あるいは情念という水の勢いによって部立ての枠が押し流されてゆくようでも。そしてその奔流に巻き込まれることこそがエリクソンを読む醍醐味であると思う。

二〇一六年三月、東京国際文芸フェスティバルのためにエリクソンが来日した。それにあわせて近作『きみを夢みて』『ゼロヴィル』が邦訳され、『Xのアーチ』も文庫化された。九〇年代にあったらしいエリクソン・ブームが再燃しているようだ。

あったらしい、と推量で書くのは、わたしはそれをリアルタイムでは経験しなかったからである。はじめて読んだエリクソンは白水Uブックス版の『黒い時計の旅』、だから二〇〇五年のことだ。そこから一気にはまって、訳の出ていた全作品を読んだ。『ルビコン・ビーチ』も作家ガイドも、島田さんをはじめとする日本の作家たちとの対談集も図書館で手に取った。九〇年代にはこんなことが起きていたのだな、と感慨深く思ったものだ。

リアルタイムのブームのころ、わたしは中学生から高校生だった。実家では毎日新聞を購読していて、『忘れられた帝国』が連載されていた。はじめて読んだ島田雅彦作品だ。独特のタッチの挿画が付された文章は、それまで読んできた小説たちとはまったく異質だった。多摩川ならぬＴＭ川の流れる、うらがなしくも懐かしい〝郊外〟。こうした感覚が小説となり得ること、しかもいままでかくあるべきと思い込んでいた〝小説〟より好ましいことに驚いた。いまにして思えば、それはエリクソンをはじめて読んだときの衝撃に近い。

翻訳家は往々にして、原書にあわせて文体を作る。けれど作家は文体を持っている。島田文体によるエリクソンは、ひと味違っている。言わばもうひとつのエリクソンだ。似ているようで違う、けれど底に通じるものがある。二つの世界の融合を、ふたたび目の当たりにできるのは幸福なことだ。

エリクソンは小説家になるために生まれてきた。ピカ一の才能で、目を奪うほどロマンティックに、ずばぬけた想像力で現実の夜の部分を私たちに伝えてくれる。

——T・ピンチョン

『ルビコン・ビーチ』は透明感のある音楽のような散文だ。抽象と具象、日常的なものとシュールなものをつなぎめがわからないほど巧みに溶接している。幻影をいだきながら狂気の淵まで追いかけてゆくことができる知性がここにある。これこそ本物の小説家だ。

——ロサンジェルス・ウィークリー

スティーヴ・エリクソンの作品

Days Between Stations（1985）『彷徨う日々』越川芳明訳、筑摩書房（一九九七年）

Rubicon Beach（1986）『ルビコン・ビーチ』島田雅彦訳、筑摩書房（一九九二年）、ちくま文庫（二〇一六年）

Leap Year（1989）『リープ・イヤー』（ノンフィクション）谷口真理訳、筑摩書房（一九九五年）

Tours of the Black Clock（1989）『黒い時計の旅』柴田元幸訳、福武書店（一九九〇年）福武文庫（一九九五年）、白水Uブックス（二〇〇五年）

Arc d'X（1993）『Xのアーチ』柴田元幸訳、集英社（一九九六年）、集英社文庫（二〇一六年）

Amnesiascope（1996）『アムニジアスコープ』柴田元幸訳、集英社（二〇〇五年）

American Nomad（1997）（ノンフィクション）

The Sea Came in at Midnight（1999）『真夜中に海がやってきた』越川芳明訳、筑摩書房（二〇〇一年）

Our Ecstatic Days（2005）『エクスタシーの湖』越川芳明訳、筑摩書房（二〇〇九年）

Zeroville（2007）『ゼロヴィル』柴田元幸訳、白水社（二〇一六年）

These Dreams of You（2012）『きみを夢みて』越川芳明訳、ちくま文庫（二〇一五年）

Shadowbahn（2017）

本書は、筑摩書房より一九九二年一月、刊行されました。

きみを夢みて　スティーヴ・エリクソン　越川芳明訳

マジックリアリズム作家の最新作、待望の訳し下ろし！　作家ザン夫妻はエチオピアの少女を養女にする。「小説内小説」と現実が絡む。推薦文＝小野正嗣

スロー・ラーナー［新装版］　トマス・ピンチョン　志村正雄訳

著者自身がまとめた初期短篇集。「謎の巨匠」がみずからの作家生活を回顧する序文を付した話題作。驚異に満ちた世界。（高橋源一郎、宮沢章夫）

競売ナンバー49の叫び　トマス・ピンチョン　志村正雄訳

「謎の巨匠」の暗喩に満ちた迷宮世界。突然、大富豪の遺言管理執行人に指名された主人公エディパの物語。郵便ラッパとは？（巽孝之）

エレンディラ　G・ガルシア＝マルケス　鼓直／木村榮一訳

大人のための残酷物語として書かれたといわれる中・短篇。「孤独と死」をモチーフに、大著『族長の秋』につらなるマルケスの真価を発揮した作品集。

グリンプス　ルイス・シャイナー　小川隆訳

ドアーズ、ビーチ・ボーイズ、ジミヘンにビートルズ。幻のアルバムを求めて60年代へタイムスリップ。ロックファンに誉れ高きSF小説が甦る。

パルプ　チャールズ・ブコウスキー　柴田元幸訳

人生に見放され、酒と女に取り憑かれた超ダメ探偵が次々と奇妙な事件に巻き込まれる。伝説的カルト作家の遺作、待望の復刊！（東山彰良）

動物農場　ジョージ・オーウェル　開高健訳

自由と平等を旗印に、いつのまにか全体主義や恐怖政治が社会を覆っていく様を痛烈に描き出す。『一九八四年』と並ぶG・オーウェルの代表作。

カポーティ短篇集　T・カポーティ　河野一郎編訳

妻をなくした中年男の一日を、一抹の悲哀をこめ、ややユーモラスに描いた本邦初訳の「楽園の小道」他、選びぬかれた11篇。文庫オリジナル。

氷　アンナ・カヴァン　山田和子訳

氷が全世界を覆いつくそうとしていた。私は少女の行方を必死に探し求める。恐ろしくも美しい終末のヴィジョンで読者を魅了した伝説的名作。

あなたは誰？　ヘレン・マクロイ　渕上痩平訳

匿名の電話の警告を無視してフリーダは婚約者の実家へ向かうが、その夜のパーティで殺人事件が起こる。本格ミステリの巨匠マクロイの初期傑作。

見えるものと観えないもの　横尾忠則

アートは異界への扉だ！　吉本ばなな、島田雅彦から黒澤明、淀川長治まで、現代を代表する十一人との、この世ならぬ超絶対談集。（和田誠）

芸術ウソつかない　横尾忠則

横尾忠則が、表現の最先端を走る15人と、芸術の源泉、深淵について、語り合い、ときに聞き手となって尋ねる魂の会話集。（戌井昭人）

奥の部屋　ロバート・エイクマン　今本渉編訳

不気味な雰囲気、謎めいた象徴、魂の奥処をゆさぶる深い戦慄。幽霊不在の時代における新しい恐怖を描く、怪奇小説の極北エイクマンの傑作集。

ボディ・アーティスト　ドン・デリーロ　上岡伸雄訳

映画監督の夫を自殺で失ったローレン。謎の男が現われ、彼女の時間と現実が変質する。アメリカ文学の巨人デリーロが描く精緻な物語。（川上弘美）

素粒子　ミシェル・ウエルベック　野崎歓訳

人類の孤独の極北にゆらめく絶望的な愛——二人の異父兄弟の人生をたどり、希薄で怠惰な現代の一面を描き上げた、鬼才ウエルベックの衝撃作。

地図と領土　ミシェル・ウエルベック　野崎歓訳

孤独な天才芸術家ジェドは、世捨て人作家ウエルベックと出会い友情を育むが、作家は何者かに惨殺される——。最高傑作と名高いゴンクール賞受賞作。

チャイナタウンからの葉書　R・ブローティガン　池澤夏樹訳

アメリカ'60年代対抗文化の生んだ文学者の代表的詩集。結晶化した言葉を、訳者ならではの絶妙な名訳でお届けする。心優しい抒情に満ちた世界。

〝少女神〟第9号　フランチェスカ・リア・ブロック　金原瑞人訳

少女たちの痛々しさや強さをリアルに描き出し、全米の若者を虜にした最高に刺激的な〈9つの物語〉。大幅に加筆修正して文庫化。（山崎まどか）

コンパス・ローズ　アーシュラ・K・ル＝グウィン　越智道雄訳

物語は収斂し、四散する。ジャンルを超えた20の短篇が紡ぎだす豊饒な世界。「精神の海」を渡る航海者のための羅針盤。（石堂藍）

パヴァーヌ　キース・ロバーツ　越智道雄訳

1588年エリザベス1世暗殺。法王が権力を握り、蒸気機関が発達した「もう一つの世界」で20世紀、反乱の火の手が上がる。名作、復刊。（大野万紀）

ちくま文庫

ルビコン・ビーチ

二〇一六年十一月十日　第一刷発行

編　者　スティーヴ・エリクソン
訳　者　島田雅彦（しまだ・まさひこ）
発行者　山野浩一
発行所　株式会社　筑摩書房
東京都台東区蔵前二―五―三　〒一一一―八七五五
振替〇〇一六〇―八―四一二三
装幀者　安野光雅
印刷所　三松堂印刷株式会社
製本所　三松堂印刷株式会社

乱丁・落丁本の場合は、左記宛にご送付下さい。
送料小社負担でお取り替えいたします。
ご注文・お問い合わせも左記へお願いします。
筑摩書房サービスセンター
埼玉県さいたま市北区櫛引町二―六〇四　〒三三一―八五〇七
電話番号　〇四八―六五一―〇〇五三

ISBN978-4-480-43397-8　C0197